FOLIO SCIENCE-FICTION

Pierre Pelot

La guerre olympique

Denoël

Cet ouvrage a été précédemment publié dans la collection
Présence du futur aux Éditions Denoël.

Né le 13 novembre 1945 dans les Vosges, Pierre Pelot rêve de devenir dessinateur de bande dessinée. Il soumet sa première œuvre à Hergé qui critique les dessins mais s'enthousiasme pour le scénario. Le jeune homme publie à vingt ans son premier roman, *La piste du Dakota*, un western plein de bruit, de fureur et de paysages grandioses. Avec le personnage de Dylan Stark, un métis franco-indien, il commence ensuite une série de romans qui se déroulent dans le sud-est des États-Unis pendant la guerre de Sécession. Depuis, il a écrit, sous son nom ou sous le pseudonyme de Pierre Suragne, de la science-fiction, du fantastique, des livres pour la jeunesse, des romans policiers, des romans historiques — et même préhistoriques, avec la série *Sous le vent du monde*, en collaboration avec le paléontologue Yves Coppens. Il travaille aussi pour la télévision, le théâtre et novélise plusieurs scénarii de cinéma (*Hanuman, Le pacte des loups*). Son roman *L'été en pente douce* a été adapté au cinéma. Entre deux romans, il s'adonne à la peinture et à de longues promenades dans la forêt vosgienne.

Auteur de près de deux cents livres (lui-même avoue ne pas savoir exactement combien !), Pierre Pelot s'est imposé comme un écrivain inclassable dont l'univers séduit toujours plus de lecteurs.

Le 1er juillet 2222, fut déclaré ouvert, par le porte-parole des gouvernements, le 12e conflit international planétaire. Il se situait, cette année-là, sur le territoire des États d'Union d'Amérique du Nord (American Group, de la Confédération libérale), dans le camp BLANC.

Le premier conflit international planétaire programmé éclata en l'an 2200, sur le territoire national éthiopien (Fédération socialo-communiste) du camp ROUGE.

Le camp ROUGE fut vainqueur, avec une perte en vies humaines qui ne dépassait pas le chiffre de 3 millions. Le camp BLANC vaincu annonça plus de 8 millions de victimes.

Le deuxième conflit international planétaire programmé eut lieu en 2202.

Le troisième en 2204. Et ainsi de suite. Il éclatait régulièrement tous les deux ans — c'était ce qu'avaient décidé les Nations.

On l'appelait également

LA GUERRE OLYMPIQUE.

La 12e GUERRE OLYMPIQUE de 2222 opposait comme à l'accoutumée les camps BLANC et ROUGE, le camp BLANC regroupant les États et nations de la Confédération libérale, le ROUGE les États et nations de la Fédération socialo-communiste.
Il y avait 26 pays inscrits pour le camp BLANC, et 27 pour le camp ROUGE. À l'issue des sélections restaient en lice 23 pays pour le camp BLANC, et 21 pour le camp ROUGE.
Ce qui portait le nombre des nations en guerre à 44.
Parmi les quelque 150 (cent cinquante) nations de la planète, on remarquait : 53 pays inscrits pour la GUERRE OLYMPIQUE, 9 éliminés, restaient 44 ; 12 pays neutres ; 2 pays opposants. Tous les autres pays non inscrits et non représentés demeuraient cependant étroitement alliés et inféodés à l'une ou l'autre des puissances en conflit, politiquement et économiquement, ce qui implique que les victimes de la GUERRE pouvaient fort bien se trouver, en partie et proportionnellement, dans leurs populations.
Il y avait sur Terre (y compris la Lune) 14 milliards 387 millions d'humains.
La 12e GUERRE OLYMPIQUE compterait un minimum de 9 millions de victimes. C'était prévu, calculé.

1

La voix tranquille, posée, rassurante, de Sanzo Papa Aeschillem s'éleva et lui emplit la tête : « Ne t'en fais pas, Pietro, ne t'énerve pas, tout va bien. »

Coggio poussa un grognement profond et rageur — une manière d'acquiescement qui, à la fois, répondait à Sanzo Papa et libérait un peu de sa tension. Sanzo Papa ne l'abandonnait jamais, ne le laissait jamais seul, même là, sur le ring, où pourtant *il était seul* face à cette brute épaisse de Chinois. Sanzo Papa était toujours avec Coggio, et il avait les mots qu'il fallait, au bon moment. Toujours. Comment Sanzo Papa avait-il pu deviner que Coggio commençait à s'énerver ? Quels étaient les symptômes, les signes, qui l'avaient renseigné avec une infernale précision, là-bas, dans son angle lointain des soigneurs-dopemen ? Parfois, Coggio se disait que Sanzo Papa était tout à fait capable de lire dans ses pensées. C'était peut-être vrai.

Il se mit à danser, à petits pas, pour se calmer.

« C'est bien, Pietro », dit la voix de Sanzo Papa Aeschillem, dans la tête de Coggio. « C'est parfait, mon garçon. Ne l'attaque plus, c'est ce qu'il cherche. Ne te fatigue pas inutilement, laisse-le venir. »

Oui, Sanzo, songea Coggio. C'est ce que je fais. Je le laisse venir.

« Ne t'en fais pas. Tiens-le encore un instant, pas longtemps. Laisse-le t'attaquer à son tour, et alors sonne-le. Ou bien il n'osera pas, il est fatigué. Alors profites-en. Je te dirai quand. Le round se termine dans cinq minutes. »

Cinq minutes ? Comme à chaque fois, Coggio avait totalement perdu la notion du temps. Si le round s'achevait dans cinq minutes, cela voulait dire que Coggio et Lin Sovitch Pao (le Chinois) se battaient depuis plus d'une demi-heure. Quarante minutes exactement. L'ultime combat des champions pugilistes, pour la finale de cette discipline, se déroulait en deux rounds de quarante-cinq minutes chacun. Une abominable éternité, si l'on regardait les choses du dehors… mais en combat, le temps filait comme un boulet de canon. C'était peut-être les dopes ingurgitées qui étaient la cause de cette distorsion temporelle ? Peut-être, oui… mais pas nécessairement. En combat, Coggio était parfaitement incapable de songer au temps qui passe. Pour n'importe quelle compétition, c'était pareil. Pugilat, lancer de haches, moto-glace, tir à l'arc, course de chars, haltérophilie, etc. C'était pareil.

Il vit venir le gros, sauta de côté au quart de seconde. Le coup de pied du Chinois glissa le long de sa cuisse et la semelle renforcée d'acier luisant ne fit que lui égratigner la peau, marquant le coup en rouge. Coggio plongea aussitôt, pour utiliser le déséquilibre de son adversaire. Il cogna en faucheur. Son poing crispé, alourdi par les mitaines plombées, toucha le gros homme au creux de l'épaule gauche, mais le type fit un rétablissement en catastrophe et évita partiellement le choc. Coggio tenta de doubler, du gauche ; l'autre se laissa tomber à genoux. Tout le ring trembla. Le Chinois hurla et cogna à son tour, les deux mains serrées, en faucheur lui aussi. Coggio n'eut que le temps d'effectuer un nouveau saut de côté : les mitaines frôlèrent les muscles de son abdomen luisant de graisse et de sueur.

Il tomba sur le pied droit, leva le gauche.

« Bravo, petit ! » cria la voix de Sanzo Papa.

Sa chaussure ferrée atteignit le Chinois en pleine face, de bas en haut. Un coup vicieux et dur, mais qui pourtant, une fois de plus, manquait de puissance pour étendre net cette montagne de muscles. Un coup instinctif. La joue du pugiliste éclata, déchirée du maxillaire à la pommette. L'homme roula au sol souplement, râlant et grognant, se redressa comme si ses muscles avaient été taillés dans d'énormes masses caoutchouteuses, élastiques. Il fut debout, sautillant lui aussi, tournant autour de Coggio qui suivait le mouvement.

Lin Sovitch Pao devait peser dans les cent trente ou cent quarante kilos — contre cent dix pour Pietro Coggio. Et si Coggio mesurait deux mètres, tout juste, Pao ne dépassait pas un mètre quatre-vingt-dix. Les deux hommes placés l'un à côté de l'autre, le Français paraissait presque fluet…

Cent quarante kilos de chairs, des muscles hypertraités aux anabolisants, contre cent dix kilos (développés, plutôt, par dynamogénéisation du potentiel énergétique). Match inégal ? Mais c'était la règle du jeu — et d'ailleurs, ce que Coggio rendait en lourdeur et force brute, il le gagnait en sveltesse et rapidité.

Il demeurait face au Chinois, tournait sur ses talons, appuyé sur une jambe, puis sur l'autre, en souplesse.

« Parfait ! dit la voix de Sanzo Papa. Vraiment beau, petit ! Tu l'as mouché et il est en colère. Laisse-le faire. Il reste trois minutes, c'est bon ! C'est bon, garçon ! »

C'est ce que je fais, se dit Coggio, pour être certain qu'il avait bien compris les recommandations de Sanzo Papa. C'est exactement ce que je fais, Sanzo. Tu vois, je le laisse tournoyer et souffler comme un gros bœuf. S'il s'amène, je le sonne. Il me reste trois minutes.

Lin Sovitch Pao n'avait pas l'air de vouloir se calmer. Il glissait sur le ring, jambes pliées, ses masses de chair huileuses tressautant de partout au moindre geste, bras écartés comme les mâchoires de monstrueuses pinces. Pour Coggio, il ressemblait à une énorme masse tremblante, visqueuse et inhumaine, une sorte de monstre sans âme qui n'existait que pour le mal — et devait donc être abattu.

Je vais t'abattre, te démolir ! songea Coggio. Et je serai Héros, pour le Grand Parcours des Héros. Je vais t'écraser, monstre, crever ton énorme ventre et disperser tes boyaux jusque sur les glaces de la cage de verre qui nous enferme !

Il se souvenait des paroles de Sanzo Papa, juste avant de monter sur le ring, juste avant de quitter les loges et de traverser, dans le tunnel protecteur, la foule immense rassemblée sur les gradins de l'amphithéâtre sportif. Il ne se rappelait pas *toutes* les paroles de Sanzo (il y avait certaines subtilités, par exemple le décompte proportionnel des points et le jeu des éliminations successives au cours des différents affrontements de l'épreuve de pugilat, qu'il n'avait pas comprises — et donc qu'il oubliait aussitôt), mais le principal, l'essentiel, était gravé dans sa tête. Sanzo Papa Aeschillem avait dit :

« Écoute-moi bien, Pietro, mon garçon. Tu m'écoutes ? Oui ? Bien. Mets-toi bien ça dans le crâne, mon petit : c'est l'avant-dernier jeu de cette guerre. Reste la boxe, et tu ne seras pas inscrit, car on ne veut pas risquer de te voir esquinté. Mais pour le pugilat, tu vas en sortir vainqueur. C'est l'avant-dernier jeu, et puis il y aura le Grand Parcours. Tu m'entends ? »

Naturellement, il entendait. Il comprenait, même. Jusque-là, ça allait. (Et voilà qu'il pensait à Virginia, c'était bon, c'était bien, ça le mettait en pleine forme — il était capable, tout à coup, de comprendre toutes les lois de l'univers, si on avait pris la peine de les lui expliquer !)

« Tu sais où nous en sommes, mon garçon ? C'est pas très, très brillant, au classement général, sur douze épreuves jouées, en comptant le match nul des compétitions groupées d'athlétisme. Ce qui fait onze épreuves effectives et comptabilisées en points. Sur onze, les ROUGES ont neuf points, mon garçon, parce qu'ils ont remporté les deux compétitions cyclistes, endurance et vitesse, donc ça leur fait deux points sur une seule discipline, et c'est comme s'ils avaient remporté l'athlétisme. Et nous, les BLANCS, on n'a que trois malheureux points, mon garçon. »

(Là, il ne suivait plus très bien, Sanzo avait l'air de mélanger et de s'embrouiller dans ses explications…)

Il avait dit (il s'en souvenait) :

« Neuf plus trois, ça fait pas onze, Sanzo.

— Laisse tomber, mon garçon. On ne compte pas l'athlétisme puisque c'est nul. Restent onze épreuves jouées. Mais pour le cyclisme, ça se calcule sur deux points, et les ROUGES ont remporté ces deux points. Donc, neuf points aux ROUGES et trois pour nous. On a perdu déjà beaucoup de gens, Pietro. On est mal partis, je te jure, mais ce n'est pas fichu pour autant et on peut encore se rattraper, gagner la GUERRE, avec le Grand Parcours des Héros. Sur les trois points qu'on a gagnés, tu nous en as donné un en remportant l'épreuve et la course de moto-glace — et d'ailleurs tu as permis le match nul en athlétisme en remportant le lancer de haches, sinon... Tu sais tout ça, pas vrai ? » Oui, il savait... puisque Sanzo avait l'air de croire qu'il devait savoir... « Il reste le pugilat, mon garçon, et tu es fort, rudement fort. Tu viens d'éliminer deux ROUGES, tu te rappelles ? Hier... Le Sénégalais et le Malaisien... Tu te rappelles ? Pour la finale, on t'a choisi, parce qu'entre les trois possibles, c'est toi le meilleur. En face, ils ont deux costauds, qui se valent. Qu'ils choisissent l'un ou l'autre, il faut qu'on leur oppose un sacré champion. Et c'est toi qu'on a désigné, et tu vas remporter cette finale, et tu vas nous donner un quatrième point. L'épreuve de boxe est en cours : on a des chances, avec un Argentin du Bloc unifié d'Amérique du Sud. Ça pourrait nous faire cinq points. Cinq points contre neuf, pour le Parcours des Héros, ça nous donne une chance — si on a de bons héros, on peut s'en tirer. On a déjà laissé sur le carreau trop de victimes, dans les Champs d'Honneur.

— À cause de moi ? » (Il n'aurait pas supporté que ce fût à cause de lui !)

« Non, non, mon garçon, au contraire : toi, tu nous en as sauvé, des innocents. Tu en as tué chez les autres d'en face. Écoute-moi : il faut que tu remportes cette finale de pugilat. Que tu nous donnes ce quatrième point — et tu seras automatiquement un héros, pour le Grand Parcours. Ce sera très bien pour notre camp BLANC, pour la Confédération libérale, mais surtout pour la France : on a rudement besoin d'un héros, depuis le temps. »

Ces paroles-là, il ne les avait pas oubliées, et il les comprenait parfaitement. Il devait gagner le pugilat pour donner un quatrième point à son camp (ce qui vaudrait aux BLANCS, aux siens, un nombre supplémentaire de héros pour le Grand Parcours final — et donc de meilleures chances de gagner tout de même la GUERRE, en dépit du lourd handicap), pour redorer le prestige de la France, qui avait fait de lui ce qu'il était après l'avoir acheté à son petit village italien de Boccio. ET POUR ÊTRE SACRÉ HÉROS.

Il se souvenait des paroles de Sanzo — qui les lui avait répétées plusieurs fois, avant que Jorge Calmann, le médicopsy, lui fasse sa piqûre d'éphédrine.

Et la grosse masse du Chinois dansait autour de lui, ruisselant de sueur et de sang, marqué sur tout le corps, le faciès abominablement déformé par la rage et les coups. Cette dernière blessure à la joue pissait abondamment. Le sang marquait le sol du ring.

Coggio évita une charge soudaine du mastodonte en se coulant tout simplement sur un pied, avec un effacement du buste. Le dérapage du Chinois était presque comique. Coggio sourit — oubliant de frapper.

Sanzo avait la gorge sèche. Il jeta un coup d'œil du côté de Jorge Calmann, à sa droite : l'homme maigre semblait serein. Il regarda Varnan Sal. Da Rica, à sa gauche : l'entraîneur au visage écrasé paraissait, lui, plutôt tendu.

« Il fait chaud, non ? » articula Sanzo.

Il était aussi maigre et nerveux que Calmann, mais

plus petit en taille. Un bonhomme sec aux cheveux rares, aux traits marqués. La sueur luisait sur son crâne presque totalement chauve et sur les ailes de son nez pincé, tachait les aisselles et le dos de son maillot blanc de dopeman. Sur la poitrine de ce maillot, il y avait le sigle distinctif brodé de sa qualification professionnelle ; entre les épaules, le F de sa nationalité et, en dessous, les lettres C.L. pour Confédération libérale — la couleur du maillot et du pantalon disait son camp. Le médicopsy et l'entraîneur portaient le même uniforme.

« Température normale », dit Jorge Calmann.

Sanzo essuya du bout de ses doigts tremblants la sueur qui brillait sur son front. Il hocha la tête.

« Une impression, alors, dit-il. C'est cette putain de cage de verre. »

Varnan Sal. Da Rica lui lança un coup d'œil en biais, accompagné d'un rapide sourire, avant de reporter très vite son regard sur l'écran télé de contrôle placé devant eux, dans l'angle du ring.

« T'énerve pas, Sanzo, dit Varnan. Tu le dis toi-même : ça ira.

— Je pense que oui. Mais cette chaleur…

— C'est la cage, dit Calmann. La chaleur est normale. Je suis certain que c'est plus étouffant dans la salle. »

La cage avait les dimensions d'un cube gigantesque, de vingt mètres de côté. Elle était dressée au centre de la piste de l'amphithéâtre, reliée aux loges par des tunnels semi-cylindriques d'armaplex qui plongeaient sous les gradins. D'armaplex également étaient faites les parois de la cage, à l'épreuve des balles et aiguilles perforantes — les commissions de sécurité déléguées par les ministères des Jeux et de la Compétition des deux camps avaient choisi et préconisé ce matériau à la fois parfaitement translucide et hautement résistant — par ailleurs fabriqué dans les usines lunaires de consortiums métallurgiques des deux puissances... Ces mesures de sécurité qui entouraient les champions et les compétitions étaient nécessaires, et de plus en plus draconiennes, depuis que des attentats honteux avaient ajouté à la liste « normale » des victimes de la GUERRE le nom de plusieurs champions appartenant soit à la Confédération libérale des BLANCS, soit à la Fédération socialo-communiste des ROUGES. Les attentats avaient été attribués officiellement aux extrémistes opposants du système guerrier (et tout aussitôt démentis par les pays incriminés). Ces accusés n'ayant subi de la part des puissances en jeu aucune représaille, on pouvait en conclure logiquement que les extrémistes activistes (jamais retrouvés) étaient plutôt des agents-espions à la solde de l'un ou l'autre camp. Cette guerre de sabotage, cette lutte dans l'ombre était admise, quoique publiquement dénoncée. Il était donc préférable pour les deux partis d'unir leurs efforts de vigilance et de dissuasion concernant la sécurité de leurs athlètes et champions. Ce qu'ils faisaient.

Ainsi, la cage protectrice était située au centre de la piste. Elle couvrait le ring, protégeait les deux pugilistes et les six hommes des équipes de soins — trois pour chaque camp — ainsi que deux juges des jeux et deux arbitres désignés chacun par un camp, équitablement. Les tuyauteries du conditionnement d'air suivaient les couloirs d'accès. Douze hommes dans une cage de verre — deux sur un ring, au centre de la cage, qui se massacraient allégrement.

Les équipes de télévision évoluaient sur un chemin de ronde situé au sommet de la cage, ou tournaient alentour de celle-ci, au sol, dans l'espace réservé aux commentateurs de presse, juste au pied des premiers gradins. 20 000 spectateurs privilégiés assistaient en direct au combat, un bon dixième étant des commissaires-gardiens des jeux appartenant aux services de sécurité des différents pays en compétition, avec un pourcentage plus élevé pour la nation qui recevait la GUERRE. 20 000 spectateurs qui hurlaient et se démenaient, sur les gradins de l'amphi, et quelques milliards d'autres, chez eux, ou sur les Champs d'Honneur, devant les écrans de télévision...

« Qu'est-ce qui lui a pris ? » demanda Varnan, peut-être pour lui-même, l'œil fixé sur l'écran qui retransmettait le combat des deux hommes sur le ring, à moins de deux mètres, en une suite de gros plans très précis.

« Nervosité, dit Sanzo. Rien de grave. Une pointe de déconcentration.

— Il a pas à se déconcentrer, merde, jura l'entraîneur. Pas avec ce que le doc lui a filé dans le cul. »

Le médicopsy fit mine de n'avoir pas entendu — mais il avait entendu : les paroles de Varnan s'étaient détachées clairement dans le silence qui emplissait la coque du coin des soigneurs — ce silence épais de la cage que le vacarme extérieur n'entamait pas, silence uniquement violé par les grognements, les ahans des pugilistes, les chocs de leurs corps sur le ring, le bruit des coups qu'ils se portaient. Une impression bizarre, si on levait les yeux pour regarder au-delà des parois de la cage... De quel côté se trouvaient les vrais fauves ?

« C'est rien, dit Sanzo. Il laisse venir son adversaire, et c'est bien.

— Mais il pouvait porter plusieurs attaques, tout à l'heure, rétorqua l'entraîneur sur un ton plat. Même son coup de savate était mou. »

Jorge Calmann dit :

« Pao a quand même la figure déchirée. Et il s'énerve. Il s'éparpille. Je ne sais pas à quoi ils l'ont dopé, mais ça foire… Manque d'amphétamines.

— Ils y remédieront bientôt », dit Varnan.

Sanzo se pencha sur le micro qu'il portait en sautoir et enclencha l'émission.

« Bravo, mon garçon, souffla-t-il. C'est bien. Le round est fini… Quelques secondes… »

« … pas davantage, dit la voix apaisante de Sanzo Papa, dans la tête de Coggio. Tu vas te reposer. C'est très bien, très bien, mon petit ! »

Je ne suis pas fatigué, songea Coggio.

La sonnerie stridente de fin de round retentit. Le son vibrant monta, s'enfla, prit une énorme puissance et emplit progressivement la cage comme l'aurait fait une sorte de fluide épais, palpable ; il pénétra de la même manière à l'intérieur de Coggio, dans sa tête et toutes les fibres de son être. Non, il n'était pas fatigué, au contraire : il se sentait sûr de lui-même, épais, dur, charriant une force intacte, presque en meilleure forme physique qu'en début de combat, avec un moral sans faille. Il avait pris quelques coups, durant cette première phase de l'affrontement : le sang coulait le long de sa cuisse gauche, sur ses avant-bras, mais il ne ressentait pas la moindre douleur (Sanzo Papa avait su conseiller le médicopsy, lequel lui avait fait avaler ce qu'il fallait).

Le Chinois continua de sautiller un instant sur place,

lourd, pesant, avec son visage tellement marqué !... Il secouait la tête et des gouttelettes de sang jaillissaient de ses blessures. Des bulles de salive rose gonflaient et crevaient aux commissures de ses lèvres craquelées. Il avait l'air de ne pas se rendre compte et de ne pas entendre la sonnerie. Ses soigneurs, en maillot et pantalon rouge, sautèrent sur le ring et rejoignirent leur champion, pour l'attirer dans son coin.

Les lumières avaient explosé, à l'instant même où retentissait la sonnerie. Tous les projecteurs suspendus aux arcs métalliques soutenant le plafond ogival de l'amphi s'étaient allumés et éclairaient la salle, les gradins surchargés. Coggio jeta un coup d'œil au-delà des parois de la cage : il vit cette mer déferlante de spectateurs terriblement excités, gesticulant, et qui donnaient l'impression d'un véritable tourbillon vivant menaçant d'engloutir la cage et ses occupants. C'était fascinant. Ce le fut davantage encore lorsque la sonnerie se tut, qu'il ne subsista que le silence : le silence sur cette vision de foule en délire.

« Bravo, petit ! Très bien ! »

Le minuscule Sanzo lui claquait les bras, l'entraînait vers le coin du ring, l'installait sur le siège pliant. Il y avait également Jorge, et Varnan. Ils souriaient, ils avaient l'air satisfaits et heureux — même Varnan, qui pourtant était avare de manifestations enthousiastes.

« Je vais l'avoir », dit Coggio.

Il rencontra le regard bleu de Sanzo Papa. Le soigneur-dopeman acquiesça d'un mouvement de la tête et lui fit un clin d'œil.

« Est-ce que tu m'entends bien, Pietro ? L'émetteur fonctionne ? »

Tout en posant la question, il avait retiré le protège-dents de la bouche de Coggio, examinait ses molaires — et principalement celle qui contenait le minuscule récepteur-radio. Coggio attendit que Sanzo Papa retire ses doigts de sa bouche pour répondre :

« Ça va bien. Je vous entends. Vous croyez que Pao est équipé comme moi ?

— Certainement, dit Sanzo. C'est la seule manière. Des implants directs ne tiendraient pas le coup. »

Coggio ne comprit pas vraiment ce que cela signifiait — ou plutôt, ça ne l'intéressait pas de comprendre : il avait son idée.

« Alors, avec ce coup dans la figure, peut-être que je lui ai détraqué son récepteur ? »

Sanzo jetait un regard rapide en direction de l'autre coin, puis reportait son attention sur Coggio. Il cligna de l'œil une fois encore :

« Peut-être bien, petit. Peut-être bien. »

Coggio sourit et se renversa contre le dossier toilé de son siège. Il se laissa palper et examiner par Jorge, tout en regardant évoluer les équipes de télé, au-dessus de sa tête, sur les passerelles transparentes. Vus sous cet angle, les hommes et leurs caméras se découpaient à contre-jour sur le fond de lumière blanche des projecteurs, et c'était un lent ballet de créatures étranges, irréelles, comme suspendues dans le vide au bout des câbles d'alimentation de leurs appareils.

« Il m'a l'air en parfait état, dit Jorge.

— Je vais bien, assura Coggio. Monsieur Varnan, est-ce que ça allait ?

— C'était bon, petit. Tu es en train de l'avoir. En dernier, tu t'es un peu énervé, mais c'est rien. Tu as retrouvé ton calme.

— J'ai retrouvé mon calme, dit Coggio.

— Tu souffres ? demanda Jorge. Tu es fatigué ? Des sensations de vertige ?

— Rien du tout, dit Coggio. Je me sens mieux qu'au début. »

Jorge Calmann et Sanzo échangèrent un regard.

« C'était parfait, dit Sanzo. L'effet maximal va se produire dans le deuxième round. »

Coggio demanda :

« Est-ce qu'il m'a mouché ?

— Pas vraiment, dit Jorge. Des petits riens. Une coupure sur la tempe, des estafilades le long des bras et de la cuisse. Ton auriculaire gauche est peut-être cassé — ça ne te gêne pas ?

— J'ai des poings de fer », dit Coggio.

Sanzo Papa se plaça devant lui et l'obligea à le regarder bien en face, en lui prenant la tête dans ses mains. Il dit :

« Tu es le plus fort, Pietro, tu comprends ça ? Le plus fort et le plus malin. Tu n'as fait aucune faute, tu entends ? Juste cet énervement, tout à l'heure, mais maintenant c'est fini et il n'y a plus à s'en faire.

— Je ne m'énerverai pas, Sanzo.

— C'est bien, petit. Varnan est très content, et nous tous avec lui. Tu as combattu comme il le fallait, tu l'as fatigué pendant trois quarts d'heure : il est sonné. Il est mal parti. Même s'ils le dopent à mort pour le second round, l'effet risque d'arriver trop tard, tu comprends ?

— Oui, Sanzo. »

Les mains du soigneur-dopeman pesaient doucement sur ses mâchoires.

« Si tu comprends ça, petit, tu as gagné. Sonne-le avant que la dope fasse effet. N'attends plus. Tu l'as suffisamment amusé, maintenant c'est le massacre. En moins d'un quart d'heure, si tu veux, tu peux l'avoir.

— Je vais l'avoir en moins d'un quart d'heure, Sanzo.

— C'est bien, petit. Rends-toi compte : on a perdu quelques personnes au cours des combats éliminatoires de ce jeu, mais finalement c'est toi qui restes en action, et tu vas leur faire payer. Tu vas nous donner un point, Pietro. Ça nous en fera quatre, et on a une bonne chance d'en avoir un cinquième avec la boxe : c'est en cours et c'est bien parti. Tu es en train de gagner tes galons de héros, pour le Grand Parcours, petit ! Tu te rends compte ? C'est sûr, tu vas être désigné. C'est très bon pour les BLANCS, pour la France, pour moi, pour toi, pour nous tous. Ça fait rudement longtemps que la France n'a pas eu de héros, et on commençait à rigoler un peu partout. C'est pas seulement bon pour cette GUERRE, c'est bon pour l'économie, l'équilibre politique, le prestige. Et c'est sur tes épaules que ça repose, mon garçon. Tu comprends ?

— Je comprends, dit Coggio. Est-ce que Virginia est dans la salle ?

— Évidemment. Elle est là. C'est bon pour elle aussi. Elle te regarde et elle est rudement fière de toi, petit.

— Elle est là, dans la salle ? Vous l'avez vue ?

— Je sais qu'elle est là, dit Sanzo. Tu penses qu'elle ne voulait pas manquer ça. Ni elle ni des milliards de téléspectateurs. Il y a des millions de gens qui te regardent, et qui espèrent, petit. Pas seulement dans les Champs d'Honneur, mais partout. Tous ceux dont tu tiens la vie entre tes mains, et les autres. Les encouragements n'ont jamais été si grands : on a une cote de 88 %, aux derniers pointages.

— Elle est dans la salle…

— Oui, petit. Elle nous rejoindra à la fin du combat. On fera une petite fête, c'est permis — après, quand tu seras nommé héros pour le Grand Parcours final, tu seras isolé et protégé, mais d'ici à cette nomination, on peut se faire une fête. Elle sera avec nous, tout à l'heure. Ça te va ?

— Ça me va, acquiesça Coggio. Vous allez voir ça : je vais le massacrer en moins d'un quart d'heure. »

Sanzo Papa sourit. Il tapota la joue du champion, secoua encore sa petite tête fanée, de haut en bas. Puis il replaça le protège-dents dans la bouche de Coggio. Il s'effaça pour laisser la place à Jorge, qui se mit à masser légèrement les cuisses aux muscles durs de Coggio. Varnan se pencha à son oreille et lui récita des conseils…

Coggio écoutait. Il avait appris depuis longtemps à écouter et à enregistrer mentalement, automatiquement, la moindre parole de son entraîneur. Un réflexe pur. Même s'il pensait à autre chose, les conseils de Varnan Sal. Da Rica se gravaient profondément dans son esprit. Il écoutait, tout en imaginant le visage de Virginia…

Lorsque la sonnerie de reprise retentit, c'était comme si des flots de lave coulaient dans les muscles de Coggio.

Ils reprirent place sur leurs bancs, dans leur coquille d'angle. Sanzo et Varnan échangèrent un coup d'œil. En silence, Varnan hocha la tête. Sanzo ne parvenait pas à maîtriser les tremblements de ses mains.

Le seul qui paraissait véritablement calme et décontracté, absolument sûr de l'issue du combat, c'était Jorge Calmann, le médicopsy.

« Attaque ! attaque ! souffla rageusement Sanzo dans la pastille de son micro-collier. Massacre-le, petit ! »

L'énorme Lin Sovitch Pao était plus hideux que jamais. Sanzo Papa avait raison : c'était un monstre, et Coggio devait l'anéantir, purement et simplement. Des millions, des centaines de millions de téléspectateurs n'attendaient que cela, comptaient sur lui. Et Virginia, au milieu de ces centaines de millions de personnes…

Ils l'avaient badigeonné de produit coagulant, ce qui transformait le visage du Chinois en un masque tordu couturé de grosses cicatrices brunes. Je vais le massacrer en moins d'un quart d'heure, songea Coggio.

Le Chinois s'était remis à sautiller, ramassé sur lui-même, ses gros bras écartés. Il ne s'attendait certainement pas à ce que Coggio portât une première attaque aussi rapide et violente. Le coup de pied l'atteignit tout juste au genou droit, le fit hurler et baisser sa garde. Le poing gainé de plomb de Coggio, lancé comme un énorme piston, toucha l'homme à la joue, sur sa blessure. Des os craquèrent, la peau s'ouvrit et le sang fusa. Coggio doubla son coup avant même que le Chinois comprenne comment il avait pu être atteint au genou. Encore des craquements, sous la mitaine plombée, et une nouvelle giclée de sang. Le protège-dents du ROUGE s'ouvrit en deux. Il le cracha avec du sang et des esquilles osseuses.

L'homme évita une nouvelle volée de coups en reculant à petits pas, jusque dans les cordes. « Attention, petit ! cria la voix de Sanzo dans la tête de Coggio.

Massacre-le, mais ne te découvre pas tr… » Coggio ne vit pas venir le poing ganté de métal. Il prit le coup en pleine face, vit du rouge. Il ne ressentit aucune douleur, juste la puissance du choc qui l'ébranla de la tête aux pieds. Il y avait un grand nombre de débris dans sa bouche, et il cracha — comme le Chinois quelques secondes auparavant : du sang, des morceaux de dents et l'appareil en acier que le choc avait tordu.

Dans sa tête, c'était une manière de silence terriblement lourd, le vide absolu qui vibrait sur des vagues de bourdonnements. Il comprit que le choc avait détruit son récepteur-radio implanté dans une molaire. Il cracha encore, rouge et gluant.

La colère flamboya.

Le Chinois se redressait, contre les cordes, et se préparait à cogner. Toute la rage de Coggio tomba dans ses poings. Il frappa, alors que son adversaire levait le bras droit ; il frappa en dessous, toucha l'homme au flanc. Il vit se déchirer la peau, c'était comme une espèce de ralenti, comme les combats d'entraînement que Varnan repassait sur le vidéo, afin que l'on puisse étudier les jolis coups et les erreurs. Il vit la peau se déchirer et le sang couler, il frappa de l'autre poing, au cœur, le Chinois recula, retrouva les cordes, il frappa encore au plexus et l'homme se plia, il entendait la foule crier, au plus profond de son silence bourdonnant, c'était une illusion mais il y croyait, il entendait hurler, et même il entendait ceux qui suivaient le combat devant leur poste, des millions, des milliards, des millions, millions, millions, et Virginia, il vit la face grimaçante du Chinois, sa bouche ouverte, il cogna en plein dans cette bouche sanglante, il cogna, il n'avait pas mal, ni à ses poings, ni à ses doigts cassés, ni à sa mâchoire sonnée, ni à ses gencives ouvertes, il souffla du sang par la bouche et le nez, il n'avait pas mal, c'était le silence dans sa tête, un silence pareil à celui qui vous enveloppe, par exemple, quand on est assis au bord d'un ruisseau, ce n'est pas vraiment du silence, son poing déchira la bouche déjà très mal en point du Chinois, il vit les yeux plissés qui s'ouvraient démesurément, cette grosse masse de muscles qui tressautait, rebondissait dans les cordes, il cogna au ventre, juste sous la ceinture, tous les coups sont permis, et il envoya son pied dans l'entrejambe du Chinois. Il trembla car l'autre venait de le toucher. Son souffle devint sifflant. Je n'ai pas mal. Il pilonna cette masse de muscles barbouillés de sang. Ses poings s'enfonçaient dans les chairs et laissaient des balafres livides, ou déjà bleuâtres, ou la peau éclatait franchement, il y avait une odeur forte de sueur et de pommade cicatrisante, et même d'urine, il vit que le short du Chinois était humide, il vit le Chinois cracher une grosse goulée rouge et pas seulement du sang, autre chose aussi, il le vit tomber, sa tête heurta une corde, Coggio lança son pied, la semelle toucha l'homme au visage, le nez explosa, il frappa encore et la tête rebondit, inerte, les yeux grands ouverts, Coggio sauta de tout son poids et à pieds joints sur l'estomac tendu du Chinois, c'était élastique, mou, craquant, il sauta encore, quelque chose se déchira dans les tissus, sous ses semelles alourdies de fers, la poche stomacale dut crever, ou les intestins, il sauta et sauta sur cette baudruche inerte, des matières verdâtres, gluantes, fusèrent avec des jets de merde par l'entrejambe du short, fusèrent loin, salissant les jambes nues, le ring, Coggio sauta encore mais ça n'était plus élastique, et il se laissa tomber sur l'homme et la sonnerie lui emporta d'un seul coup la tête, et des bras s'accrochaient à lui, le tiraient en arrière, le relevaient, l'emmenaient, le maintenaient au centre du ring, et il reconnaissait les visages des juges-arbitres, ceux de Sanzo Papa, de Varnan, de Jorge, il voyait tous ces sourires, le silence malmené par la sonnerie se déchira tout à fait, il entendit hurler de joie Sanzo et Varnan, et même les spectateurs, et même Virginia, il entendit l'incroyable vacarme, il fut submergé, emporté, soulevé, il agitait ses poings au-dessus de sa tête, il avait gagné, il avait gagné, il avait gagné, IL AVAIT GAGNÉ, IL ÉTAIT LE VAINQUEUR, il avait massacré le Chinois, donné un point à son camp, au camp BLANC, à la France, il avait fait ce qu'on espérait qu'il ferait, ce qu'on attendait de lui, il avait bien écouté Sanzo et Varnan, il n'avait pas mal, il flottait, il avait gagné, il avait gagné, IL AVAIT GAGNÉ.

Il avait gagné et il serait un héros.

2

20 000 personnes pouvaient prendre place sur les gradins de l'amphithéâtre, mais c'était possible d'en *entasser* le double, dans les limites de sécurité : la finale des épreuves de pugilat illustrait précisément ce cas. Si le nombre des spectateurs qui venaient d'assister au combat n'atteignait pas la cote ahurissante des 40 000, c'était de fort peu. L'énorme foule était composée aux trois quarts par des supporters du camp BLANC, aisément reconnaissables, non seulement à leurs vociférations enthousiastes, mais aux maillots publicitaires et aux casquettes, chapeaux et bonnets blancs qu'ils portaient. La colonie des ROUGES, quelques milliers de personnes qui avaient fait le voyage aux E.U.A.N. (États d'Union de l'Amérique du Nord) depuis leurs pays de la Fédération socialo-communiste, s'était groupée en un point de l'amphithéâtre situé aux abords immédiats de la sortie nord. Les ROUGES menaient également grand tapage et manifestaient violemment leur dépit après la défaite de Lin Sovitch Pao, leur champion finaliste massacré (le terme n'était pas trop fort) par Pietro Coggio. Quelques bagarres et empoignades énervées éclatèrent entre supporters des deux camps, à la

périphérie du groupe des ROUGES, et les commissaires des jeux, tirant des holsters leurs matraques électriques, entrèrent en action. Non seulement le camp ROUGE perdait un point au classement général qui déciderait de la composition des équipes pour le Grand Parcours des Héros, mais dans les jeux parallèles des paris le champion ROUGE était coté à quinze contre un avant le combat : les supporters de la Fédération socialo-communiste avaient donc deux bonnes raisons de faire éclater leur colère déçue…

Le vacarme était fantastique, dans tous les sens du terme. Près de 40 000 personnes hurlant, piétinant, trépignant, dévalant les gradins ou demeurant sur place, battant des mains et tapant des pieds, en attendant que se débloquent les bouchons qui encombraient les sorties du stade couvert. Visages hilares et grimaçants, que la joie déformait au point d'en faire des masques inexpressifs, crispés, tordus par l'excitation… braillements, cris aigus… gestes sporadiques, en aboutissement de spasmes qui secouaient les corps tout entiers… pupilles dilatées par l'absorption d'alcool, paupières irritées par les vagues stagnantes de fumée aux senteurs d'herbes diverses… Et les projecteurs pendus aux voûtes éclairaient cette foule hurlante, l'inondaient de jets de lumière crue qui s'étaient mis à tournoyer, eux aussi, comme si la folie avait gagné les machines elles-mêmes. La retransmission en direct des commentaires des journalistes n'avait plus le moindre effet en ce lieu : les clameurs de la foule avalaient allégrement ces voix mêlées crachées à pleine puissance par les haut-parleurs. Sur leur passerelle suspendue au sommet de la cage protectrice, les techniciens et cameramen de télévision poursuivaient leur ballet aérien, dans les brumes pesantes des fumées ; ils retransmettaient pour des millions de téléspectateurs l'enlèvement du corps du vaincu, et la sortie par le tunnel d'accès au ring du vainqueur, accompagné par son groupe de soigneurs. Sur l'écran géant pendu à l'extrémité sud de l'amphithéâtre, des images défilaient, images retransmises par d'autres équipes et d'autres caméras situées sur le parcours du champion vainqueur jusqu'à sa loge. Mais personne, dans la salle, ne songeait à suivre ce reportage.

Quelque part dans cette mer déchaînée, quelque part au cœur même de ce pandémonium dantesque, sur un gradin des cycles les plus courts, c'est-à-dire approximativement au niveau de la piste, derrière les emplacements réservés à la presse, la jeune fille était assise et ne bougeait pas. Elle était comme une île d'indifférence, une excroissance vive accrochée au siège de bois, dans les remous de la foule grondante. Elle ne bougeait pas : assise, les bras serrés le long du corps, les mains crispées sur le rebord du gradin, elle se tenait légèrement penchée en avant.

Elle était menue, d'une apparence fragile accentuée par tous ces tourbillons de violence qui roulaient et palpitaient lourdement autour d'elle. Le poids de cet environnement ne l'écrasait pourtant pas. Elle ne subissait rien — rien, en tout cas, qui fût en provenance directe de cet amalgame de bruit et de fureur. Elle était… oui : indifférente. Ailleurs.

Des spectateurs piétinaient sur un rythme saccadé le gradin sur lequel elle était assise. À côté d'elle, d'autres s'étaient levés, dansaient sur place en chantant. La jeune fille ne leur accordait pas la moindre attention.

Elle était vêtue de ce maillot blanc ordinaire des

supporters de la Confédération libérale, et la lettre F, sur sa poitrine ronde, disait, apparemment, sa nationalité française. Une courte jupe de cuir blanc moulait ses hanches étroites et s'arrêtait à mi-cuisses. Elle avait des jambes longues, bronzées ; ses pieds étaient chaussés d'espadrilles sans talons.

La jeune fille (elle n'avait pas vingt ans) regardait devant elle, au-delà des allées et venues des groupes de reporters et de techniciens, dont certains commençaient le rangement de leur matériel radio ; elle regardait la cage vide, et le ring désert, et les traînées de sang sur le sol du ring. Mais peut-être ses yeux bleu délavé ne voyaient-ils rien, ni la cage ni le ring, rien. Son visage était fin, délicatement dessiné, triangulaire, avec un nez petit légèrement retroussé, des pommettes doucement saillantes, une bouche plutôt large aux lèvres pincées en un pli net. Ses cheveux étaient blond cendré, mi-longs et frisés.

Elle ne bougeait pas. Sa respiration était discrète et régulière.

Progressivement, sur ce visage de chatte fragile, se peignit une expression triste. Les yeux bleus s'embuèrent de larmes troubles — mais des larmes qui ne coulèrent point.

Plus tard, le vacarme ambiant fondit quelque peu, suffisamment pour qu'on entende la musique diffusée par les haut-parleurs, et les commentaires intermittents d'un speaker annonçant les réactions mondiales aux différents niveaux des organismes sportifs de la GUERRE, les résultats de quelques combats de l'épreuve de boxe en cours, et les décomptes de victimes pour le camp ROUGE après la victoire du pugiliste BLANC. Mais la foule était encore grosse, elle s'écoulait très lentement par les deux sorties de l'amphithéâtre. Des pétards éclataient ici et là. Quand la voix éraillée du speaker annonça que la victoire de Coggio venait de coûter plus de 250 000 morts au camp ROUGE de la Fédération socialo-communiste, un véritable ouragan de cris et d'applaudissements roula sous les voûtes du stade. Ce fut comme si la vibration libérait les deux larmes accrochées dans les cils de la jeune fille. Alors elle bougea. Elle eut un geste vif, rapide, pour écraser et effacer ces larmes sur ses joues. Elle redevint vivante, se redressa. Elle regarda autour d'elle.

Sur la passerelle, les cameramen et leurs assistants bouclaient les housses protectrices de leurs appareils de prise de vues, enroulaient les câbles. Au pied des premiers gradins, les reporters-radio avaient quitté leurs bancs et devisaient entre eux par petits groupes ; là aussi, des techniciens démontaient les installations.

Autour de la jeune fille, les gradins étaient vides. Elle était seule, dans les vagues de fumée piquante. Elle soupira, longuement ; son regard flou s'alluma. Dans la poche de son maillot, elle prit un paquet froissé de cigarettes Old Capricorn et en alluma une à la flamme d'un briquet en argent. Elle remit le briquet et le paquet de cigarettes dans sa poche. La jeune fille tira une longue bouffée qu'elle rejeta lentement par les narines. Elle regarda venir vers elle le commissaire des jeux dégingandé, dans son costume gris, avec le holster qui lui battait la hanche et la matraque balancée à son poignet droit. Le commissaire des jeux s'immobilisa à deux pas de la jeune fille, la regarda. Elle soutint l'examen sans ciller. Puis le commissaire jeta un coup d'œil en direction de cette boîte de bière vide, près de son pied botté ; il shoota dans la boîte, qui roula et vint buter contre le pied de la jeune fille. Le commissaire sourit, comme si ce qu'il venait de faire n'était pas prémédité. Il s'adressa à la jeune fille en anglais. Elle haussa les épaules, et les sourcils en même temps, dit :

« Je ne comprends pas. Désolée. »

De sa main qui tenait la cigarette, elle désigna le F, sur sa poitrine.

« D'accord, dit le commissaire en français. Vous comptez passer le reste de la nuit ici, mademoiselle ? »

Il avait une tête tout en longueur, avec un nez très fin et triste. Ses yeux étaient injectés de sang, irrités par la fumée, et des cheveux blonds très pâles, presque blancs, s'échappaient en mèches raides de sous sa casquette, lui couvrant les oreilles et la nuque. Le fil électrique tire-bouchonné qui sortait de son holster et reliait la pile génératrice au manche de sa matraque faisait songer à une espèce de gros cordon ombilical luisant.

« Il faut vous en aller, mademoiselle. Tout le monde s'en va. »

La jeune fille parut hésiter une seconde, et les paupières du commissaire des jeux se plissèrent. Elle eut un coup d'œil rapide en direction de la cage vide et du tunnel d'accès, puis elle soupira.

« Je m'en vais, dit-elle d'une voix douce. J'attendais que cette foule se disperse.

— C'est assez fluide, maintenant, dit le commissaire. Il y a quelques bouchons, mais on peut accéder à la sortie. »

Elle se leva, tira sur sa jupe pour la déplisser. Elle était presque aussi grande que le commissaire.

« Est-ce que vous avez des papiers d'identité ? demanda l'homme. Voulez-vous me les montrer ?

— Naturellement », dit la jeune fille.

Du col échancré de son maillot, elle tira le lacet de cuir au bout duquel était rivée la carte d'identité sous plastique. Elle tendit la carte au commissaire qui se pencha pour lire à haute voix :

« Virginia Vorane... nationalité française... »

Il lut le reste des informations codées à voix basse. Il hocha la tête.

« Je ne voulais pas me mêler à ces gens », dit Virginia Vorane tout en replaçant la carte entre ses seins, sous le maillot. « Je me sentais mal, un peu... Cette chaleur...

— Je peux vous guider vers la sortie, si vous le voulez. Nous sommes ici pour cela. Vous logez dans le quartier de Denver Lake ? À quel hôtel ?

— Non, dit Virginia. Je suis dans un bungalow du secteur des accompagnateurs de la sélection française de l'Eurobloc. À Red Mountain. »

Le commissaire ne manifesta pas le moindre étonnement. Il se contenta de répéter « Red Mountain », en rectifiant la prononciation.

La jeune fille tira une nouvelle bouffée de sa Old Capricorn ; elle rejeta la tête en arrière et souffla posément la fumée. Comme si elle avait pris une décision soudaine, elle dit :

« Je veux bien. Si vous pouviez me guider jusqu'à la sortie, je vous en serais reconnaissante.

— Je vous en prie », dit le commissaire des jeux.

Elle suivit l'homme le long de la travée entre les gradins.

Les reporters et cameramen munis de badges spéciaux délivrés par la haute sécurité des jeux (un ingénieux dispositif accordé à leur empreinte biologique spécifique) étaient rassemblés dans les couloirs. Il y en avait plus d'une cinquantaine, et autant de commissaires vigilants pour les encadrer et veiller au grain — on n'avait jamais vu, jusqu'alors, d'agent-espion d'un camp adverse se déguiser en cameraman pour une tentative d'agression-suicide sur la personne d'un champion, mais l'éventualité n'était pas exclue… mieux valait compter avec les dangers « impossibles » que de pécher par négligence et payer trop de confiance benoîte par la mort d'un champion. La mort d'un champion pouvait signifier la mort de beaucoup de citoyens, cela pouvait peser très lourd sur le score final du Grand Parcours des Héros. Passer le barrage des badges biologiques personnalisés était techniquement inconcevable d'après les informations obtenues par chacun des deux camps en présence sur les recherches de son vis-à-vis. *Mais*… mais il suffisait qu'une nouvelle base de recherche ultra-secrète soit née au fond de quelque pays perdu allié au bloc adverse, que les satellites-espions n'aient rien vu, rien repéré, que les agents de renseignement n'aient glané l'ombre d'une information… Et c'est pourquoi la haute sécurité ne lésinait pas sur le nombre de commissaires en action de tout le temps que durait la GUERRE.

Le groupe mouvant fonça en direction de Coggio, soutenu par le soigneur-dopeman Sanzo Aeschillem et le médicopsy Calmann. Caméras et micros braqués. Une boule vivante, une entité bizarre aux yeux avides, hérissée de bras et de jambes… Une demi-douzaine de commissaires entourèrent vivement le champion et ses soigneurs, tandis que d'autres s'efforçaient de tempérer et de contenir l'ardeur des journalistes. Coggio souriait de toutes ses dents brisées, levant mécaniquement ses mains, l'une après l'autre, pour essuyer le sang qui coulait de ses lèvres. À toutes les questions qui fusèrent, il répondit invariablement :

« J'ai gagné ! Je l'ai massacré ! Vous avez vu ? »

Les caméras et les micros reculèrent, la masse de visages, de bras et de jambes fut refoulée par les commissaires. On demandait à Coggio ce qu'il pensait du fait qu'il allait probablement être sacré héros pour le Parcours Final, ce qu'il ferait une fois la GUERRE terminée, quel qu'en soit le verdict (et s'il était toujours en vie) ; on lui demandait s'il était reconnaissant à la firme Eurosport d'avoir étudié et conçu ses mitaines de combat, combien d'argent il allait gagner après cela ; on lui demandait s'il comptait rester dans l'équipe sportive de France, ou s'il céderait aux propositions d'achat qui n'allaient pas manquer de se manifester, et dans ce cas s'il concevait d'être racheté par une équipe du bloc adverse ; on lui demandait s'il allait se marier, une fois la GUERRE finie, avec qui, où, quand ; on lui demandait ce que pensaient ses parents de son ascension…

« J'ai gagné ! Je l'ai massacré ! Vous avez vu ça, les gars ? »

Varnan Sal. Da Rica s'énerva, gueula que les questions ne servaient à rien, qu'un temps viendrait pour le communiqué de presse, que Coggio était encore sous l'effet des dopes et du combat et qu'il n'était certainement pas capable de tenir une conférence. Il y eut des protestations parmi les journalistes ; certains commissaires aux nerfs trop tendus actionnèrent leurs matraques, à faible puissance. Il y eut des éclairs crépitants, bleus, des cris, des protestations…

Après quelques minutes de lutte et d'échauffourée, quelques commissaires frappés, quelques appareils photographiques et une caméra jetés au sol, Coggio et son escorte purent s'engouffrer dans la loge du champion.

« Oh ! nom de Dieu ! » soupira Sanzo en s'adossant contre la porte verrouillée par les commissaires.

Il était en nage, porta un doigt distrait à la marque bleuâtre qui ornait le centre de son front dégarni ; il regarda son doigt : ça ne saignait pas. Il avait pris un coup dans la bousculade, était parfaitement incapable de dire qui ou quoi l'avait frappé. Il souriait de toutes ses dents.

La loge était en fait un véritable petit appart, avec plusieurs pièces en enfilade. C'était pareil pour chaque équipe sportive reçue sur le territoire de l'E.U.A.N. Certaines de ces loges-apparts étaient collectives, d'autres personnelles. La première pièce était une salle médicale de relaxation et de préparation, la seconde une chambre de logement pour le champion, la troisième un local pour ses soigneurs et accompagnateurs.

Une vingtaine de personnes se trouvaient dans la salle médicale. La moitié étaient des pugilistes, l'autre moitié faisaient partie du personnel d'encadrement administratif et organisateur de l'équipe. Parmi tous ces gens, le haut coordinateur de l'équipe française en personne. Un homme corpulent, qui embrassa chaleureusement Coggio sans paraître remarquer le sang que celui-ci laissait sur son costume, qui lui présenta les félicitations émues de Jean Toguenec (c'est-à-dire lui-même, mais il avait l'habitude de se nommer à la troisième personne), du gouvernement français, du peuple français, des milliards de sujets du camp BLANC... Toguenec frappa les épaules de Varnan, puis de Sanzo. Il s'éclipsa, suivi par un petit défilé de dignitaires... Ensuite, les compagnons pugilistes de Coggio y allèrent de leurs compliments. Ils disparurent à leur tour. Enfin, dans un silence soudain, il ne resta plus dans le local que les trois accompagnateurs de Coggio, Coggio lui-même et deux agents de sécurité rattachés au service direct de l'équipe de France à l'intérieur du camp BLANC. Ils s'appelaient Avril Delome et Marc Mangel, spécialement détachés (avec un troisième larron nommé Jul Light présentement absent) auprès de l'équipe des sportifs de combat français, aux ordres directs de la Sécurité/France et du ministère des Jeux et de la Compétition. Après cette nouvelle victoire de Coggio, ces agents allaient consacrer le maximum de leurs efforts et de leurs occupations au maintien de la sécurité du champion.

Après le vacarme des couloirs et le concert d'exclamations de tous ceux qui occupaient la loge quelques instants plus tôt, le silence avait presque une consistance palpable.

Jorge Calmann cligna de l'œil et poussa doucement Coggio vers la table de relaxation.

« Va, petit… »

Coggio fit un pas, puis s'immobilisa. Il regarda autour de lui comme quelqu'un qui s'éveille dans un décor inconnu. Le sourire béat qui étirait ses lèvres éclatées tomba lentement. Une grosse goutte de sang roula hors d'une profonde entaille qui coupait sa lèvre inférieure, glissa sur le menton.

« Virginia ? »

Jorge Calmann regarda Sanzo, puis Varnan. Tous trois regardèrent à leur tour les deux agents de sécurité, lesquels hochèrent la tête, de gauche à droite.

Sanzo s'approcha de Coggio et lui frappa amicalement l'épaule — il dut lever son bras et l'étirer le plus haut possible.

« Ne t'impatiente pas, mon petit, dit-il. Elle va venir. C'est prévu. Allonge-toi, repose-toi. Tu es un vrai champion, Pietro. On est tous fiers de toi, mais tu dois te retaper. »

Coggio marcha vers la couchette et s'installa dessus. Jorge actionna le mécanisme et monta le dossier en position semi-couchée.

« Virginia devait être là », dit Coggio.

Il avait l'air soucieux et malheureux, après l'immense joie des instants précédents. Dans sa tête, ça grésillait. Il n'avait pas mal, mais ça grésillait. Virginia aurait dû être là, et elle n'y était pas.

« Relaxe-toi, petit », dit affectueusement Sanzo, tout en dénouant les mitaines plombées du champion. « Elle était dans la salle. Tu as vu cette foule ? Il lui faut le temps de venir jusqu'ici. Tu comprends ? »

Coggio regarda son soigneur-dopeman lui délacer ses mitaines. Il réfléchissait. Sous les plaques de plomb rivées au cuir des gants, il y avait des petits fragments de peau et du sang.

« Tu comprends ? » dit Sanzo.

Il retira les mitaines, et Jorge saisit la main droite de Coggio, la palpa.

« Il faut lui laisser le temps de venir », dit Coggio.

Il posa sa tête contre le coussin repose-nuque. Son regard était fixe. Il regardait le plafond blanc. C'était flou, agréable, autour de lui. Il y avait simplement ce mauvais grésillement dans sa tête, et une pointe de tristesse parce que Virginia n'était pas là.

« Tu es notre plus grand champion », disait la voix de Sanzo. (Coggio ne sentit même pas s'enfoncer l'aiguille dans son épaule.) « Tu te rends compte, petit ? Mets-toi bien ça dans la tête, mon garçon. Ça ne nous était pas arrivé depuis… oh ! des années ! Il faut te reposer, c'est ce qui compte. Virginia va arriver, ne t'en fais pas. Te reposer, voilà. Te retaper. Après un coup comme celui-là, tu es bon pour être désigné. Tu vas être un héros… »

C'était flou et agréable. Le plafond était d'une blancheur parfaite. Je serai désigné, songea Coggio. Je serai un héros. Je n'ai pas mal. Je serai désigné pour le Grand Parcours final, et on gagnera. En dépit du handicap. On gagnera.

C'était flou, flou, agréable, agréable…

Sanzo passa sa main devant le regard fixe du champion, puis il lui baissa les paupières.

« Voilà, dit-il en reculant. La dextro fait effet. »

Jorge prit le relais, palpa Coggio sous toutes les coutures. Les autres le regardèrent en silence. Ils semblaient tous très fatigués, tout à coup. Il était minuit juste. Lorsque Jorge Calmann eut terminé son examen, il se redressa, soupira et dit :

« Pas de fractures importantes. Un doigt, et une côte fêlée : il faudra une radio pour confirmer. Pas de lésions internes, je ne crois pas. Il est bon pour le Parcours, solidement soutenu en dopes appropriées. Il peut s'en tirer.

— Les dents ? demanda Varnan.

— Deux cassées. On va extraire les racines, recoudre les gencives et les lèvres. Points de suture pour les blessures des pommettes, également. On pourra lui replacer un récepteur dans sa molaire, c'est un détail. Je vais m'occuper de tout cela cette nuit.

— Bon Dieu ! grogna Sanzo. Où est passée sa poule ? Qu'est-ce qu'elle fiche ? Elle veut nous le saper psychologiquement, ou quoi ? »

Varnan se laissa tomber dans un des fauteuils. Jorge l'imita, mais Sanzo resta debout, fit nerveusement les cent pas.

« C'est vrai que s'il n'avait pas été aussi secoué par le combat, il aurait résisté davantage aux tranquillisants et se serait posé des questions. Probable que tu as raison : il faut lui laisser le temps de venir jusqu'ici », dit Varnan.

Sanzo regarda Jorge : « Ça compte beaucoup, pour lui, n'est-ce pas ? Je veux parler du soutien psycho.

— Beaucoup.

— Et cette fille est en train de nous le gâcher ! gronda Sanzo. Si elle ne se magne pas, elle ne pourra plus le rencontrer : quand il sera désigné héros, plus personne ne pourra l'approcher, pas plus cette fille que le président des États ! Merde, à quoi elle joue ?

— On va s'en occuper », dit Avril Delome.

Sans attendre de réponse (y avait-il une autre réponse possible que l'acquiescement ?) l'agent de sécurité quitta la pièce, entraînant son compagnon.

Un nouveau silence, lourd, suivit ce départ. Varnan et Jorge étaient écroulés dans des fauteuils, Sanzo debout, et Coggio sous tranquillisants, allongé sur son lit.

« On attendait ça depuis combien de temps ? » murmura enfin Sanzo.

Les deux autres hochèrent la tête et se laissèrent aller pour la première fois. Ils souriaient largement, sans retenue.

« Trente ans, souffla Sanzo. Trente ans que je suis soigneur-dopeman, et j'ai vécu ça une seule fois, avant maintenant. J'étais soigneur avant qu'on institue la GUERRE OLYMPIQUE. J'ai vécu ça en 2206, pour la quatrième. Avec Lancelot. Maurice-Andy Lancelot, nom de Dieu.

— Ça te fait une belle fin de carrière, dit Varnan.

— Et pour toi aussi, pas vrai ? »

Varnan plissa les paupières. Son sourire se fit moins large.

« Pour moi aussi… si on gagne la finale. Même en admettant qu'on prenne un point de plus pour la boxe, ça nous fera du cinq contre neuf. Cinq points contre neuf. Si on met dix héros dans la course, ils en mettront le double…

— Mais on a celui-ci ! dit Sanzo, désignant le grand corps allongé de Coggio. Celui-ci ! Une machine comme j'en ai rarement vu dans ma vie ! Une bête, qui assimile les dopes comme personne, sans danger. À lui seul, Varnan, tu le sais, il en vaut cinq !

— D'accord, d'accord, dit Varnan. N'empêche, les jeux ne sont pas faits. »

Sanzo fit bouger sa tête d'oiseau maigre, en silence, un moment.

« J'y crois, dit-il. Bon Dieu, j'y crois enfin ! Dans chacune des épreuves du Grand Parcours, Pietro est imbattable ! S'ils font une bonne sélection, avec lui, on remonte notre handicap sans problème et on gagne cette putain de GUERRE ! J'y crois, moi !

— On commence à y croire tous, dit Jorge. Mais on hésite à le crier… »

Il leva les mains, croisa les doigts. Varnan fit de même. Sanzo remua encore la tête, et finit par croiser les doigts, lui aussi.

Il passa dans la pièce voisine et revint quelques instants plus tard avec une bouteille et des verres.

« Ce n'est pas de maintenant que j'y crois, dit-il. J'avais préparé cette soirée. »

Il déboucha la bouteille et versa le champagne dans les verres.

« Sanzo, dit Varnan avec une drôle de grimace, ça m'ennuiera de te laisser tomber. Ça m'ennuiera d'abandonner ce sacré métier, même sur un triomphe. J'ai vu pas mal de soigneurs-dopemen, mais jamais de ta trempe. Je te le dis comme je le pense : il faut croire que c'est l'occasion… »

Les compliments, dans la bouche de Varnan-le-lugubre, étaient à peu près aussi rares que des discours philosophiques dans celles des champions qu'il entraînait. Sanzo ne put cacher sa surprise ; il en resta ahuri pendant quelques secondes. Jorge Calmann éclata de rire, et Varnan mit le nez dans son verre.

« Puisque c'est l'occasion, comme tu dis, fit Sanzo un peu rouge, je te retourne le compliment. Et c'est sincère. Tu es aussi bon entraîneur que boute-en-train.

— Ça, c'est envoyé ! » dit Jorge.

Sanzo cligna de l'œil. Il dit :

« Le médicopsy est jaloux. On ne lui fera pas de fleurs, même s'il les mérite : il a encore de longues années de pratique devant lui. »

Jouant le jeu, Varnan poursuivit :

« À moins qu'il ne tourne mal et finisse un peu vite dans la peau d'un illégal ! Je le vois bien *scieur de têtes*, gagnant des fortunes en trafiquant les implants des condamnés. »

Ils plaisantèrent un moment sur ce sujet et Jorge entra dans la danse sans se faire prier. À zéro heure trente, ils avaient vidé le contenu de la bouteille. Le téléphone sonna. Jorge décrocha, se présenta. Il écouta pendant quelques secondes et son sourire s'élargit au maximum. Il dit : « Je vous remercie. Je me mets au travail sans tarder. » Et raccrocha.

« Il est désigné, dit-il. Le héros Pietro Coggio. »

Sanzo leva son verre en silence, la gorge nouée, les doigts tremblants.

« Je vais appeler mes garçons, dit Jorge d'une voix éraillée. On a du travail pour une belle partie de la nuit, si on veut retaper sérieusement notre grand personnage. Disparaissez, vous deux. Allez rêver à votre retraite triomphale — et retapez-vous, vous aussi, vous en avez besoin. »

Ils se levèrent.

Sans ajouter un mot, Varnan et Sanzo passèrent dans la pièce voisine, après un ultime coup d'œil au corps nu contusionné de Coggio, sur le lit. Ils entendirent Jorge Calmann décrocher le téléphone. Ils traversèrent l'appart réservé au champion, entrèrent dans le local spacieux qui leur était destiné.

« Bon sang, souffla Sanzo. Tu as raison, malgré tout : rien n'est joué. Nom de Dieu, c'est abominable : RIEN N'EST JOUÉ !

— Arrête, Sanzo ! gronda l'entraîneur. Ne m'oblige pas à te remonter le moral, dis ! Pas *moi* ! »

Ils se laissèrent tomber sur leurs lits, et ils attendirent. Ils ne trouvaient plus rien à dire.

À un moment, Sanzo demanda : « Ça te dirait d'écouter les retransmissions à la télé ?

— Non, dit Varnan. On saura assez tôt tout ce qu'on doit savoir.

— En fait, je pense comme toi, admit Sanzo, ouvrant et refermant ses mains vides. Je disais ça pour parler… »

Il avait l'air très excité intérieurement, et à la fois malheureux, désarçonné…

Les épreuves sportives de compétition retenues par les Comités d'organisation intergouvernementaux, pour la 12e GUERRE OLYMPIQUE de 2222, étaient les suivantes :

1) Athlétisme (5 000 m, 100 m, 400 m/pièges, 50 km, haltérophilie, saut en long, saut perché, lancer de haches)
2) Boxe
3) Canoë
4) Cyclisme (300 km et 50 km)
5) Escrime
6) Football
7) Pugilat
8) Natation
9) Ski
10) Chars
11) Moto-glace
12) Tir carabine
13) Tir à l'arc
14) Automobile

Les deux épreuves du Cyclisme comptaient pour un point chacune, soit deux points.

3

À une certaine époque, Yanni « Bog » Bonnefaye était ce qu'il est convenu d'appeler un « jeune homme bien ». Il en avait l'allure générale, la sveltesse sportive, l'élégance raffinée et de bon ton (juste ce qu'il fallait d'audace dans la coupe et les coloris de ses costumes pour être à la mode sans avoir l'air de s'en préoccuper spécialement). Il était de ceux-là qui portent des chemises sans que jamais le col ne les étrangle un tant soit peu, qui peuvent arpenter en long et en large une rue poussiéreuse sans que le vernis de leurs chaussures en soit marqué ou terni ; de ceux-là qui traversent une tempête et n'éprouvent même pas la nécessité de se recoiffer. Ses poignets de chemise ne dépassaient *jamais* de plus de un centimètre les manches de sa veste, ses ongles n'étaient *jamais* noirs ou écaillés, il ne remontait *jamais* son pantalon sur ses hanches, il ne transpirait *jamais* en public, il était *toujours* affable et courtois, d'humeur égale, gardait ses soucis pour lui, et d'une grande *efficacité* dans son travail. C'était un homme de catalogue, en chair et en os, un de ces types ultra-corrects comme on en voit dans les spots publicitaires ou sur les revues professionnelles destinées aux cadres d'entreprises. Un modèle. Une perle.

Quand il parlait, ni trop ni trop peu, il ne ponctuait pas son discours avec ces mots-tics qui reviennent régulièrement dans les conversations, comme c'est souvent le cas — comme s'il s'agissait, là aussi, d'une mode. Il n'était pas davantage de ce genre à laisser traîner des « heu... », des « ben... » à la recherche d'un terme approprié. Non. Il s'exprimait correctement, très à l'aise, avec précision, sans pédanterie excessive.

Yanni Bog Bonnefaye était une image parfaite.

Une image en trois dimensions. Ce qui ne l'empêchait pas de penser, d'avoir une tête avec une cervelle à l'intérieur et de la faire fonctionner derrière les sourires-dents-blanches, la bonne humeur sur thermostat « moyen », l'élégance et la conversation cool. Peut-être n'aurait-il pas dû.

Parce qu'il avait fait fonctionner sa cervelle, le « jeune homme bien » était devenu un paria. Un hors-jeu.

Ce temps-là des poignets de chemise impeccables avait pris fin six mois plus tôt. Six mois, pour Yanni Bog Bonnefaye, ç'aurait pu être tout aussi bien six ans, ou toute sa vie : c'était incroyable cette façon qu'avait le temps de se tortiller en tous sens, de se gonfler, de se traîner lamentablement, additionnant des secondes grosses comme ça, des minutes sans frontières, depuis (prétendument) *six mois*...

Le meilleur des mondes comporte toujours deux faces. C'est l'évidence, même si ce n'est pas toujours flagrant, même si on choisit, si on préfère n'en voir qu'une — même si *on* fait tout pour que vous n'en voyiez qu'une. Comme une pièce de monnaie. La face

« paradis », et la face « enfer ». Ce n'est pas plus compliqué. Quand on se met à croire autrement, à penser autrement, le mécanisme secret entre en action et si l'on n'est pas malin on se retrouve sur l'autre face du meilleur des mondes : la face « enfer ». C'est toujours l'enfer, quand on vous rejette du paradis, quand le meilleur des mondes s'écroule autour de vous.

Et voilà.

C'était l'enfer, pour Yanni Bog, depuis une éternité. Non seulement il s'était mis à faire fonctionner sa cervelle dans une direction hors programme, en marge des sentiers battus et des voies asphaltées, mais il avait voulu *agir* en accord avec cette nouvelle manière d'appréhender la vie. Il s'était fait avoir. Avait joué, avait perdu.

Le « jeune homme bien » était mort six mois plus tôt, un matin noir d'hiver, en recevant sa convocation de condamné pour le centre médico-judiciaire de Paris Ville IV (Bloc des hautes peines). L'homme nu qui était sorti, hébété, de l'établissement de justice, cet homme hagard qui survivait dans les affres d'un enfer mou et gluant depuis six mois interminables avait huit chances sur dix de mourir *réellement* (son corps, son cerveau, les mécanismes mystérieux de sa pensée) dans quelques jours.

Dans quelques jours, *enfin !* — et souvent Yanni Bog Bonnefaye appelait l'échéance fatidique de tout son être, avec tout ce qui lui restait de forces mentales, il hurlait dans sa tête comme un chien hurle à la mort, entre deux vagues déferlantes de peur. Il était avec les autres, dans le parc aménagé en Champ d'Honneur, lorsque les résultats du combat final, pour l'épreuve de pugilat, avaient été annoncés. Il aurait pu être ailleurs, mais il se trouvait là. Pas exactement avec les autres, pas dans le parc — il avait essayé et c'était impossible —, mais sur la périphérie : sur le seuil d'une des quatre entrées. Trois condamnés se trouvaient là également, assis par terre, prostrés, silencieux : ils s'étaient levés, avec des gestes lourds de zombis, pour écouter l'annonce, pendus aux lèvres du speaker en gros plan gigantesque sur l'écran de six mètres sur cinq dressé à l'extrémité du stade.

Vainqueur : Pietro Coggio, de l'équipe de France, camp BLANC !

Un point de plus pour les BLANCS ! un nouveau sursis pour la foule des condamnés disséminée dans tous les pays de la Confédération libérale !

Ô dieux !...

Le speaker hurlait, adressait ses félicitations non seulement au vainqueur du pugilat, mais également aux populations des pays appartenant au camp BLANC, condamnés-coupables, condamnés-innocents, simples spectateurs, le tout mêlé. Des spots publicitaires éclatèrent, puis ce furent des images retransmises en léger différé des principales phases du combat.

Dans le stade, il y avait eu quelques cris d'abominable soulagement, des exclamations rares de joie... Mais c'était surtout le silence. Le silence qui disait : pas encore pour cette fois ! Qui disait aussi : mais il reste la boxe, les éliminatoires en cours, avec les défaites possibles parmi les équipes engagées de champions du camp BLANC, et leur pourcentage de victimes ici ou là dans les pays de la Confédération libérale, au gré de l'ordinateur de supervision ! Il reste la finale de la boxe, ce qui signifie 250 000 morts, environ, dans un camp ou dans l'autre... il reste le verdict du Grand Parcours des Héros, et l'ultime hécatombe chez les ROUGES ou chez les BLANCS...

Un silence écrasant, comme une muraille, cimenté par les gestes fatigués des otages enfermés dans leur propre tête, où qu'ils se trouvent, sur les stades des Champs d'Honneur — comme ici, au parc —, ou bien n'importe où. Un silence de regards échangés sans oser, des regards qui ne partageaient même plus le malheur et qui ne trouvaient plus de force pitoyable que pour accuser encore, ENCORE !

Ces regards-là, Yanni Bog ne voulait pas, ne pouvait pas les rencontrer.

Était-il soulagé ? Heureux, d'une certaine manière, d'avoir une fois encore et pour un nouveau sursis sa tête sur les épaules ? *Heureux*... Il ne savait pas.

Il était vivant : son sang circulait dans ses veines, il était capable de souffrir et d'espérer abominablement, il pouvait bouger son corps, faire des gestes, mettre un pied devant l'autre, s'il le voulait. Il tourna les talons et mit un pied devant l'autre. Il laissa le parc et le Champ d'Honneur derrière lui, avec son grouillement d'humains las, fatigués, à demi cadavres déjà, il laissa les haut-parleurs qui s'étaient remis à diffuser des cantiques religieux ainsi que les prêches laborieux de divers ministres du culte... Il laissa les trois autres zombis qui retournaient s'asseoir au sol, dans le couloir d'accès, tandis que le personnel des morgues repliait ses civières pour un temps...

Il était un peu plus de minuit à Denver, sur l'aire des jeux de la 12e GUERRE OLYMPIQUE ; un peu plus de 7 heures ici, en France, à Paris Ville III. La fin de juillet.

Le matin était superbe : un parfait matin d'été, avec toutes les odeurs qu'il convient, juste bien, juste comme il faut (l'air est léger, idéalement translucide sur un fond qui n'exclut pas une pointe agacée de fraîcheur, et il gomme les angles trop durs du paysage urbain ; les hauts buildings de Paris II, IV et V sont caressés par la brume des premières chaleurs montantes, les odeurs de goudron fondant sont encore tapies sous les jets d'eau des arroseuses, le ciel est tout azur, propre, net, immense).

La trop claire lumière toucha Yanni Bog en pleine face, dès qu'il sortit du couloir d'accès au stade, dès qu'il franchit le seuil de la porte néo-gothique aux lourds battants largement ouverts — dans la fausse pierre de clé de voûte (également factice) étaient gravés les mots habituels, la maxime-leitmotiv ancestrale qui veillait au fronton de tous les stades de la planète : *Une Âme Saine Dans Un Corps Sain*… Il s'immobilisa, clignant des paupières.

Sur l'esplanade, se déroulait le spectacle ordinaire de chaque jour, en temps de GUERRE OLYMPIQUE. Cette esplanade cernait le stade et ses hauts murs, large d'une cinquantaine de mètres, ménageant une surface libre en forme d'anneau aplati entre le stade et les immeubles périphériques. Les rues et avenues en étoile venaient s'y emboucher, et l'esplanade tenait lieu de parking pour les jours de manifestations sportives. Dans ce matin tout neuf, un grand nombre de voitures se trouvaient déjà stationnées, parmi les échoppes ambulantes et provisoires des marchands de pommes frites et de sandwiches, de boissons, les étalages roulants de chapeaux de papier publicitaires et patriotiques, de gadgets innommables aux couleurs de ce douzième affrontement sportif planétaire. Nombre de ces voiturettes de commerçants étaient encore fermées : ils avaient dû ouvrir tard dans la nuit à cause de la foule qui avait assisté au Champ d'Honneur tandis qu'on annonçait les résultats des dernières éliminatoires de l'épreuve de pugilat, avant cette finale…

« Le spectacle n'a pas été grandiose, j'imagine, songea distraitement Yanni Bog, l'avant-dernière épreuve a été gagnée par un des nôtres. » Il imaginait la déception de certains spectateurs : ceux qui venaient là sans être personnellement concernés par la présence d'un ami, ou d'un parent, dans la masse des condamnés… Lui, cette nuit, il n'était pas au stade. Il avait traîné… N'importe où. Il avait dû dormir quelque part, sur la berge de la Seine. Quelque part, pas très loin du parc.

Il s'appuya contre le mur tiède. Le soleil au bout du ciel le frappait directement. Des gens passèrent, qui sortaient du stade : des spectateurs qui étaient venus suivre la retransmission de la finale. Un couple enlacé, marchant lentement, s'arrêta à quelques pas. L'homme était jeune, blond, frisé, la femme très maquillée. Ils le regardèrent, l'homme murmura quelque chose, la femme gloussa.

« Allez vous faire foutre ! » gronda Yanni Bog.

Il fit mine de se décoller du mur.

« Ne t'énerve pas, camarade ! railla l'homme frisé. Tu n'auras plus longtemps à attendre ! »

Il dut tout de même avoir réellement peur en croisant le regard de Yanni Bog, et en voyant, surtout, ce dernier porter la main à la poche de son pantalon : il s'en alla vivement, entraînant la femme aux sourcils lourdement peints en rouge. Ils se retournèrent plusieurs fois avant d'arriver à leur voiture et d'y prendre place, comme s'ils craignaient que Yanni Bog ne se lançât à leur poursuite. Ils lui firent des signes, passant leurs bras par la portière, lui criant quelque chose qu'il ne comprit point.

La colère avait flambé, puis elle était retombée aussitôt, accompagnée par une méchante fulguration douloureuse dans la tête de Yanni Bog. Une sensation de lourd épuisement suivit, et ses yeux se brouillèrent de larmes piquantes. Il serrait les dents. Ne hurlait plus, comme au début… Pourtant, il ne parvenait pas encore à ignorer les remarques cruelles des citoyens libres, comme certains condamnés savaient le faire — ceux qui avaient eu tout le temps de s'habituer, qui traînaient leur pénitence depuis un an, ou davantage, ceux qui, par exemple, avaient été condamnés immédiatement après la clôture de la dernière GUERRE. Six mois, c'était donc encore un peu court, pour l'indifférence…

« Ils sont abjects, n'est-ce pas ? »

La voix était douce, le ton compatissant.

Yanni Bog ferma les yeux. Il ne tenait pas à parler avec un autre condamné, ni à gâcher du temps en larmoiements. L'onde douloureuse s'estompait graduellement, laissant derrière elle, au creux de son cerveau, l'habituelle sensation de vide mou, comme une pesanteur poussiéreuse, indéfinissable.

« De sales cons », dit la voix.

Une voix de femme, avec un léger accent.

Yanni Bog grogna : « Des citoyens libres. Ils auraient tort de se gêner. On devait être comme eux, avant. Moi, je l'étais, il me semble. » Il sentait de nouveau le soleil sur son visage, dans l'échancrure de sa chemise, sur la peau de ses bras nus. « Je suis coupable et condamné, ils ont le droit de me faire mal : je paie. C'est notre pénitence : pas seulement l'échéance fatale qui peut nous tomber dessus, tout le reste : la mise au ban, le rejet.

— Pas d'accord. »

Yanni Bog rouvrit les yeux, curieux de voir la tête de cette femme qui proférait de pareilles inepties de rébellion ; curieux de voir comment elle s'y prenait pour résister à la douleur. Elle se tenait à côté de lui. Encore elle, la même, petite mais bien proportionnée, dans sa blouse lâche de toile rose et son pantalon noir, avec sa sacoche de cuir fauve en bandoulière. Encore elle : un visage ovale, des cheveux en crinière rousse et broussailleuse, des yeux verts.

« Pourquoi est-ce que tu me suis ? » demanda Yanni Bog.

C'était la troisième fois. Ou la deuxième ? La quatrième ? Il ne savait plus exactement : en tout cas, la fille lui était tombée dessus un certain nombre de fois depuis l'ouverture de la GUERRE. Ici, au stade, et dans la rue également. Pour échanger quelques mots, ou un sourire, tout simplement. Qu'est-ce qu'elle cherchait ? Qu'est-ce qu'elle *croyait* ?

« Je ne te suis pas », dit la fille dans un sourire rapide, presque désolé… (mais ce genre de fille n'est jamais désolée, même si on le croit ; ce genre de fille a toujours une idée bien précise derrière la tête…) « Je sortais du parc, et je t'ai vu, et j'ai vu ces cons. »

Elle avait un accent. Anglais ?

« On était des cons, nous aussi, dit Yanni Bog.

— Pas moi », dit la fille.

Elle regarda ses mains, et les bagues de pacotille qu'elle portait en grand nombre à chaque doigt. Elle dit :

« Je ne suis pas une condamnée, tu sais ? Ni une condamnée-coupable, ni une condamnée-innocente. »

Elle oublia ses bagues et posa son regard vert sur Yanni Bog. « Je suis une citoyenne libre.

— Les citoyens et citoyennes libres m'emmerdent », dit posément Yanni Bog.

Ce qui ne démonta nullement la fille. Elle eut encore son satané sourire désolé-qui-ne-l'était-pas.

« Je suis de nationalité américaine, de l'Union, dit-elle. Je suis de ton camp. »

Yanni Bog acquiesça, puis il regarda l'esplanade et les gens qui allaient et venaient, les voiturettes des marchands de cochonneries qui s'ouvraient, les groupes qui se formaient, les voitures qui arrivaient, qui repartaient, les spectateurs qui s'approchaient de l'entrée, ceux qui en sortaient. Va-et-vient. Couleurs. Bruits. Soleil, lumière.

« Un citoyen libre, de toute façon, murmura Yanni Bog, ne peut pas être dans le *même* camp qu'un condamné.

— Je m'appelle Slim O'Aokey.

— Slim ? »

Yanni Bog plia les genoux et se laissa glisser lentement, précautionneusement, le long du mur. Il s'assit sur ses talons, les reins et le dos collés contre la pierre.

« Slim, oui, dit la fille. C'est le diminutif de Slimao. Tu as mangé ? »

Il ne répondit même pas. La seconde suivante, il la vit qui marchait en direction d'une voiturette de sandwiches. Il la suivit des yeux, tout en essayant de prendre une décision, de savoir s'il avait faim ou non, s'il serait satisfait de voir revenir cette fille ou non, s'il aurait la force de se lever et de s'enfuir à toutes jambes avant son retour. Il se dit qu'elle le retrouverait, qu'elle reprendrait la conversation comme si de rien n'était.

Elle revint, souriante. Elle s'agenouilla devant lui, mit un sandwich dans sa main et garda le deuxième.

« Mange », dit Slim, avec un petit hochement de tête pour l'encourager.

Le soleil tissait une auréole de feu sur sa chevelure épaisse et ébouriffée. Yanni Bog se dit qu'il était peut-être satisfait, et heureux de la présence de cette fille prénommée Slim et agenouillée devant lui, qui mordait dans un sandwich à la saucisse.

« J'ai demandé de la moutarde, dit Slim. Pour toi aussi. Ça va ? »

Incroyable !

Elle parut très étonnée lorsqu'il laissa fuser malgré lui un gloussement.

« C'est drôle ?

— Probablement, dit Yanni Bog. Je vais peut-être crever là, d'une seconde à l'autre, ou en tout cas dans moins d'une semaine, quelques jours, on ne sait pas… et tu me demandes si je préfère cette saucisse avec ou sans moutarde. Est-ce que c'est drôle ? »

Il mordit néanmoins dans le petit pain et se découvrit aussitôt une faim gigantesque. Depuis combien de temps n'avait-il pas mangé *vraiment* ? Mangé en pensant : je mange parce que j'ai faim et qu'il faut manger pour vivre…

Slim le regarda mâcher puis avaler. Elle dit, sérieuse : « Mais peut-être aussi que tu vas vivre, que tu vas t'en tirer et que tu seras réhabilité. C'est possible.

— Oui ? se moqua platement Yanni Bog.

— Coggio vient de *nous* donner un quatrième point ! Peut-être que nous en aurons un cinquième, avec la boxe. Ce sera cinq à neuf, pour le Grand Parcours des

Héros. Et ce n'est donc pas désespéré, pas avec Pietro Coggio parmi *nos* héros ! »

Elle semblait véritablement sincère, passionnée. Yanni Bog la considéra un instant, puis se remit à mâcher une autre bouchée. Il avala et dit :

« *Nous... nous... nos* héros...

— Que tu le veuilles ou non, nous sommes des BLANCS. Alliés. La France et les E.U.A.N. font partie de la Confédération libérale. C'est comme ça. Et si, finalement, les BLANCS sortent vainqueurs de cette GUERRE, grâce à Coggio, à deux contre un, Coggio sera *notre* héros, à toi comme à moi.

— Tu as des proches parmi les condamnés de ton pays ?

— Même pas. »

Yanni avala la dernière bouchée de son sandwich. La fille lui offrit le sien et il accepta machinalement.

« J'ai trente ans, dit-elle.

— Et moi vingt-cinq », renvoya Yanni.

À quoi rimait cette conversation stupide ? Cela avait-il de l'importance, qu'elle eût trente ou quatre-vingts ? Il songea : « Si elle avait quatre-vingts ans, et une autre tête, des cheveux moins fous, moins rouges, des yeux moins verts, une poitrine moins pleine, des hanches moins rondes, est-ce que je discuterais avec elle ? » Il songea : « Et Lyasa, où est-elle ? Et Marjo ? Et mon père, et ma mère ? » L'ultime bouchée du second sandwich avait un goût de sciure.

« Tu sais à qui tu ressembles ? » demanda la fille.

Le ventre de Yanni Bog gargouilla. Il étouffa un rot derrière sa main.

« Oui.

— À cet acteur des anciens films, le vieil Humphrey Bogart. Boggie.

— C'est pour cela qu'on m'a surnommé "Bog", dit Yanni Bog. Je m'appelle Yanni Bonnefaye. Mais on disait Yanni Bog.

— Enchantée, Yanni Bog, dit Slim.

— Et c'est parce que je ressemble à ce vieux Boggie que tu me colles au train, que tu me nourris, que tu me dis : j'ai trente ans ?

— En partie, peut-être, pourquoi pas ? dit Slim. Dans un bon nombre de ses films, Boggie attirait les femmes, hey ? Il avait je ne sais quoi qui faisait que... »

Elle fit claquer ses doigts chargés de bagues à dix cents confédérés.

« Ce n'est pas un film », grogna Yanni Bog.

Le regard vert de la jeune femme s'alourdit.

« Ça peut le devenir », dit-elle doucement.

Dans le silence, les bruits fusant sur l'esplanade s'aiguisèrent. Ils grincèrent, déformés un instant aux oreilles de Yanni Bog.

Slim reprit, après avoir fait tourner quelques bagues de sa main gauche, du bout des doigts :

« Je vais te proposer quelque chose, Yanni Bog. Tu accepteras, ou bien tu refuseras. Si tu refuses, je m'en irai, je te laisserai en paix. C'est promis. »

Le poids de sciure avalée (trompeusement maquillée en sandwiches) tournait dans l'estomac de Yanni. Il soutint un instant ce sacré regard vert, puis ferma les yeux. Le soleil lui chauffa immédiatement les paupières.

« Je suis reporter-camerawoman, pigiste, pour la C.T.P. 04. La chaîne de télé privée 04 des États d'Union de l'Amérique du Nord. Je suis ici en voyage-stage, et en reportage personnel pendant toute la durée de la

GUERRE. Je dois effectuer une enquête de mon choix, qui comptera pour l'attribution de ma carte professionnelle internationale. Ce reportage, je pourrai de toute façon le vendre à la C.T.P. 04, si ça leur plaît.

— Quel reportage ? » articula pesamment Yanni Bog.

La jeune femme attendit qu'il ouvre les yeux, mais il ne le fit pas. Un groupe de spectateurs passa en parlant fort et pénétra sous le hall d'entrée du parc. Slim se mordit la lèvre. Elle dit :

« Je voulais suivre un condamné, discuter avec lui, montrer aux téléspectateurs que c'est toujours un être humain, qu'il peut souffrir, qu'il… Voilà. C'est ce que je voulais. Apprendre à connaître un condamné.

— Les retransmissions des Champs d'Honneur ne suffisent plus, dit Yanni Bog d'une voix atone et tremblante. Il faut le "pas à pas", le reportage subjectif et introspectif. Le vécu à portée de petit écran… Souffrances en direct, mettez-vous dans la peau d'un homme qui va crever ! Ça va peut-être se produire sous vos yeux, dans une seconde… »

Il avait toujours les yeux clos. Envie de vomir. Sa tête bourdonnait.

« Ce n'est pas cela, dit Slim. Regarde-moi ! Ce n'est pas du tout cela ! Je veux au contraire dénoncer tout ce dont tu parles ! attaquer par le biais les retransmissions grandioses, massives, de morts collectives ! C'est cela que je veux combattre ! Démontrer que… démontrer qu'en individualisant le problème on peut en partie le désamorcer. On ne pense pas à la vie individuelle, quand on regarde tomber des centaines de personnes… Oui, le spectateur pourra se mettre dans ta peau, dans ta tête, et comprendre…

— Comprendre qu'à la finale, lui, ne mourra pas… et qu'il a une chance d'assister en gros plan à l'explosion d'une tête. Joli coup. Un bon sujet.

— Ce n'est pas vrai ! » cria Slim.

Yanni Bog ouvrit les yeux. Il vit que le regard vert était baigné de larmes — de rage, certainement.

« Tu as une chance de t'en tirer, de vivre, souffla Slim. Ce n'est pas dit que tu mourras… Bon Dieu ! je voudrais que tu ne meures pas !

— Pour filmer sur le vif la grande joie du survivant ?… Belle manœuvre là aussi. Toutes les récupérations sont possibles. Et puis tu risques de lancer un nouveau style de reportage, une nouvelle manière d'exploiter au niveau des médias les hécatombes de la GUERRE… Et tu as pu croire que j'accepterais ? Que n'importe quel condamné accepterait ? Bon sang, tu en as fait beaucoup, des propositions semblables, dans les stades ?

— Quelques-unes », dit Slim.

Elle s'essuya les yeux du dos de la main.

« Ce n'est pas ce que je veux, dit-elle. Ce n'est pas comme tu crois. Et je pensais que ça t'aiderait…

— Parce que je pourrais y gagner quelque chose ?

— Tu serais payé, déjà. La C.T.P. 04 est subventionnée à 50 % par le ministère du Commerce, 50 % par les filiales américaines du Trust Art and Sport qui couvre les domaines du show biz et les organismes promotionnels d'articles de compétition. Cela signifie qu'il y a un budget de création important, et de gros cachets. Si tu vis, Yanni Bog, tu devras te réinsérer, tu garderas pendant un temps la marque de ton ancien statut de condamné, c'est un fait, et ce sera difficile. Ce sera moins pénible avec quelques milliers de dollars en poche. »

Yanni Bog appuya ses mains à plat contre le mur, poussa dessus et se leva. Une fois de plus, il ferma les yeux, mais brièvement : le temps que s'envole le vertige.

« Je vaux quelques milliers de dollars », murmura-t-il.

Slim était toujours agenouillée au sol.

« Si j'accepte qu'une fille rousse me suive caméra au poing, je risque de valoir quelques milliers de dollars…

— En admettant que le film soit bon et accepté, dit Slim. Et puis je n'aurai pas de caméra au poing, mais une mini en sautoir, que je déclencherai à ta guise. »

Yanni Bog regardait l'esplanade. Il dit : « Occupe-toi des condamnés de ton foutu pays. »

Il mit un pied devant l'autre.

Yanni Bog passa devant les voiturettes des commerçants, dans les odeurs fraîches qui s'élevaient au-dessus des étalages de sucreries et des bacs à frire. Il s'était bien débrouillé et il avait su juguler sa colère. Pas la moindre pointe douloureuse. Bravo Yanni Bog. Il se sentait un peu flou, la tête embuée, avec ce paquet de sciure moite qui ballottait au milieu de son vide corporel. Ses espadrilles trouées laissaient passer la chaleur du sol. « J'ai beaucoup marché, songea-t-il, depuis un certain temps. »

Il traversa l'esplanade, et une rue périphérique, faillit se faire renverser par une voiture rouge.

Où aller ? Il ne savait pas. Depuis six mois il ne savait plus et depuis un mois encore moins : pourtant, il ne cessait pas de marcher, de tourner en rond, cherchant quelques visages et redoutant de les rencontrer tout à la fois. Il s'arrêta devant une devanture et contempla son reflet dans la glace. « Tu sais à qui tu ressembles ? » D'accord. Le Boggie d'*African Queen*... Mauvaise copie, pellicule cassée...

Il revint sur ses pas, le soleil dans le dos.

Elle était toujours là, mais assise à sa place, cette fois, le dos contre le mur. Elle l'avait vu venir, c'était certain, n'avait pas bougé — ou, peut-être, un geste vif pour essuyer une dernière fois ses yeux.

« Bon. Et alors ? » dit Yanni.

Slim se leva, épousseta machinalement le fond de son pantalon. Au moins, elle ne pavoisait pas...

4

Des nuages ronds et blancs, qui venaient du nord-ouest, traversaient le ciel matinal à vive allure, poussés par un vent fort et haut — un vent tout juste courant d'air au niveau du sol. Les bancs d'ombre qu'ils projetaient, passant devant le soleil, coulaient sur le paysage terrestre, assombrissaient les couleurs des montagnes d'horizon pour quelques secondes, et celles des villas paisibles du village de Coubertin-52. Sur le flanc de la colline, les hauts blocs aux murs étincelants du Centre V. Un d'entraînement et conditionnement sportif n'étaient pas épargnés par les successions des vagues d'ombre. C'était comme un gigantesque miroitement, comme si les métamorphoses lumineuses étaient issues de l'intérieur même des choses et de la matière.

Une fois de plus, le téléphone sonna, et Maria Coggio assise dans son fauteuil devant la baie vitrée du petit living tressaillit faiblement. Mais elle ne quitta point son siège. Marno Livio, l'homme de la publicité (le manager, comme il disait), décrocha le combiné et se lança dans une conversation rapide en langue étrangère. Marno Livio avait dit : « Ne vous inquiétez pas, Mama Coggio, je m'occupe de tout, et principalement du téléphone. » Quand il s'adressait à elle, il le faisait dans sa langue maternelle, en italien, et c'était bien sympathique. Marno Livio était un homme sympathique ; il était né en Italie, lui aussi. Peut-être l'avait-on choisi à cause de cela ?

Maria n'avait guère dormi. Cela ne se remarquait pas. À son âge, on a de toute façon le sommeil plutôt court et léger. Naturellement, elle avait suivi sur son écran de télé le combat final de son fils, retransmis en direct. Depuis l'instant où Pietro avait été déclaré vainqueur, le téléphone n'avait pas cessé de sonner.

Les deux agents de la sécurité qui vivaient avec elle, dans sa maison, depuis l'ouverture de la GUERRE OLYMPIQUE, étaient sortis de leur mutisme habituel pour la féliciter — même qu'ils avaient souri. Sans perdre une seconde, ils avaient utilisé leur téléphone portatif personnel. Quelques instants plus tard, deux voitures grises s'étaient arrêtées dans la rue, devant la maison, deux hommes en civil et armés étaient sortis de chaque véhicule pour se poster dans le jardin ; il en restait au moins deux autres dans chaque voiture et, au hasard des jeux de lumière et d'ombre provoqués par les passages nuageux, on apercevait leurs silhouettes derrière les vitres et le pare-brise.

Il y avait foule dans la rue. Pas loin d'une centaine de personnes, certaines revêtues des maillots blancs au sigle du camp de la Confédération libérale, coiffées de chapeaux ou de casquettes, et qui agitaient de petits drapeaux tricolores. Visages bronzés, yeux brillants. Ils se massaient en groupes mouvants, très excités, entonnaient parfois un couplet de l'hymne du sport français qui s'achevait invariablement dans les rires et les hourras, les gerbes de slogans lâchées en grand désordre. Cette foule comprenait beaucoup d'habitants de la rue, mais aussi des gens inconnus, venus peut-être du Centre V. Un, ou d'ailleurs, que Maria Coggio ne connaissait pas. Elle regardait l'agitation sans broncher, sans que son visage sec et ridé ne trahisse le moindre sentiment : un masque de pâte durcie et craquelée coiffé de cheveux blancs impeccablement tirés sur sa nuque et noués en un petit chignon rachitique. Simplement, parfois, ses yeux très noirs brillaient d'une lueur fugitive, comme amusés par un détail du spectacle de la rue. Elle était là, assise dans le fauteuil, ses mains nouées dans le giron de sa robe noire, ses pieds menus chaussés d'espadrilles de toile posés bien à plat sur la moquette gris perle. Les deux agents de la sécurité lui avaient dit qu'elle ne risquait rien et pouvait se tenir sans danger derrière la vitre.

Il n'était pas 10 heures lorsque le petit car rouge, avec le sigle de Télé-France 3 peint sur sa carrosserie, fendit la foule et s'arrêta devant la maison. Une grappe d'hommes en combinaison tricolore jaillit par toutes les portières ouvertes en même temps. Marno Livio s'approcha de la vieille dame et se pencha sur son épaule.

« Les voici, Mamma Coggio, dit-il en italien. L'équipe de télévision annoncée. Je ne vous ai retenu qu'une interview, pour ne pas vous ennuyer ni vous fatiguer inutilement. On ne pouvait guère faire autrement, vous comprenez ? C'est la gloire pour votre fils, et pour vous aussi, par contrecoup.

— C'est bien, dit Maria Coggio. Vous avez bien fait, monsieur Livio. C'est votre travail et vous l'avez bien fait. Mais est-ce que tous ces hommes armés étaient nécessaires ? »

Marno Livio sourit, donnant l'impression d'avoir au moins une centaine de dents incroyablement blanches.

L'homme était long et svelte, au teint très bronzé, aux cheveux très noirs et ondulés, élégant dans son costume de sport de fine toile de lin beige ; le bas de son pantalon s'arrêtait au genou, ses mollets soigneusement épilés tout aussi bruns que son visage et ses pieds nus chaussés de spartiates de cuir à deux bandes croisées.

« Assurer votre sécurité est très important », dit-il, posant une main légère sur l'épaule de la vieille femme. « Très, très important. Pour Pietro et pour vous. On pourrait attenter à votre vie pour faire pression sur lui, pour le saboter psychologiquement, maintenant que c'est un héros. Mieux vaut trop de précautions que pas assez, croyez-moi, Mamma Coggio.

— Si vous voulez », dit Maria, en hochant doucement la tête, mais elle ne semblait pas convaincue, dépassée par ce déferlement d'événements hors du commun.

Les journalistes et techniciens de la télévision firent une entrée bruyante. Ils avaient été contrôlés par les hommes de la sécurité postés à l'extérieur, et le furent encore par ceux de la maison. Un long, très long et très maigre personnage flottant dans sa combinaison colorée, avec une tête cadavérique et des cheveux bouclés, serra la main de Marno Livio, échangea avec lui quelques paroles et quelques plaisanteries. Les deux hommes se connaissaient visiblement.

Marno Livio entraîna le grand échalas vers la vieille femme dans le fauteuil et le présenta :

« Birdie Post, meilleur reporter-télé des seize chaînes du groupe Eurobloc.

— Sinon du monde entier, sourit Birdie Post, dans un hochement de tête pour saluer Maria. Je vous présente mes félicitations personnelles et très sincères, madame Coggio. » Il s'agenouilla, pour être à sa hauteur. Non seulement il était d'une maigreur peu commune, mais il avait un nez long, pointu et tordu. « Madame Coggio, ne vous inquiétez pas, ce ne sera pas long. Vous devez être fatiguée, et je le comprends. Je ne vous ferai pas souffrir longtemps.

— Ce n'est pas la première fois que je reçois des reporters-télé, dit Maria Coggio.

— Je n'en doute pas, madame. Cette fois, ce sera une vraie partie de plaisir, vous verrez… »

Il se déplia et redevint interminable, rejoignit ses collaborateurs avec qui il s'agita pendant un moment dans le living. Ils installèrent spots et caméras (il y en avait deux) avec un maximum d'efficacité, dans un minimum de temps. La lumière des spots éclata, surprenant la vieille dame qui cligna des paupières. Marno Livio lui proposa des lunettes noires, mais elle refusa. L'interminable Birdie Post s'amena, micro volant au poing, et s'assit tout bonnement à terre.

« Mme Coggio, comme vous pouvez le constater, nous apparaît comme une dame très digne, dit Birdie Post. Très simple et très digne. Une femme, une mère honorable, dont la vie ne fut pas toujours aisée, mais qui a toujours su surmonter les difficultés, et qui se voit aujourd'hui payée de ses efforts et de ses sacrifices. Mme Coggio est la mère de cet homme que le monde entier connaît et admire aujourd'hui, j'ai nommé Pietro Coggio, qui vaut au nom de la France un quatrième point à notre camp BLANC de la Confédération libérale et que les hautes instances dirigeantes du ministère des Jeux et de la Compétition ont d'ores et déjà nommé héros pour le Grand Parcours. Madame Coggio, vous êtes fière de votre fils ?

— Naturellement, dit la vieille dame. Je suis très fière de mon petit. »

Birdie Post attendit pendant quelques secondes, mais la vieille dame n'ajouta rien. Le reporter reprit :

« Vous avez suivi son combat en direct, n'est-ce pas ?

— Oui. Je pense que mon mari aussi, s'ils le lui ont permis. Je pense qu'il est content, lui aussi.

— Le mari de Mme Coggio, le père de notre héros, est en effet souffrant depuis quelques années, dit Birdie. Il se trouve interné dans une clinique agréée par le ministère du Commerce et financée en grande partie par une marque de vêtements de sport internationalement connue : Avilas. C'est exact ?

— Ce n'est pas vraiment le père de Pietro », dit Maria Coggio.

Elle lâchait des phrases courtes, roulant ses mots fortement imprégnés d'un accent italien chantant. À chaque fois, Birdie lui laissait le micro et les courts silences qui ponctuaient les déclarations pesaient davantage sur la sécheresse précise de celles-ci.

« Parlez-nous de votre vie, madame, demanda Birdie Post. De la vie de Pietro. Nos téléspectateurs le connaissent, bien sûr, mais ils sont des millions, je le sais, qui espèrent avoir des détails supplémentaires concernant sa vie privée. Pietro est un héros, à présent. On chante déjà son nom et je ne donne pas longtemps avant que ce nom soit sur toutes les lèvres, qu'il serve de support publicitaire à un grand nombre d'articles sportifs. Ce sera la gloire, mais nous aimerions connaître l'homme qui se cache derrière le mythe naissant.

— C'est un grand champion, dit laconiquement Maria Coggio.

— Un grand champion qui est né…

— En 2200. Le 13 novembre 2200. Il a vingt-deux ans.

— Vingt-deux ans, et héros ! C'est phénoménal… Il est né en Italie, n'est-ce pas ?

— Oui. Dans mon village de Boccio, en Italie du Nord. Vous savez, c'est un beau village. Ici, c'est bien aussi, mais Boccio est un beau village.

— Vous regrettez de l'avoir quitté ? »

La vieille dame regarda Marno Livio, et celui-ci lui adressa une grimace à la fois gentiment réprobatrice et amicale…

« C'était un beau village.

— Pietro n'était pas votre premier enfant ? demanda Birdie Post.

— Non. Avec mon mari, nous en avons eu trois. Trois garçons. Le premier n'était pas normal et il est mort à la naissance. Sile a été très triste de ça.

— Sile Coggio, votre mari ?

— Oui, Sile Coggio, mon mari…

— Et les autres enfants ? »

La vieille dame serrait ses mains et les desserrait, sur le tissu de sa robe noire.

« Le second aurait été idiot, c'est ce qu'ils ont dit, alors ils ne l'ont pas laissé vivre. Le troisième avait une maladie dans la tête, alors ils l'ont effacé, lui aussi. C'est la loi.

— Bien sûr… Cela a dû être très pénible pour vous…

— Oui. Ce sont des choses tristes. Et c'était triste pour Sile également. Il disait que nous étions maudits par le ciel. Alors les médecins ont dit que nous pouvions quand même avoir un enfant. Je suis entrée à l'hôpital. Ils ont fait des prélèvements à Sile, et ils ont fait en sorte que j'aie un enfant. Après, ils ont dit que Sile n'était pas vraiment le père. Je crois que c'était quelque chose… quelque chose de chimique ? On ne comprend pas très bien, nous autres. »

C'était la première fois qu'elle parlait plus d'une minute sans s'interrompre. Pourtant, si elle se décontractait, son visage ne changeait pas.

« Insémination artificielle, dit Birdie.

— Sile n'a pas aimé. Ils lui ont dit qu'il n'était pas tout à fait le père, que c'était grâce à la science si un enfant poussait dans mon ventre, et que la science avait droit de regard sur l'avenir de cet enfant. C'est un peu ça qu'ils ont dit.

— Vous étiez d'accord ?

— La science est une belle chose. Les médecins ont fait en sorte que je puisse avoir un enfant. Pietro est né. Il était normal, et en bonne santé, sans maladie. Les médecins ont dit qu'ils voulaient le suivre de près. Et c'est ce qu'ils ont fait. Ils nous ont bien aidés.

— Toujours en Italie.

— Oui. Mais c'étaient des médecins de plusieurs pays. Pietro s'est bien développé. C'était un bon garçon, gentil. Et alors il a eu six ans, et c'est là que la R.M.S. a voulu l'acheter, pour en faire un champion. Ils disaient que Pietro était fait pour être un champion. Ils disaient : regardez comme il est bâti ! vous avez fait un bel enfant, madame et monsieur Coggio, regardez ce gaillard ! Ils disaient : il n'est pas très fort pour les études, n'est-ce pas ? Que deviendra-t-il, s'il reste ici ? Il a six ans et à cet âge la plupart des autres enfants savent lire, mais pas lui. C'était vrai. Pietro préférait sauter et courir. Il était gentil, mais il ne fallait pas l'ennuyer. Il préférait sauter et courir… »

Un blanc de plusieurs secondes.

Birdie Post dit :

« La Recherche médicale française pour le sport voulait l'acheter ?

— Oui, monsieur. C'est ce qu'ils voulaient. Ils voulaient s'occuper de son avenir et l'aider, toute sa vie. Et nous aussi ils nous aidaient. Sile n'était pas bien et ne travaillait plus. La R.M.S. promettait de s'occuper aussi de Sile. Nous avons accepté. Parce que c'était le mieux pour Pietro, et pour tout.

— Bien entendu, sourit chaleureusement Birdie Post. Aujourd'hui, vous ne regrettez pas ce choix !

— Depuis que la GUERRE OLYMPIQUE existe, dit la vieille dame, les choses sont plus nettes, et claires. Le monde est en paix. Les mauvais sujets sont punis proprement et n'ennuient pas les braves gens. Il n'y a plus de guerres. J'ai connu le temps où ce n'était pas ainsi, et où l'on tremblait. Je dis que c'est mieux maintenant. Je ne suis guère savante, mais je sais que ce que je dis là est vrai. Il faut des champions. Mon fils en est un. Il gagnera le Grand Parcours, et ensuite il pourra s'arrêter s'il le veut. Il a sa vie gagnée jusqu'à la fin.

— Nous sommes tous d'accord avec vous, madame Coggio. Vous êtes donc venus en France lorsque Pietro avait six ans ?

— Oui. Nous sommes venus ici. En France. Au Centre V. Un. On nous a installés ici, dans le village des parents des sportifs. Pietro est allé au centre. Ils se sont occupés de lui. Ils se sont occupés de nous, et de Sile — ils se chargent de ses soins, à la clinique. Ils ne le guériront pas, mais ils disent qu'il aura une fin de vie heureuse.

— Vous voyiez souvent Pietro ? Quel garçon est-il devenu ?

— Je le voyais une fois par mois, et pendant des temps de vacances. Ou j'allais le voir s'entraîner, au centre. C'est un bon garçon, un grand champion, qui ne pense qu'à son métier. Il ne parle pas beaucoup. Il a beaucoup de respect pour ses entraîneurs et pour tous ses supérieurs. Il aime beaucoup M. Sanzo Papa, son soigneur-dopeman. C'est un brave garçon, et je suis fière de lui.

— Vous avez pu entrer en contact avec lui, après son combat victorieux ?

— Non. Les messieurs qui sont ici et qui veillent sur moi, et aussi M. Livio, m'ont dit que ce n'était pas possible. Pietro est un champion, et maintenant c'est un héros, alors il doit être isolé et très protégé. On ne doit pas le distraire. Personne ne peut le joindre, juste ceux qui s'occupent de lui. Même pas sa mère.

— Vous le regrettez ?

— Non. Ou bien… mais je sais que c'est comme ça.

— Il verra peut-être cette émission, madame Coggio. Voulez-vous lui adresser quelques mots ? »

La vieille dame demeura muette un long instant. Puis elle eut un léger haussement d'épaules :

« Il ne verra pas cette émission. Il est très isolé.

— Que lui direz-vous, quand il reviendra ici ? »

Le regard noir brilla.

« Que je suis fière de lui.

— C'était sa première GUERRE, n'est-ce pas ?

— Oui.

— Madame Coggio, je vous remercie. Avec vous, et

au nom de millions de téléspectateurs, je souhaite à notre héros une immense carrière. Une chose encore, s'il vous plaît : Pietro est fiancé, dit-on. Il pense se marier ? avoir des enfants ?

— Il a connu une jeune fille. C'est une brave jeune fille, qui s'appelle Virginia. Elle est partie là-bas avec lui. Moi, je n'ai pas pu : je suis trop vieille pour voyager et je n'ai pas voulu laisser mon mari. Ils vont peut-être l'envoyer dans un hôpital sur la Lune. Il y sera très bien soigné, et guérira peut-être, là-haut. On lui accordera peut-être ça, après ce qu'a fait Pietro.

— Nous l'espérons tous. Merci, madame Coggio. »

Birdie Post se leva et clama :

« Terminé, les gars ! »

Marno Livio s'approcha de la vieille dame, tout sourire. Il lui prit les mains dans les siennes, les serra.

« C'était très bien, très bien, Mamma Coggio, dit-il en italien. Vous avez été formidable. »

Il répéta le compliment plusieurs fois, puis abandonna les mains ridées, toujours nouées, qui retombèrent dans le giron de la robe.

« J'ai dit comme toujours », murmura Maria Coggio.

Mais personne ne l'entendit. Elle regarda le remue-ménage, autour d'elle. Ensuite, elle reporta son attention sur le spectacle de la rue.

Marno Livio avait rejoint Birdie dans un angle de la pièce. Le grand reporter maigre alluma une cigarette et rempocha son étui sans en offrir au manager.

« Pas extra, mais pas mauvais non plus », dit-il, sa cigarette dansait entre ses lèvres minces. « Au début, j'ai cru qu'elle n'en décrocherait pas une.

— Tu as l'exclusivité, dit Marno. Tu peux en faire une bonne chose.

— Mais j'en ferai une bonne chose, mon vieux, et quinze chaînes pomperont une fois de plus ce vieux Birdie. Je vais gonfler ce passage au sujet de l'insémination artificielle, quitte à additionner des séquences en illustration. Ça fera mousser la R.M.S., et c'est vachement bon pour l'avenir de ce secteur ! Écoute ça ! Pietro Coggio, le héros français fabriqué par la R.M.S. !

— Pas “fabriqué”.

— D'accord, pas “fabriqué”… “Entraîné”, alors.

— Il faudra que la sécurité te donne le feu vert. Ça peut être néfaste, psychologiquement, pour les champions.

— Ils s'arrangeront, ne t'en fais pas, pour que cela ne soit pas néfaste. Ils leur feront avaler une pilule supplémentaire ! Je peux avoir le feu vert… Je l'aurai. » Il ferma les paupières à demi. La cendre de sa cigarette tomba. « Écoute ça, dit-il à mi-voix. Il y a certainement moyen de gonfler cette histoire de fiancée. On a une équipe sur place, à Denver Lake, et ils doivent pouvoir joindre la demoiselle. On ferait un joli montage, bien rond, bien chouette… En se dépêchant, on aurait le matériel avant… disons avant 13 heures. Il est 10 h 30, ici. Et là-bas…

— 3 h 30 », dit Marno Livio.

Birdie Post lui adressa un clin d'œil malicieux et enthousiaste. Fermant son poing osseux, il cogna fraternellement le thorax de Marno Livio.

« On va tenter le coup, vieux Marnie. Tu verras que ce que tu as dit est vrai : Birdie Post est le meilleur des seize chaînes de l'Eurobloc ! »

Il abandonna le manager et quitta la pièce derrière ses techniciens.

Marno Livio hocha la tête et dit, prenant à témoin un des deux agents de sécurité : « Ce type ! »

Le garde du corps réprima une sorte de rot, gonflant ses joues, puis il se gratta la tête au-dessus de l'oreille. Le téléphone sonna et Marno Livio décrocha, écouta, se mit à dévider des phrases et des phrases en espagnol.

La vieille dame, la mère du héros, était assise dans son fauteuil, devant la fenêtre spacieuse de verre blindé, silencieuse, immobile, cheveux blancs et chignon serré, mains jointes et doigts entremêlés, les pieds bien à plat au sol. Visage de cire, regard noir, luisant.

Peut-être songeait-elle aux hôpitaux sur la Lune ?

5

Le commissaire des jeux avait fait tout son possible pour aider Virginia Vorane à quitter l'amphithéâtre, utilisant à l'occasion sa matraque électrique. Ils avaient fendu la cohue qui encombrait toujours les couloirs menant à la sortie et finalement, après maints efforts et bousculades, coups de coude et pieds écrasés, s'étaient retrouvés à l'air libre, dans la nuit illuminée. Le commissaire ne pouvait continuer plus loin. Virginia le remercia chaleureusement et s'éloigna.

C'était encore la foule, aux abords de l'amphithéâtre, moins compacte qu'à l'intérieur mais très importante néanmoins et dispersée sur une plus grande surface. Des groupes hilares allaient et venaient, braillant des slogans de victoire, parlant de courses aux supporters des ROUGES, chantant, buvant, dansant. L'énorme joie libérée par le succès de Coggio posait sur les visages sa marque brute, violente, et les rendait presque inquiétants. Trop de passions délivrées électrisaient l'atmosphère ; les commissaires auraient certainement fort à faire pour éviter les incidents et assurer la protection des supporters de la Fédération socialo-communiste… Cette fête débridée allait se poursuivre à n'en pas douter jusqu'au bout de la nuit, et même plus loin dans le jour à venir — d'autant plus que le résultat d'un des combats éliminatoires de boxe venait de tomber, annonçant la victoire d'Enrique Jardenez (Argentine, Bloc unifié d'Amérique du Sud, camp BLANC) sur le Tunisien Achmed Lejira (Union socialiste arabe d'Afrique du Nord, camp ROUGE).

Virginia traversa le chaos bruyant d'un pas rapide, s'efforçant de ne pas regarder autour d'elle, ignorant les cris qu'on lui lançait pour l'inviter à se joindre à la folie générale. Elle ne souhaitait qu'une chose : se retrouver seule, dans son bungalow du secteur des accompagnateurs, à Red Mountain, au calme, pour essayer de faire le point (elle savait que ce serait difficile, qu'elle ne parviendrait certainement pas à apaiser sa conscience et à y voir clair, comme cela, sur la simple magie d'une réflexion poussée… mais elle devait essayer…). Elle s'égara. Se perdit franchement, dut demander son chemin et refréner un début de panique. Finalement, elle retrouva le parking et sa voiture. Lorsqu'elle se présenta à l'entrée du secteur réservé, montrant sa carte d'identité au gardien, il était presque 2 heures. Le gardien actionna l'ouverture de la barrière et lui souhaita une bonne nuit ; un poste de radio qui diffusait un reportage bruyant gueulait dans sa guérite de verre.

À 2 h 05, pile, Virginia refermait derrière elle la porte de son bungalow.

Elle comprit aussitôt — comme elle l'avait redouté — que le silence compact enfermé dans le petit appart ne l'aiderait en rien à résoudre ses problèmes. Au contraire. Elle tournait au fond d'un abîme profond qui avait crevé sous ses pieds à l'instant même où Coggio avait été déclaré vainqueur du combat final de pugilat : une chausse-trape qu'elle avait voulu ignorer, et qui s'était ouverte, néanmoins…

Elle ne savait pas si elle avait faim, ou soif, ou rien. Elle ne savait pas si la migraine avait un rapport avec ce malaise creux qui lui tiraillait l'estomac. Une douche fraîche lui aurait certainement fait grand bien, mais elle n'en eut pas le courage, au dernier moment. Elle se dévêtit mollement, passa une chemise de nuit légère et un peignoir. Elle avala un comprimé de somnifère, resta un moment assise sur son lit, puis se leva et marcha sans but, en long et en large, fuma une, deux, trois Old Capricorn, regarda par la fenêtre les lumières jaunes qui éclairaient la rue et les façades des autres bungalows. Des rais de clarté blanche filtraient par les interstices des volets à l'ancienne mode de certains chalets — leurs occupants, probablement, fêtaient la victoire de Coggio. Ce n'était pas de ce côté que Virginia pourrait trouver une once de réconfort, évidemment. D'ailleurs, elle connaissait fort peu les occupants des bungalows, à l'exception de ses voisins immédiats, l'épouse et le garçon d'un champion norvégien. Depuis son installation, elle ne s'était pratiquement pas mêlée aux groupes des proches qui accompagnaient les sportifs, n'avait participé à aucune fête, ne s'était pas jointe aux réunions qui rassemblaient certains soirs plusieurs familles dans le jardin d'un bungalow. Après quelques refus, on ne s'était même plus donné la peine de l'inviter.

Elle avala un second comprimé, retira son peignoir et s'allongea. Le somnifère commençait de faire effet, pesant sur ses paupières et grignotant sa migraine, lorsque la sonnerie du téléphone retentit. Il était 3 h 50. Virginia décrocha.

« Mademoiselle Vorane ? » fit la voix abominablement gaie et pleine d'entrain (à 4 heures du matin !) d'un homme, à l'autre bout du fil.

Sous le clavier d'appel du socle de l'appareil, l'écran ovale du télévid s'illumina ; un visage apparut, qui s'accordait tout à fait avec le ton de la voix.

« Oh ! » dit le type, comme s'il pouvait être désolé. « Je vous prie de m'excuser : je crois que je vous ai réveillée ? »

Il ressemblait à une sorte de légume hirsute, avait des yeux pétillants, des taches de son plein le visage et des oreilles décollées. L'air d'avoir décidé un jour que la seule chose digne d'intérêt, dans la vie, était la rigolade.

Sur ce point, et en cet instant, l'avis de Virginia différait sensiblement. Elle faillit raccrocher… mais hésita une seconde de trop.

« Je vous appelle au nom de la chaîne de télé informations spectacles Télé France 3 », dit le comique, comme s'il annonçait une blague irrésistible. « Vous avez vu ça ? Fantastique, n'est-ce pas ? Je veux parler du succès de votre fiancé, naturellement !

— Naturellement », dit Virginia.

Elle aurait pu, encore, raccrocher. Ne le fit pas. Même sous l'effet du somnifère le plus puissant, on comprenait que ce genre de type ne se laissait pas vaincre aussi facilement et qu'il aurait rappelé aussi sec…

« Une de nos équipes, en France, vient de faire l'interview de la maman de Coggio, dit le joyeux luron. Je suis vraiment désolé de vous avoir réveillée. Sans blague. »

C'était manifeste. Virginia s'entendit répondre, presque aimablement :

« Je ne dormais pas. J'essayais. J'ai pris des somnifères.

— Vous êtes sympa, vous savez ! clama l'autre. Vraiment. C'est Birdie Post qui s'occupe de cette histoire, là-bas, et il vient de nous faire appeler. Vous connaissez Birdie Post ? Un caïd, hein ? Ses émissions ont la meilleure écoute, la priorité, en ce moment, en ce qui concerne le battage qu'on va faire autour de ce cher vieux Pietro Coggio, le héros ! Nom de Dieu, sacré Coggio, hein, vous trouvez pas ? Alors, bon : on a dans la tête de discuter un brin avec vous, si vous voulez, pour gonfler le truc de Birdie sur la mère de Coggio. Qui est bien gentille, mais enfin… bon, ça va pas loin. On a pensé que ce serait bien avec vous. C'est bon pour vous aussi, hein ? On voudrait votre accord. »

Il se tut et il attendit. Il avait récité son speech à une allure record, sans cesser de sourire, tout en se grattant le sommet du crâne. Ce gars-là avait des nerfs comme personne.

« Vous voulez me voir… maintenant ? dit Virginia.

— Le plus tôt possible, mademoiselle, se déchaîna de nouveau le type. C'est pour le scoop, et en principe, en tant que télé française on devrait avoir une priorité, vu que Coggio est français. Et puis c'est une question de décalage horaire : là-bas, ils ne sont pas loin de midi, et Birdie voudrait diffuser son émission au plus tôt, avant ce soir — ce soir pour eux, là-bas, je veux dire. Vous comprenez ? Mais ça vous laisse quand même une petite heure au moins : faut qu'on demande les autorisations auprès de la sécurité, et les laissez-passer : vous êtes proche de Coggio et on peut pas vous toucher comme on veut, hein, si je puis dire. Je vous appelais surtout pour avoir votre accord. C'est pas la peine qu'on se mette en marche si vous, de votre côté, vous ne voulez pas… Vous n'allez pas refuser, pas vrai ?

— Est-ce que je pourrais, vraiment, refuser ? dit Virginia. Vous savez bien qu'assurer la publicité de Coggio fait plus ou moins partie de mes obligations, ici. C'est aussi une des conditions de ma présence à ses côtés.

— Vous êtes merveilleuse ! s'exclama le type ébouriffé. On fait le nécessaire et on arrive ! Vous êtes très sympa, chère mademoiselle ! »

Et il raccrocha.

Après un temps, Virginia reposa le combiné.

« Évidemment, je suis merveilleuse », murmura-t-elle.

Elle réfléchit pour savoir si l'irruption d'une équipe de reporters et techniciens de télévision la dérangeait véritablement — surtout avec ce farfelu énervé dans le lot… —, et fut tout étonnée d'en supporter l'éventualité sans défaillir. Tout compte fait, la chose l'amusait presque… (l'effet tranquillisant des somnifères ?). Et puis, elle l'avait dit : pouvait-elle refuser ? Elle se devait de ne pas porter atteinte à l'image de marque de Coggio ; les personnes qui composaient la suite des champions avaient toutes le même rôle, et le jouaient : qu'un champion devienne un héros, et ces obligations de son entourage envers les médias à l'affût étaient multipliées par dix… Sourire et amabilité obligatoires…

Virginia se leva. Cela tournait un peu, elle se sentait molle et légère. Prenant sur elle et repoussant la torpeur agréable, elle se dévêtit, prit une douche en espérant que les effets de l'eau froide contrecarreraient ceux des somnifères. Puis elle se sécha, se coiffa, s'habilla — elle passa sur ses sous-vêtements une tunique-chasuble longue, mauve, brodée d'argent. Elle achevait de se peindre les ongles lorsqu'on sonna à la porte. Virginia n'avait pas entendu le moindre véhicule. Elle consulta son chronobracelet : 4 h 30.

« Vous ne vous êtes pas attardés », dit Virginia en ouvrant sa porte.

Les deux types entrèrent et, la seconde suivante, un des deux se trouvait déjà au milieu du living, laissant courir autour de lui un regard aigu, scrutateur : ce genre de regard auquel *rien* n'échappe. L'autre referma la porte derrière lui. Il portait en bandoulière un magnéto dans sa sacoche de cuir.

Le farfelu ébouriffé qui avait contacté Virginia n'était pas là.

« Mais..., dit Virginia. Je croyais que...

— Navré de vous ennuyer à cette heure, dit le type au regard tranchant, avec un sourire automatique et froid. Vous nous excuserez si nous avons utilisé ce petit... subterfuge ?

— Subterfuge ? » répéta Virginia.

Si elle était relativement préparée à accueillir le comique et son équipe de télé, en revanche, cette irruption inattendue des deux individus à la mine sévère déclenchait en elle une nouvelle poussée d'irritation et de nervosité. Elle ne s'en cachait point.

« Subterfuge n'est peut-être pas le terme exact », dit le type au visage glacé, avec un léger soupçon d'accent anglais — presque rien, mais tout de même quelque chose... « Je suis Ardan Collins, et voici Clay Beaufort. Nous travaillons pour la station de radio de Denver Lake, mais cela veut dire que nos émissions, pour tout le temps de cette GUERRE, seront reprises par tous les émetteurs de la planète, ou peu s'en faut.

— J'attendais…

— Une équipe télé de Télé France 3, oui, je suis au courant, dit Collins. Vous savez… notre position prioritaire, en raison même du fait que les jeux se déroulent cette année sur notre territoire, nous accorde quelques avantages. Notamment le privilège d'être en relations très étroites avec les organismes de sécurité, et quelques-uns des agents de surveillance nous sont très dévoués. Par eux, nous avons appris que Télé France 3 avait formulé une demande d'interview, et que vous étiez d'accord. Nous n'avons pas perdu une minute ; il ne s'agit pas vraiment de concurrence : ils sont la télévision, nous sommes la radio. Mais chaque fois qu'il nous est possible d'être les premiers sur l'événement, dans notre domaine, nous le sommes… Télé France 3 n'obtiendra pas d'autorisation de la sécurité avant un moment… Vous ne nous en voulez pas trop ? »

Virginia haussa une épaule lasse et vaincue. Qu'elle leur reproche ou non leur audace (et leurs manigances internes), cela ne changerait rien. Pendant que Collins parlait, l'autre s'était installé dans un fauteuil et avait préparé son matériel : il attendait, micro en main.

La jeune fille se laissa aller dans le second fauteuil, face au technicien. Collins regarda autour de lui, à la recherche d'un siège ; il ne trouva rien et s'agenouilla à terre.

« Nous y allons ? » dit-il. Virginia acquiesça. « Bien. Je vous remercie. »

Le technicien enclencha le déroulement de la bande.

« Mademoiselle Vorane, dit Collins, vous avez bien

voulu recevoir notre station de Denver Lake chez vous, quelques heures à peine après la victoire de votre fiancé, Pietro Coggio, dans la finale des épreuves de pugilat. Nous vous en sommes très reconnaissants. Je suppose que vous êtes heureuse ? »

Elle était heureuse, et elle l'affirma, sur le ton de la sincérité même... Elle parla de Coggio, de l'admiration qu'elle éprouvait pour le nouveau héros, de ce que représentait la victoire du champion pour des millions de personnes, pour la France, l'Eurobloc et le camp BLANC en général. Elle dit qu'elle croyait beaucoup aux chances de Coggio, pour le Grand Parcours des Héros... Après quoi, Collins l'invita à parler d'elle-même. Il posa des questions et Virginia y répondit de bonne grâce : c'était presque un interrogatoire en bonne et due forme, mais elle fit comme si elle ne s'en apercevait pas. Finalement, Collins hocha la tête de haut en bas et le technicien stoppa la bande, se mit aussitôt à ranger son matériel.

« Merci, mademoiselle Vorane, dit Collins. C'était parfait. Vous n'êtes pas allée rejoindre votre fiancé, après le combat ? Nous espérions vous voir dans les couloirs des loges.

— J'étais très éprouvée, dit Virginia. Je sais, j'aurais dû, et c'était prévu. Mais vraiment je ne me sentais pas bien. Un commissaire m'a accompagnée jusqu'à la sortie. »

Collins fit une grimace, signifiant qu'il comprenait. Il dit :

« À présent que Pietro Coggio est désigné pour le Grand Parcours des Héros, il vous sera probablement impossible de le rejoindre. C'est l'isolement maximal.

— Je sais... Mais je le contacterai par télévid, si

possible. Ou par l'intermédiaire de Sanzo Aeschillem, son soigneur… Il devait être très éprouvé, après le combat. Moi-même, j'étais…

— Nous comprenons, dit Collins. Et nous vous laissons. Au revoir, mademoiselle Vorane. »

Elle les raccompagna sur le pas de la porte.

Quelque chose n'allait pas, c'était sûr, mais elle ne savait quoi. Il était 5 heures passées. Le jour était levé. Elle regretta de n'avoir pas demandé aux deux hommes leurs cartes professionnelles et leurs laissez-passer de la sécurité — mais non : ils avaient *certainement* des cartes professionnelles parfaitement en règle, avec tous les cachets de la sécurité possibles et imaginables. La migraine battait de nouveau sous son crâne. Elle se sentait toujours vaguement molle, sous l'effet des somnifères, et cela n'empêchait pas une sournoise crispation sous-jacente de tous ses nerfs. Elle alluma une nouvelle Old Capricorn, appela Sanzo Aeschillem : c'était la première chose qu'elle aurait dû faire en rentrant chez elle. Après avoir franchi les barrages habituels de la sécurité, elle obtint le vieux soigneur. Il avait la tête de quelqu'un qui vient de passer un bon nombre de nuits blanches et les pâles couleurs de l'écran du télévid aggravaient l'impression d'épuisement — ce qui n'entamait en rien l'expression joyeuse illuminant les traits fatigués du vieil homme.

« Virginia ! s'exclama-t-il. Eh bien, jeune fille ? On s'inquiétait, ici… »

Virginia dit qu'elle était désolée. Que le combat l'avait fortement éprouvée nerveusement et qu'elle avait traversé une période de stress aussi inexcusable qu'imprévue. Elle était encore sous le choc, d'ailleurs. Sanzo lui dit de ne pas s'en faire. Elle demanda des nouvelles de Coggio : il était dans le cirage, confié aux soins de Jorge Calmann et son équipe : tout allait bien… mais à présent qu'il était devenu officiellement un héros, Virginia ne pourrait plus le voir. Elle demanda si aucune dérogation n'était possible, et la réponse fut non. Sanzo était désolé, mais il ne pouvait rien contre un règlement très strict, tout à fait compréhensible. Virginia lui demanda de transmettre mille choses au héros. Il le ferait. Et lui souhaita bon courage.

Elle considéra longuement l'écran redevenu gris.

Oui, le règlement était très strict. Pourtant…

Un peu avant 6 heures, le télévid sonna de nouveau. Virginia avait fumé cigarette sur cigarette en faisant les cent pas. C'était l'olibrius ébouriffé de Télé France 3. Il n'était pas content. Toujours souriant, mais pas content. Il croyait tenir son reportage et était très déçu d'apprendre que la chose ne pourrait se faire, la sécurité ayant refusé l'autorisation, *sur la demande de Mlle Vorane très éprouvée nerveusement.*

« Mais je ne com… », dit Virginia — et elle s'interrompit au milieu de l'exclamation.

Le comique n'insista point. Il dit tout de même qu'il aurait préféré que Virginia ne lui laisse pas d'espoirs, lors de leur première prise de contact. Il lui souhaita un prompt rétablissement, lui arracha la promesse qu'elle le rappellerait lorsqu'elle se sentirait mieux : ce qu'elle fit dans le vague, notant distraitement ses coordonnées. Elle raccrocha.

Une fine transpiration couvrait son front et picotait son cuir chevelu.

La sécurité prétendait que Virginia Vorane avait opposé son veto à la demande de l'équipe de Télé France 3.

Cette fois, elle en était certaine : quelque chose n'allait pas.

Et c'était grave.

Avril Delome, de la Sécurité/France, directement attaché aux équipes de sports de combat, reçut dans son bureau le rapport des deux agents de la sécurité américaine. Les deux types s'étaient bien débrouillés et ils avaient surtout travaillé sans perdre de temps : presque aussitôt après l'interception de la communication télévidéophonique entre Virginia Vorane et Télé France 3, ils étaient sur les lieux. Belle manœuvre. Delome écouta la bande tout en faisant claper sa lèvre inférieure contre ses dents, du bout de son index droit. Puis il regarda Jul Light, lequel fit une petite grimace dubitative.

« On savait tout cela, non ? dit Light.

— On le savait, fit pensivement Delome. Mais tout à coup, ça me paraît très gênant. Je veux parler de son passé. Ses grands-parents émigrés au Maroc, puis le retour de son père en France, son mariage avec une fille de chez nous… La naissance de Virginia… et de nouveau le départ pour le Maroc de ses parents, quand elle avait quinze ans. C'est-à-dire il y a trois ans…

— Elle est restée, elle, dit Light.

— Elle est restée, répéta Delome. Elle connaissait Coggio. Bon Dieu, le Maroc ! Le Maroc, c'est tout de même la Confédération socialo-communiste, c'est les ROUGES !

— Il y en a d'autres qui vont et viennent. C'est normal.

— C'est normal pour n'importe qui, d'accord.

Quand il s'agit de l'entourage d'une personne très liée avec un héros, ça risque de ne plus être aussi simple. Et quand cette personne se met à avoir une attitude étrange…

— C'était peut-être vrai, dit Light. Elle était peut-être vraiment sonnée par le combat. Déboussolée. »

Delome lui lança un coup d'œil amusé :

« Elle te plaît, cette petite, pas vrai ?

— J'essaie de ne pas me laisser embarquer trop vite, c'est tout », dit Light en haussant ses massives épaules.

Delome approuva, d'un mouvement de tête.

« C'est cela, Jul. Ne nous embarquons pas trop vite… On va attendre et surveiller cette charmante enfant de près. De très près. Normalement, si elle a quelque chose à se reprocher, elle devrait commencer par se poser des questions. Et fatalement, elle bougera. Ou alors, c'est qu'elle aura baissé les bras… *mais peut-elle se permettre de baisser les bras ?* » Delome se donna une chiquenaude dans la lèvre. « Le petit excité de Télé France 3 l'a rappelée, comme c'était prévisible, bien qu'on lui ait conseillé pour la forme de n'en rien faire. Il lui a appris qu'officiellement c'était elle qui avait suggéré à nos services de refuser l'autorisation d'interview, pour cause de “malaise nerveux”. Il tient à son reportage, le petit con : il lui a demandé qu'elle l'appelle dès qu'elle se sentirait mieux…

— Ça va la faire bouger, tu crois ? »

Delome posa ses grandes mains sur le bureau, devant lui, à côté du magnétophone, et il les considéra un instant. Il fit bouger ses doigts, les uns après les autres.

« Possible. Si elle n'a pas la conscience claire, elle devrait logiquement flairer là-dessous quelque chose de bizarre. Un indice. Peut-être pas se sentir repérée (si elle a lieu de l'être ou non), mais enfin… s'apercevoir qu'on lui tourne autour. Dans ce cas, je serais étonné qu'elle se tienne tranquille : elle ne doit pas pouvoir se permettre de faire la morte.

— Mais pourquoi, alors, aurait-elle laissé passer l'occasion de la rencontre avec Coggio, à la fin du combat ? »

Delome enleva ses mains de sur le bureau, laissant deux traces moites sur la plaque de verre qui recouvrait le meuble.

« Sais pas, dit-il. Une erreur. Mais il doit y avoir une explication. On trouvera. »

La sonnerie du téléphone vibra. Delome décrocha le combiné simple et écouta, puis il dit : « Okay, Sanzo », et raccrocha. Il regarda son collègue, cligna de l'œil.

« Elle a appelé Sanzo, avant que le type de Télé France 3 ne la recontacte. Elle lui a servi son histoire de malaise et de nervosité, pour expliquer son absence au côté de Coggio, après le combat.

— Et puis ?

— Pourquoi "et puis" ? sourit Delome.

— Parce que c'est écrit gros comme ça sur ta figure.

— Sanzo lui a dit que c'était dommage, qu'elle ne pourrait plus rencontrer son champion avant la fin de la GUERRE. Elle a demandé innocemment s'il n'y avait pas de dérogation possible… »

Le regard de Delome pétillait.

« Je ne suis pas convaincu, dit Light.

— Moi, si. Ça m'arrive d'avoir de l'instinct, et quand ça se met à grésiller, là-dedans », il se tapota la tempe, « ça ne me trompe pas. »

Light saisit une canette de boisson gazeuse, sur le

bureau. Il la décapsula à l'aide d'un coupe-papier de métal gris.

« Il n'a pas soif, ton instinct ? » demanda-t-il.

Lorsqu'il apprit, un peu avant 13 heures (heure locale), que Virginia Vorane refusait l'interview pour la chaîne française sous prétexte qu'elle ne se sentait pas bien, Birdie Post lâcha une sanglante bordée de jurons, puis il dit :

« Elle est con, ou quoi, cette grenouille ? C'est le moment d'avoir des vapeurs ! On a le pot d'avoir un héros, et il faut que sa fiancée de merde ait une petite santé ! Qu'est-ce que c'est que cette comédie ? » Il se calma un peu. « Bon. On fait notre truc avec la vieille maman, uniquement. Et on se démerde, les enfants, on se démerde, ou bien je vais piquer ma petite crise de nerfs, moi aussi ! »

Dans le camp BLANC de la Confédération libérale, les pays et États suivants s'inscrivirent pour la 12e GUERRE OLYMPIQUE de l'année 2222 :

EUROBLOC : France, Espagne, Portugal, Irlande, Grande-Bretagne, Norvège, Danemark, Italie, Grèce, Turquie, Allemagne, Yougoslavie.
AMERICAN GROUP : États d'Union de l'Amérique du Nord, Mexique.
BLOC UNIFIÉ D'AMÉRIQUE DU SUD : Venezuela, Colombie, Chili, Pérou, Bolivie, Argentine, Uruguay, Brésil.
ARCHIPEL JAPONAIS : Japon, Philippines, Indonésie-Groupe, Nouvelle-Guinée.

Parmi ces pays et États inscrits, les suivants ne franchirent pas les barrages des pré-éliminatoires :

Yougoslavie
Colombie
Uruguay

Les populations de ces États et pays éliminés furent les premières à payer en victimes humaines les défaites des équipes du camp BLANC, au cours des différentes rencontres et compétitions de ce douzième affrontement planétaire.

Dans le camp ROUGE de la Fédération socialo-communiste, les pays et États suivants s'inscrivirent pour la 12ᵉ GUERRE OLYMPIQUE de l'année 2222 :

UNION DES RÉPUBLIQUES SOCIALISTES : Russie, Tchécoslovaquie, Hongrie, Roumanie, Pologne, Allemagne de l'Est.
BLOC ASIATIQUE : Chine, Inde, Cambodge, Birmanie, Malaisie, Pakistan.
UNION SOCIALISTE ARABE : Jordanie, Syrie, Libye, Tunisie, Maroc, Algérie.
FÉDÉRATION AFRICAINE : Sénégal, Soudan, Éthiopie, Rhodésie, Tanganyika, Kenya, Mozambique, Sud-Afrique, Fédération Est-Afrique.

Parmi ces pays et États inscrits, les suivants ne franchirent pas les barrages des pré-éliminatoires :

Roumanie
All. de l'Est
Inde
Pakistan
Mozambique
Fédération Est-Afrique

Les populations de ces États et pays éliminés furent les premières à payer en victimes humaines les défaites des équipes du camp ROUGE, au cours des différentes rencontres et compétitions de ce douzième affrontement planétaire.

6

L'orage creva juste avant 9 heures, comme si les éléments naturels avaient décidé de participer eux aussi au spectacle, pour une grandiose, et abominable, apothéose. Depuis le point du jour, les roulements de tonnerre faisaient vibrer les couches de nuages lourds et rebondis qui traversaient le ciel de Debrecen (Rep. socialo-communiste de Hongrie), les feux des éclairs se succédaient sur un rythme de plus en plus accéléré. Un orage d'été. Une de ces colères violentes qui fustigeaient si souvent la *puszta* pendant la saison chaude.

D'ordinaire, si Mager Cszorblovski se sentait désagréablement oppressé, mal à l'aise, au cours des heures qui précédaient un orage, il était immédiatement délivré quand s'abattaient les premières gouttes de pluie chaude. Les sensations d'étouffement se diluaient, il respirait normalement, la surcharge électrique qui semblait gonfler son système nerveux retombait au point neutre. C'était ainsi, *d'habitude*.

Mais ce jour-là n'avait rien de commun avec l'ordinaire.

La tension nerveuse qui crispait les muscles de Mager Cszorblovski redoubla d'intensité aux premiers vrais craquements de l'orage éventré, tandis que s'abattait l'ondée. Un violent coup de tonnerre, et la pluie tomba.

Ils étaient quelques centaines, pas davantage, rassemblés sur la place publique de Debrecen (la place Devreszck). La ville comptait quatre places identiques, de grandes surfaces, idéales pour les rassemblements de foule importants. Pour l'occasion, ces endroits avaient été aménagés en Champs d'Expiation — qu'on appelait plus pompeusement Champs d'Honneur dans les pays de la Confédération libérale — et d'autres places pareillement dans d'autres villes importantes, ainsi que des stades.

Trois cents condamnés, environ, s'entassaient sur la place Devreszck, dans le périmètre des barrières de bois blanc et devant les estrades-podiums occupées vingt-quatre heures sur vingt-quatre par des équipes de religieux ou des leaders politiques qui débitaient leurs discours de soutien moral entre les reportages en direct des principales épreuves sportives. Le gigantesque écran de télévision qui était, avec le podium, un des éléments principaux du décor des Champs d'Expiation (ou Champs d'Honneur), avait été installé sous le grand porche de l'hôtel de ville. D'innombrables parasites causés par l'orage déformaient les images retransmises, et le combat de pugilat prenait parfois des allures de dessin animé ; pourtant, pas un seul des spectateurs agglutinés sous l'averse brutale ne songeait à en rire. Pas un seul.

La stabilité verticale de l'image s'effondra, après qu'un nouveau coup de tonnerre eut ébranlé le ciel noir. Des bandes de lumière plus ou moins colorées défilèrent à vive allure, de bas en haut. L'écran se couvrit de

« neige » pétillante, pendant quelques secondes, puis l'image revint, toujours vacillante, ondoyante. Une voix d'homme très excité commentait la rencontre, braillant par tous les haut-parleurs disposés sur le périmètre de la place. De longs crachements coupaient le commentaire à chaque fois qu'un éclair illuminait le paysage urbain, et lorsque le son était correctement diffusé, c'était pour lutter avec les roulements du tonnerre.

« Bon Dieu ! ragea Mager à mi-voix. Que ça finisse ! Que ça finisse ! »

Il ne se sentait plus de taille à tenir le choc jusqu'à la finale. Il allait s'effondrer là, c'était certain, lamentablement trahi par ses nerfs, par la tension ambiante (psychologique et orageuse), par les effets de ce salaud d'ange gardien qu'ils lui avaient planté dans le crâne conjugués avec ceux des psychostimulants qu'il avait ingurgités pour résister. *Résister !* Quelle folie ! C'était impossible de *résister*. Une couillonnade supplémentaire. Il eut envie de rire.

Il allait craquer, c'était certain. Le feu roulait dans sa tête, derrière ses yeux, dans ses oreilles. Il tremblait. Son corps pesait des tonnes, on lui avait rempli la peau de billes d'acier, comme on remplit un sac. Ses jambes le soutenaient encore, mais la douleur augmentait régulièrement dans ses muscles trop tendus. Quelque chose allait claquer, c'était sûr. Et ce vieux Mager s'écroulerait en rigolant.

Ce vieux Mager avait toujours eu trop tendance à rigoler, dans sa vie. À rigoler de tout, de rien, parce qu'il s'était aperçu un jour que c'était le seul moyen à peu près efficace qui puisse aider à survivre coûte que coûte. Même lorsque Génia l'avait quitté il avait rigolé ; même lorsqu'il l'avait retrouvée, et puis égorgée… ses mains dégoulinantes de sang, il avait hurlé, pleuré à gros sanglots… puis rigolé. Le sens désespéré de l'humour était pour Mager Cszorblovski une véritable torture, une abomination. Mais il n'y pouvait rien.

Il suffisait qu'il se contemple dans un miroir, en espérant s'apitoyer sur son sort, par exemple, pour qu'il ait aussitôt envie de rire. Il avait une tête, une silhouette comiques.

C'était d'ailleurs ce qui avait séduit Génia, au début. Faites rire une femme et elle sera à vos pieds, disait un proverbe mondial. Génia avait vu Mager au théâtre, dans son numéro de jongleur de plumes (le grand succès de Mager Cszorblovski et Gyula Sandör, les joyeux complices !), et elle n'avait pas résisté. Il avait vu Génia et n'avait pas résisté davantage. Si vous voulez prendre une claque, citez donc ce fameux proverbe mondial à Mager… Génia était partie car elle ne pouvait pas, disait-elle, avoir une conversation sérieuse avec son amant. Impossible. Elle en avait marre de rire perpétuellement, ça la rendait malade, ça la tuait à petit feu ; Mager la regardait au fond des yeux et lui faisait de grandes déclarations enflammées, et Génia se tordait après avoir tenu le coup un moment.

Lorsqu'il était entré dans la salle de justice populaire, le jury avait souri.

Les médico-juges qui lui avaient greffé l'ange gardien avaient échangé des coups d'œil malicieux.

Là, sous la pluie torrentielle, secoué de tics, Mager ressemblait à une souris détrempée — et c'était comique.

Il avait envie de rire. Il se sentait malade comme un chien, à deux doigts de s'écrouler pour le compte, à deux doigts de mourir, tout seul, sans même attendre le verdict du combat. Comme pour une espèce de gag ultime...

Il regarda autour de lui. Songea : « Pourtant, il n'y a pas de quoi se tordre »… et gloussa aussitôt en remarquant combien l'expression était appropriée à cette situation pluvieuse.

Les visages étaient hagards, dégoulinants, tendus vers cet écran de télévision qui diffusait des images tordues. « Nom de Dieu ! je ne veux pas rire ! cria mentalement Mager, il n'y a rien de drôle ! » C'était atroce. Une boule hérissée et brûlante lui obstruait la gorge. L'eau qui frappait son crâne était salée sur ses lèvres : il n'y avait pas que la pluie. Une série de sanglots bruyants secouèrent la petite carcasse de Mager. Un couple enlacé, à côté de lui, tourna ses visages livides (comme les deux têtes d'une créature unique) dans sa direction. Mager ferma les yeux. Il était planté là, parmi tous les autres, bras ballants, petite silhouette rabougrie, un peu voûté, avec sa bouche tordue d'épuisement et de chagrin — mais qui néanmoins dessinait un sourire —, ses cheveux trop longs, sans couleur, qui pendaient en mèches étoilées comme une perruque de scène toute de guingois, avec ses vêtements déformés, imbibés, lourds de pluie, et qui semblaient trop longs, avec ses grands pieds posés à plat dans leurs chaussures de toile (s'il remuait les orteils, cela faisait des bulles qui passaient par les œillets des lacets : il l'avait remarqué et s'en était amusé…).

Lorsqu'il rouvrit les yeux, après qu'un sourd grondement eut couru sur les rangs de la foule, il vit que l'écran était éteint — et cela semblait définitif. Les haut-parleurs étaient muets. Un éclair explosa, crachant du plomb et de l'argent fondus sur les toitures de zinc des maisons qui bordaient la place.

« C'est terminé ? » demanda Mager.

Personne n'entendit. Il toucha l'épaule de l'homme qui se tenait devant lui. L'homme se retourna. L'espace d'une fraction de seconde, une lueur vivante traversa son regard hébété.

Mager réitéra sa question. L'homme lui répondit laconiquement : « L'orage. »

Et détourna les yeux, présentant de nouveau sa nuque ruisselante. Mager regarda la pluie tomber sur ce crâne tondu de près. Les grosses gouttes percutaient le cuir chevelu avec force et elles éclataient, ploc-ploc-ploc-ploc, sourdement, en rafale. « On ne va pas *savoir* ! » dit Mager.

Il y avait des mouvements divers, quelques cris, sur la foule. Quelqu'un, du personnel d'encadrement du Champ d'Expiation, monta sur le podium et s'égosilla devant un micro qui ne fonctionnait plus. La foule cria encore. On tendit un parlophone au type sur l'estrade, qui emboucha l'engin et brailla :

« Ne vous inquiétez pas ! Vous serez tenus au courant de l'issue de l'épreuve ! Nous suivons la retransmission par radio. »

Il continua sur ce ton pendant quelques minutes, mais Mager n'écoutait plus. « Ne vous inquiétez pas, vous serez tenus au courant… » Bon Dieu, ce n'était pas de l'humour, ça ?

« Même si cette épreuve se termine bien pour nous, songea Mager, je ne résisterai pas à la prochaine, aux prochaines, et je ne tiendrai pas le coup pour le Grand Parcours. C'est absolument certain. Même si nous remportons la victoire, après le Grand Parcours… moi, je serai mort avant. De trouille. »

Et pourquoi était-il incapable de tenir psychologiquement ? Était-il le seul, dans ce cas ? Y en avait-il d'autres, disséminés dans le pays, et ailleurs, partout, dans les Champs d'Expiation et hors des Champs d'Expiation, qui crevaient de peur sans que l'ange gardien y soit pour quelque chose ? On le prétendait.

Gyula Sandör l'affirmait — il avait probablement raison. Gyula disait : « Ça arrive même en temps de paix, avant que la GUERRE OLYMPIQUE soit déclarée. Un condamné ne tient pas le choc. Il est persuadé qu'il y restera, de toute façon, ou quelque chose comme ça, et pof ! il craque. Ça déconnecte l'ange aussi sec, j'imagine. Et ça fait qu'on ne retrouve pas toujours ces morts accidentelles… C'est pour ça que tu peux tenter le coup avec un scieur de tête. Tu seras mort, officiellement. Avec des faux papiers, tu pourras toujours t'en sortir. Passer chez les BLANCS, pourquoi pas ? »

Gyula Sandör avait beaucoup d'imagination, trente-six mille projets d'évasion pour son ami et partenaire Mager Cszorblovski.

Mager tourna les talons et fendit lentement la foule des condamnés ; il marchait au hasard, sans savoir où aller. Il voulait surtout bouger. Faire des gestes. À chaque pas, ses chaussures rendaient de l'eau par leurs œillets. Shlurp, shlurp. Mager pensait : « On ne verra rien venir, on n'aura même pas le temps de réaliser ! Ce putain d'orage et ce putain d'écran brûlé. On ne saura rien, on tombera… » Les phrases se dévidaient mentalement dans sa tête, tout autour de l'ange gardien. Il tenta de les repousser. Il songea : « Si je m'en tire, après cette épreuve, je vais trouver ce Razva Dolico, ce scieur de têtes hors la loi. Je m'en fous. J'y vais. De toute façon, je ne tiendrai pas le coup. »

Il avait pris sa décision. Une douleur pesait maintenant sur sa nuque. Elle était naturellement liée directement avec le flux de ses pensées rebelles ; elle aurait dû terrasser Mager, le jeter à genoux, le punir pour avoir eu de telles pensées interdites (qui avouaient un désir d'évasion flagrant) — mais tous les psychostimulants que Mager avait avalés, illégalement, contraient les stimulations inhibitrices d'agressivité diffusées par l'ange gardien. Il avait souffert, mais ce n'était pas pour rien. (En fait, tout seul, il n'aurait pu avaler ces drogues illicites, parce qu'il savait, tout simplement, qu'elles étaient illicites… et que vouloir les avaler c'était entrer en rébellion ouverte contre la sentence qui le condamnait, c'était déclencher le processus douloureux, insoutenable, diffusé par l'ange gardien. Qui est capable de penser raisonnablement, quand une rage de dents vous emporte la mâchoire ? Les vibrations diffusées par l'ange gardien c'étaient dix, cent rages de dents ! Il avait avalé les drogues avec la complicité de Gyula, sans le savoir, après avoir fait quelques essais conscients. Dans un litre de vin. Ensuite, l'ange gardien était suffisamment « endormi » pour que Mager puisse régulièrement et intentionnellement ingurgiter quelques pilules…) Mager laissa passer la vague de migraine.

Il se trouvait près de la barrière de bois blanc. De l'autre côté, sous les arcades de la rue, les spectateurs étaient groupés, à l'abri. Mager ne put s'empêcher de les saluer, comme il le faisait après le spectacle. Aucun d'entre eux ne remarqua la courbette — ou alors ils durent penser que ce ridicule petit bonhomme avait perdu une pièce de monnaie…

« Allez vous faire mettre ! » songea Mager. *Les spectateurs !* Il leur tourna le dos, regardant de nouveau en direction de l'écran hors service. Les spectateurs ! Toute sa vie, ils étaient venus le voir, ils avaient empli les salles, ils avaient ri et applaudi pour saluer ses pitreries. Même le soir où Génia était partie, même ce soir-là, Mager avait jonglé avec ses plumes et pris des coups de pied au cul, sur scène. Le spectacle continue ! *Le spectacle continue toujours*. Il y avait eu un grand article, dans les journaux gouvernementaux : L'ARTISTE COMIQUE MAGER CSZORBLOVSKI ASSASSINE UNE AMIE QUI L'AVAIT QUITTÉ.

La voix de l'homme sur le podium, déformée par le mégaphone, creva le fil de ses pensées. Immédiatement, Mager sut que c'était important, qu'il s'agissait du verdict. Il écouta les mots, mais fut incapable de les traduire correctement. Le sang qui battait ses tempes faisait soudain un vacarme épouvantable. Des pensées folles lui traversèrent le crâne, telles des flèches de lumière éblouissantes. Je passerai au travers ! je vais passer au travers ! je suis condamné depuis si peu de temps ! juste avant les jeux, juste avant la GUERRE ! Les plus anciens doivent être désignés les premiers, non ? Ou bien c'est par ordre d'importance du crime accompli ? Les politiques ont-ils plus de chances que les droits communs ? Les mots prononcés par l'homme au mégaphone s'assemblèrent en bon ordre : ils disaient que le champion français Pietro Coggio, du camp BLANC, avait vaincu le ROUGE chinois Lin Sovitch Pao.

Et Mager Cszorblovski, bouche grande ouverte sous la pluie, les yeux exorbités, tendu de tout son être, l'esprit en déroute, attendit.

Et il vit tomber, juste devant lui, trois personnes, deux hommes et une femme, il les vit s'effondrer sans un mot, sans un cri, il les vit s'étaler sur l'asphalte ruisselant, comme des marionnettes aux fils tranchés, il vit le sang couler de leurs narines et de leurs oreilles, immédiatement lavé par l'averse. Le tonnerre gronda. Mager pensa, en désordre : « Ils sont tombés trop près de moi. Je suis passé au travers ! Ce n'est pas pour cette fois. Ça ne signifie rien. Ils sont tombés les trois ensemble, et ne se connaissaient peut-être pas. J'ai froid aux pieds. Je vais aller trouver Razva Dolico, le scieur de têtes. C'est fini. » Un éclair traversa le ciel gris. Mager ne sentait plus son corps, ni la pluie tiède : juste ses pieds glacés. Progressivement, l'onde froide remonta le long des muscles de ses jambes, gagna ses reins, son dos, ses épaules. Des cris s'élevèrent à l'autre bout du Champ d'Expiation. Des cris aussi au-dessus de la foule des spectateurs. « Applaudissez ! » cria Mager sans bouger les lèvres. Il pensa : « Combien sont tombés, en quelques secondes, sur tous les territoires du camp ROUGE ? À cause de ce fumier de Coggio qui a ratatiné un Chinois ! » Un groupe était monté sur le podium — des prêtres catholiques avancés, à en juger par leurs uniformes : ils se mettaient à chanter sous l'orage, en agitant leurs mégaphones. Mager était toujours statufié, bouche ouverte. Il vit s'approcher les garçons d'encadrement, porteurs de civières. La foule commençait à se disloquer. Les garçons étaient vêtus de longs cirés jaunes, avec la croix noire du service funéraire au milieu du dos. Ils couchèrent les trois victimes sur leurs civières, les emportèrent. Quelqu'un toucha Mager, le poussa, le secoua.

« Hé, l'ami ! terminé pour cette fois ! »

Mager sursauta, regarda l'homme, et l'homme lui sourit, s'éloigna. Et Mager sourit lui aussi, et il pissa longuement dans son pantalon, sans chercher à se contenir, avec presque une sensation de véritable jouissance.

Les fureurs de l'orage s'étaient éteintes un peu après midi. Un ultime borborygme roula vers l'ouest, derrière les flèches de la cathédrale orthodoxe, luisantes de vert-de-gris ; la pluie cessa. Presque aussitôt, la coiffe molle des nuages se déchira et les fragments s'éparpillèrent. Le soleil illumina généreusement Debrecen, et alentour l'immense plaine de la Transtisza. Les flaques brillaient, les toitures et l'asphalte fumaient. La même vapeur s'élevait des vêtements trempés des condamnés qui demeuraient sur la place Devreszck.

Mager Cszorblovski n'avait pas quitté le Champ d'Expiation. Il n'avait pourtant rien à y faire et il avait pris une décision qui, au contraire, l'obligeait logiquement à s'éloigner au plus vite. Mais il était resté. Pour savourer l'atmosphère qui planait sur un Champ d'Expiation, après un verdict sportif ? Après l'enlèvement des morts ? Peut-être... Le soulagement était si fort, si fou ! Et comme les autres, il allait de-ci, de-là, il échangeait des sourires, des paroles pour rien, comme les autres, comme tous, il était là pour témoigner de sa vie, de son existence, pour montrer qu'il ne s'était pas « fait avoir » et pour s'imaginer qu'avec un peu de chance, à la finale... Des orateurs se succédaient sur les podiums, avec parfois des accompagnements musicaux, mais personne ne les écoutait vraiment : les premières heures qui succédaient à un verdict sportif étaient un très mauvais moment pour les orateurs, c'était surtout un instant de joie et d'espoir ravivé pour les condamnés qui venaient d'échapper à la mort, un instant de relâchement nerveux, et les orateurs politiques ou religieux (ou les deux) pouvaient bien raconter ce qu'ils voulaient, tout le monde s'en foutait. Cette baisse de tension n'avait d'ailleurs rien de logique, c'était une manifestation tout à fait subjective, incontrôlée, contrecoup de l'impact puissant représenté par une épreuve de finale dans une compétition quelconque. Car la mort pouvait frapper à tout moment les condamnés des Champs d'Expiation (elle pouvait terrasser n'importe quel condamné, où qu'il se trouve), puisqu'en tout temps des affrontements avaient lieu, des compétitions étaient en cours, des vainqueurs déclarés et des vaincus reconduits sous les huées — et chaque vaincu, en épreuve éliminatoire ou en combat final, valait son quota de victimes. C'est ainsi que les matches éliminatoires de l'épreuve de boxe se déroulaient, avec un avantage pour le camp BLANC qui présentait 87 champions, contre 79 pour le camp ROUGE. C'est ainsi qu'à chaque fois qu'un boxeur était déclaré vaincu, quelques dizaines de victimes dans les pays et nations de son camp, selon ce qu'il valait et ce qu'avaient décidé les ordinateurs-arbitres de la grande organisation, quelques dizaines, ou quelques centaines de victimes, donc, tombaient. Sur décision des ordinateurs, qui fauchaient non pas en aveugles mais au contraire avec un maximum d'« équité », obéissant aux mémoires de justice et aux informations qu'on leur avait communiquées. Les condamnés savaient cela, mais ils avaient besoin de l'oublier. Et même si brusquement l'un d'entre eux s'effondrait, illustrant la défaite d'un champion sur un ring de Denver Lake, les autres s'efforçaient de ne pas accorder trop d'importance à ce pion qui venait d'être balayé.

La peur, progressivement, ferait sa réapparition, ferait son nid, reprendrait sa place. La tension serait de nouveau à son point maximal dans la journée du lendemain (dimanche en Hongrie) pour le combat de boxe final.

Mager se promena donc sous la pluie, et il fit même le pitre. Quand le soleil se remit à briller, quand le bleu grandit dans le ciel, Mager Cszorblovski sentit que son humeur basculait. Il se souvint qu'il avait pris une décision — une flambée de migraine lui traversa le crâne, il fouilla sa poche, déboucha le petit tube d'un coup de pouce, retira sa main et avala discrètement une gélule. Il se souvint que la finale de boxe n'était pas si éloignée dans le temps, qu'elle était même très proche et risquait de l'être plus encore si les informations glanées ici et là étaient justes, à savoir l'écrasante supériorité des boxeurs du camp BLANC. Cette finale risquait donc d'être une mauvaise affaire pour la Fédération ROUGE… Si les BLANCS remportaient le point de la finale de boxe, ils en totaliseraient cinq, en tout, contre neuf pour les ROUGES. Ce qui donnait un avantage aux ROUGES pour le Grand Parcours des Héros… ce qui signifiait mathématiquement le double de chances de victoire pour les ROUGES, bien qu'une surprise fût toujours possible. Mager ne craignait pas vraiment le verdict du Grand Parcours. Seulement, il n'était pas du tout certain de pouvoir assister à ce Grand Parcours : il lui fallait pour cela franchir le barrage de l'épreuve de boxe… et les BLANCS étaient favoris pour la boxe, quelques milliers de condamnés ROUGES tomberaient…

Il se sentait de nouveau tout à fait disposé à crever de peur.

Mager quitta le Champ d'Expiation, poussa sa petite silhouette dans les rues étroites des vieux quartiers, tout autour de la place Devresck. Les jambes de son pantalon trempé claquaient lourdement sur ses mollets, sa chemise alourdie lui tirait les épaules en avant. Il eut faim et pénétra machinalement dans un restaurant d'État, se souvenant trop tard qu'il était un condamné. Le garçon l'éjecta, en lui rappelant qu'il puait, qu'il faisait des flaques partout, que des stands de nourriture étaient à la disposition des condamnés aux abords du Champ d'Expiation, et que son argent n'était pas un bon argument — « Et où est-ce que tu l'as volé, cet argent, mon vieux ? »…

Il remonta l'enfilade des petites rues, traversa une fois encore le Champ d'Expiation. L'atmosphère y était de nouveau plutôt lourde, sans rapport aucun avec les conditions météorologiques. Des hommes de justice avaient pris place sur les podiums et récitaient des discours moralisateurs. Ils parlaient de la grande magnanimité de l'État, de l'humanisme du système de la GUERRE OLYMPIQUE qui laissait à tous les fautifs, malgré tout, une chance sur deux de se racheter, après avoir sué la peur en expiation de leurs crimes, etc. Mager n'écoutait pas. Il se présenta à un stand, tenu par des volontaires ou des parents de condamnés, acheta une galette aux piments avec sa dernière pièce. Il s'en alla, traînant les pieds et mâchant sa galette, vers les cabines de toile mises à la disposition des condamnés, le long de l'avenue Slovacszki. Une fois de plus, il se disait qu'il fallait s'appeler Mager Cszorblovski pour avoir aussi peu de chance… Il était né en Hongrie, mais il avait passé plusieurs fois, et très légalement, la frontière ; il avait été plusieurs fois, et très légalement, citoyen des camps BLANC et ROUGE, en Angleterre quand l'Angleterre bénéficiait d'une bonne cote sur l'échiquier mondial des sports, puis en Tchécoslovaquie quand les champions tchèques étaient les plus renommés, puis en Grèce après la victoire du héros Parabankis lors de la 10e GUERRE OLYMPIQUE — et de retour en Hongrie avec l'avènement du champion Laszlo Mecsi… qui venait tout simplement de se faire tuer dans la grande épreuve automobile. Pourquoi était-il revenu en Hongrie ? L'appel de la Tisza ? Les magies de Debrecen ? Pourquoi avait-il fallu qu'il égorge Génia en Hongrie ? Pourquoi cet imbécile de Pietro Coggio avait-il laminé le Chinois ? Pourquoi… et toutes ces tergiversations mentales, ces gymnastiques de l'esprit, ces pourquoi et ces comment ne servaient à rien. Coupable d'un quelconque méfait dans le camp BLANC, il serait peut-être déjà mort, car les victimes de la Confédération libérale étaient les plus nombreuses depuis le début de cette GUERRE… Quatre malheureux points contre neuf, pour le moment ; cinq à neuf, au mieux, si le boxeur des BLANCS remportait l'épreuve. Alors ?

Oui. Mais s'il était resté en Grèce, il n'aurait pas rencontré Génia. Et les Grecs avaient un sens de l'humour différent…

Mager s'arrêta devant sa cabine, souleva le rideau après avoir fait coulisser la fermeture. Sur un pliant, sa musette était posée, et sur la musette sa veste à carreaux blancs et noirs. Mager prit la veste, l'enfila sur sa chemise trempée. C'était sa veste de spectacle, il l'avait prise machinalement, sans y penser, la dernière fois où il était allé chez lui. (Il avait pris la veste et la musette, dans laquelle il avait enfourné quelques objets, et il était parti bien vite, il avait fui les habitués de la rue qui avaient lu les journaux, qui connaissaient son crime et le verdict de la loi, qui le regardaient avec un mélange de réprobation et d'amusement au fond de l'œil : il avait fui à toutes jambes, n'importe où, et Gyula lui avait remis la main dessus, un jour, au début de la GUERRE, sur le Champ d'Expiation…) Il prit la musette. La bretelle qui traînait à terre était mouillée : les cabines étaient dressées à cheval sur le trottoir et le caniveau. Dans la musette, il y avait un certain nombre de choses, dont un paquet de biscuits humides, des cigarettes russes, un revolver.

Mager ferma la musette, mit la bretelle à son épaule. Il quitta la cabine et remonta l'avenue, marchant d'un bon pas, sa veste de clown battant ses reins maigres, ses cheveux secs et décolorés comme de la paille voletant au rythme de ses pas. La bouche dessinant un sourire permanent, les yeux brillants de larmes. Comique.

Il avait un revolver dans sa musette.

Il savait où aller.

C'était Gyula Sandör qui lui avait communiqué l'adresse.

12e GUERRE OLYMPIQUE

Palmarès (1re partie)

ÉPREUVE	VAINQUEUR
ATHLÉTISME	NUL
— 5 000 m	John Strurges (G.-B.)
— 100 m	Clay Raft (E.U.A.N.)
— 400 m/pièges	Anton Slavski (Russie)
— 50 km	Georges Nase (France)
— Haltérophilie	Liman Kaffi (Syrie)
— Saut en long.	Goba N'Go (Kenya)
— Saut perché	Goba N'Go (Kenya)
— Lancer de haches	Pietro Coggio (France)
CANOË	ROUGE — RUSSIE (Ladislas Govionovitch)
CYCLISME	ROUGE/ROUGE — POLOGNE
— 300 km	(Svarszo Limeck)
— 50 km	(Lip Aszorsveck)
ESCRIME	ROUGE — RUSSIE (Ivan Scobb)
FOOTBALL	ROUGE — TCHÉCOSLOVAQUIE
PUGILAT	BLANC — FRANCE (Pietro Coggio)
NATATION	BLANC — E.U.A.N. (Griff MacLeaptom)

7

Il regarda Slim préparer son matériel, en silence. Le soleil cognait dur. Yanni Bog se sentait moite et sale. La fraîcheur qu'ils avaient cru trouver en s'enfonçant dans cette ruelle des quartiers périphériques du parc était très relative, et gâtée par les odeurs de cuisine pesantes qui s'échappaient des restaurants exotiques de l'endroit. Ils avaient marché un peu au hasard, échangeant quelques phrases, aussi rares qu'anodines. Yanni Bog sentait la jeune femme aussi gênée que lui, ne sachant comment entamer le dialogue de façon naturelle. Leur rencontre, le fait qu'ils l'eussent tous deux décidée, acceptée, les emprisonnaient dans le même malaise, causé par les implications particulières, pour le moins fabriquées, du contrat. Ce n'était pourtant plus ce « contrat », maintenant, qui gênait Yanni Bog… mais la conviction qu'ils avaient d'être censurés par les modalités de leur accord. Il dit :

« Tu sais, j'ai accepté ta proposition. Il n'y a pas à revenir là-dessus. Il n'y a pas à se créer des problèmes qui n'existent pas… Autant essayer, je crois… » Il hésita et chercha ses mots. « Fais comme bon te semble : on verra… »

Elle était agenouillée sur le trottoir étroit, sa sacoche de cuir ouverte devant elle. Les gens qui passaient, qui entraient ou qui sortaient des restaurants, n'accordaient à ce couple que des regards distraits. Slim avait levé les yeux vers Yanni Bog, elle l'écouta, puis elle sourit en acquiesçant. Un peu de sueur brillait en fine buée sur les ailes de son nez et aux commissures de ses lèvres.

« Okay, dit-elle. Je suis désolée. Je devrais savoir te mettre à l'aise, ne pas te compliquer la tâche. La situation est tellement…

— Étrange ? Mais on l'a acceptée. Si toi et moi avons peur des mots…

— Okay », dit encore Slim, et elle hocha sa tête chevelue, ébouriffée.

Yanni Bog se dit qu'elle était plutôt jolie. Elle était jolie tout simplement. Reconnaître cette évidence lui procura une sensation étrange, indéfinissable, un mélange de bonheur et de peur, quelque chose qu'il n'avait pas éprouvé depuis longtemps. L'impression de vivre. Un mensonge agréable et terrifiant tout à la fois. Il essuya ses paumes moites sur les cuisses de son pantalon. Il dit : « J'ai l'impression… je crois bien n'avoir plus parlé à personne depuis… »

Il s'arrêta au milieu de la phrase et laissa le silence planer. Un groupe joyeux passa dans la ruelle, s'engouffra dans un restaurant grec. De quelque part montait une musique flûtée et dansante, gaie.

Slim sourit encore, pour dire qu'elle comprenait, que tout irait bien. Elle se releva et montra le collier qu'elle avait tiré de sa sacoche. Deux demi-anneaux d'acier reliés par une de leur extrémité de part et d'autre d'une broche centrale. La broche était cubique, avec un œil de verre bleu.

« Caméra-pendentif extra-miniaturisée », dit Slim, en ouvrant le collier qu'elle plaça autour de son cou. La caméra reposait sur sa peau, dans l'échancrure de sa tunique. « Je te regarde et je te filme. Les magasins sont situés dans les branches du collier et le chargement s'effectue automatiquement. Il y a là de quoi filmer pendant deux semaines.

— Largement ce qu'il faut, dit Yanni.

— Largement... »

Elle appuya sur le mot, regardant Yanni Bog droit dans les yeux. Elle jouait le jeu, n'avait plus peur des mots-pièges. Il grimaça une mimique qui approuvait...

« En ce moment, dit Slim, je te filme. Je n'arrêterai pas. Jusqu'au bout. D'accord ?

— D'accord.

— Il va de soi que lorsque tout sera terminé, tu auras droit de regard sur le résultat. Tu pourras superviser le montage. Ce document ne sera pas diffusé sans ton accord, j'en prends l'engagement formel. Tu pourras faire effectuer les coupures qui te sembleront indispensables, ne serait-ce que pour ne pas courir le risque de te mettre en position défavorable, dans ta vie future.

— Si j'ai une vie future.

— Si tu as une vie future.

— Qu'est-ce qui pourrait me mettre en position défavorable ?

— Ce que tu vas dire. Ce que tu penses du système de la GUERRE OLYMPIQUE.

— Je n'en pense aucun mal, souffla Yanni Bog.

— Pourquoi as-tu été condamné, Yanni Bonnefaye ? »

Il ne répondit pas. Plusieurs fois de suite, il passa sa langue sur ses lèvres sèches. Il dit, enfin :

« J'ai une "sourdine" dans la tête. Un ange gardien, comme ils l'appellent. Tu sais ce que ça signifie ? C'est le système, et c'est ce qu'ils ont trouvé de plus efficace. Je suis prisonnier, parce qu'ils ont jugé bon de le faire. Pour se protéger.

— Tu es un homme, dit Slim. Un homme qui souffre, dans sa punition, un homme qui attend et qui craint le verdict possible, définitif, de ce système parfait. Tu n'es pas encore mort, Yanni Bog. Beaucoup s'imaginent que tu l'es déjà, mais c'est faux, n'est-ce pas ? »

Il ne répondit pas. Elle lui tendit une cigarette, puis la flamme de son briquet. Il aspira avidement la fumée bleue. Slim ramassa sa sacoche et mit la bretelle à son épaule.

« On ne va pas rester ici », dit-elle.

Ils marchèrent, remontèrent la petite rue odorante, dans le soleil de midi qui tombait tout droit. Yanni Bog pensa : « Le système est une abomination, une injustice, une torture », et il attendit. La sueur s'était mise à couler sur son visage. Il attendit mais ne ressentit point la douleur qui aurait dû normalement se déclencher. L'ange gardien somnolait. Il ressentait juste une sorte de lourdeur, au niveau de la nuque. Il regarda la cigarette qui tremblait entre ses doigts, jeta un coup d'œil en direction de Slim.

« Et toi, dit-il à voix presque basse, tu ne cours pas de risques importants ?

— Tout le monde connaît l'existence de ces cigarettes, dit Slim. Les juges les premiers. À forte dose, d'ailleurs, la marijuana produirait le même effet. Et puis je fais mon métier.

— Mais… si ce film passe… tu ne seras pas inquiétée ?

— Pas avec la C.T.P. 04 et Art and Sport derrière moi… Je ne cherche pas à te délivrer de l'ange gardien, je te permets de combattre partiellement ses effets inhibiteurs. Je dis bien : partiellement. Le pouvoir de cette cigarette est limité, il ne peut rien contre une certaine dose d'agressivité et la riposte proportionnelle de ton ange gardien.

— Et moi, dit Yanni Bog. Ils vont voir ce film, ils m'entendront, si je parle… Et si je suis lavé de ma faute…

— Tu pourras y réfléchir, dit Slim, quand tu visionneras le film. Tu décideras. Il se peut que ce que je vais faire ne serve à rien, si tu t'opposes à la diffusion du document. C'est un risque que je cours. Tu pourras interdire la totalité, ou effectuer des coupures. Mais si le document est accepté, diffusé, tu auras toi aussi Art and Sport derrière toi, plus quelques milliers de dollars confédérés. Tu pourras disparaître, c'est-à-dire te refaire une identité nouvelle, et puis ta célébrité te mettra à l'abri, d'une certaine façon. Je ne crois pas, sincèrement, que tout ce que tu pourras dire, dans ces circonstances particulières, soit retenu contre toi par la justice.

— Et si je meurs ? »

Elle regardait droit devant elle. Ils avaient pris une autre rue, qui descendait doucement vers le fleuve. Les passants étaient rares. La caméra-collier devait filmer les façades.

« Crois-moi, dit Slim. Si tu acceptes, maintenant, que ce document soit diffusé en cas de mort, il servira, il sera tout aussi utile, pour d'autres. Ne serait-ce qu'en modifiant l'attitude des citoyens libres envers les condamnés. »

Yanni Bog acheva de tirer une longue bouffée sur sa cigarette. Il jeta le mégot devant lui, marcha dessus au passage. Ils descendirent la rue en silence, se retrouvèrent sur le quai du fleuve. L'eau était large et verte. Des bateaux plats remontaient le cours de la Seine, traçant derrière eux des sillages d'écume brillante. Les passants, de nouveau, circulaient en grand nombre sur la rue piétonne riveraine. Il y avait une profusion de stands de marchands ambulants (confiseries, sandwiches et boissons, gadgets de GUERRE) alignés devant les façades. Côté fleuve, le long des murets de protection, les roulottes de livres et gravures de la DUVIC & Cie faisaient penser à un long serpent raide, aux anneaux colorés, étirés à perte de vue. Yanni Bog et Slim traversèrent la foule des chalands agglutinée devant les étals. Le premier, Yanni descendit les marches du vieil escalier de pierre menant au promenoir, en contrebas du quai. La proximité de l'eau apportait un peu de fraîcheur, dans la forte odeur de vase séchée.

« J'accepte », dit Yanni Bog.

Slim ne fit aucun commentaire. Elle marchait derrière lui, sa caméra filmant la silhouette vaguement voûtée de Yanni Bog.

Un peu avant d'arriver sous un pont, Yanni Bog s'arrêta. Des flâneurs avaient fait halte sous l'arche de pierre ; le son des transistors que certains d'entre eux avaient emporté, quand ce n'était pas des télés portatives, se mêlait aux clapotements de l'eau contre les pierres du quai, aux claques régulières des vagues nées du sillage des bateaux, aux bourdonnements pépères du moteur de ces bateaux. Là-dessus flottait la musique haute de la sonorisation des roulottes-à-bouquins de la DUVIC & Cie.

Yanni regarda l'eau verte et les quelques détritus ménagers qui flottaient çà et là. Il s'assit par terre, le dos contre une bitte d'amarrage, avec l'anneau de fer rouillé juste entre les épaules. Slim fit de même, s'assit à côté ; il était de trois quarts par rapport à la caméra.

« Je venais souvent, dit Yanni Bog. Ici. Sur les quais. Je traînais devant les roulottes-à-bouquins.

— C'est une très vieille corporation, n'est-ce pas ? interrogea Slim.

— Très vieille, oui. Je crois que le fondateur de la Compagnie a été une des premières victimes de la GUERRE OLYMPIQUE. Il était tout à fait antisport, au niveau de la compétition effrénée et de la politisation. Il faisait partie des premiers mouvements d'opposition... comme beaucoup. Au début, les gens n'ont pas facilement accepté, je crois.

— Je crois aussi.

— Mais on leur a fait miroiter le prétendu humanisme du système. C'était, enfin, la paix mondiale qui leur était offerte. La paix définitive, totale — et ce n'étaient pas les quelques nations neutres, ou opposantes, qui risquaient de mettre cet équilibre paisible en danger. Et puis, accepter quelques neutres, quelques opposants inoffensifs, n'était-ce pas une autre manière de brandir la bannière de la démocratie ?

— Tu connais bien cette période ? » demanda Slim, apparemment sincère et intéressée, comme si elle participait à une conversation *normale*.

Yanni Bog lui lança un regard en biais, rapide, et reporta son attention sur la Seine. Il s'aperçut que la caméra, bien présente en dépit de son excellent camouflage, ne le gênait nullement. De toute évidence, l'expérience ambiguë, avec un rien de perversité dans le fond, provoquait en lui une indiscutable excitation. Et sans la présence de cette caméra, aurait-il accepté le contact, le dialogue avec Slim ? Aurait-il accepté la confession ? Cet œil de verre bleuté qui le regardait, cette machine minuscule qui l'écoutait et l'enregistrait, n'étaient-ce point les preuves irréfutables de son existence, *encore* ? Slim l'avait dit : il était condamné, mais pas encore exécuté. On ne faisait plus grand cas de sa vie, lui-même avait jeté les armes et l'espoir, pour se comporter comme une mouche prisonnière d'une bouteille, tournoyant follement au centre de la panique, de la douleur. C'était faux. On l'écoutait encore, on lui demandait d'exister jusqu'au bout, et de crier, s'il avait mal. On : une fille aux cheveux rouges broussailleux, une caméra borgne à la pupille bleuâtre parcourue de reflets…

Il se serait bien dévêtu pour piquer une tête dans l'eau.

« Je connais cette période, dit-il. Un peu. Pas *bien*. Oui, un peu… j'ai lu certaines choses, dans les vieux livres vendus par la DUVIC, précisément. Ils vendent principalement des ouvrages sportifs, à présent… si le premier martyr de la Compagnie revenait, il ferait une triste figure… Mais j'ai trouvé des anciens livres.

— La GUERRE OLYMPIQUE est acceptée par tous, non ?

— Maintenant, oui. À une très forte majorité. Restent quelques indécrottables déviants. Les politiques… Avant d'être condamné pour déviance politique, j'étais moi aussi de cette énorme majorité de supporters farouches. Sans me poser de questions, d'ailleurs. Tout allait bien, tu sais ? L'avenir devant moi… Yanni Bonnefaye, publiciste compétent à la RELAX, pour le compte d'une Agence de ventes d'articles de sport… Oui, tout allait bien.

— Tu expliques la raison pour laquelle le monde entier a finalement accepté rapidement l'institution de la GUERRE OLYMPIQUE ?

— J'explique, oui. C'est limpide. Le système offrait tout à coup la réalisation possible du miracle. En jouant sur plusieurs tableaux. Le nationalisme savamment entretenu des masses, leur désir de paix en même temps que leur besoin d'affrontement et de compétitivité avec les autres nations, leur engouement pour les sports de compétition qui jouaient le rôle facile de transfert psychologique, l'homme de la masse s'identifiant automatiquement aux champions représentant son pays… Tout était en place, et même l'insécurité économique mondiale génératrice de conflits sociaux et internationaux permanents, ainsi que la dépersonnalisation grandissante des individus pris en charge par des structures sociales et politiques, scientifiques, de plus en plus sophistiquées. À cette dépersonnalisation s'ajoutait le corollaire habituel d'une peur souterraine et d'un désir toujours grandissant d'allégeance et d'abandon aux directives institutionnelles. Les pièces du jeu étaient posées. Il suffisait de créer les règles. Ils sont remontés aux confins de l'Antiquité pour les déterrer, les améliorer. Et le jeu a été institué sur toute la planète. Le jeu de la GUERRE programmée, contrôlée, désacralisée. La guerre… qui pouvait jadis exploser au hasard, ou, si ce n'était pas au hasard, pouvait claquer comme les tentacules d'une pieuvre dont il n'était pas toujours aisé de prévoir l'appétit… Les armes bactériologiques et nucléaires aidant, comment contrôler efficacement l'étendue d'un conflit ? Les protagonistes risquaient tout simplement autant en utilisant leurs armes qu'en recevant les bombes de l'adversaire... Les multiples affrontements qui précédèrent le XXIe siècle le prouvent. Il fallait trouver autre chose, et les germes de cette nouveauté ne demandaient qu'à éclore. C'est tout... Je voudrais une autre cigarette. »

Slim écoutait, le regard plissé. Elle fouilla son sac et tendit le paquet de cigarettes, le briquet, à Yanni Bog. Il se servit, alluma un rouleau de papier jaune. Il aspira lentement, profondément. La lourdeur au fond de sa nuque s'estompa petit à petit, mais sans disparaître tout à fait.

« Le sport, dit-il. Le sport de haute compétition, avec tout ce que cela représentait de passions vibrantes au niveau des grandes masses, des moins favorisées aux classes bourgeoises, et jusque dans les rangs des élites. C'était l'arme. L'arme absolue, pourquoi pas, bien plus efficace et maniable que les saloperies nucléaires de la terreur paralysante : il suffisait de bien l'utiliser, et le couvercle serait posé sur ce chaudron qui contenait tous les bouillonnements des passions humaines. On soulèverait régulièrement le couvercle, ou bien on le munirait d'une soupape de contrôle qui laisserait passer la vapeur et éviterait l'explosion. Elles étaient canalisées, dirigées, les passions, canalisés et contrôlés, l'agressivité naturelle des masses conditionnées et le besoin de compétitivité des nations-États et des pays au nationalisme encore exacerbé par un contexte économique de type capitaliste déplorable (qui engendrait une lutte éternelle, permanente, à tous les niveaux). Voilà que les pays et nations planétaires se scindaient en deux blocs, deux camps, ROUGE et BLANC, avec chacun une idéologie précise. Deux blocs, et la valse des alliances interchangeables, au gré des fluctuations économiques nationales… Et chaque pays, dans chaque camp, se mettait à produire du champion, et le sport, cette passion mondialement reconnue, devenait le moyen d'une lutte de prestige au niveau planétaire, pour chaque pays à l'intérieur de chaque bloc. Et les deux tiers du potentiel industriel de chaque pays étaient convertis dans l'éventail de diverses productions directement liées au sport, à la compétition, au prestige sportif national, aux champions. Des secteurs aussi différents que la métallurgie, l'armement, l'armée, la recherche scientifique, la pharmaceutique, le textile, etc., se trouvaient réunis par des trusts supranationaux, sous les hautes instances des différents ministères de l'Économie et du Commerce de chaque pays… »

Yanni Bog se tut. Son visage était pâle, ses traits crispés. De grosses gouttes de sueur roulaient régulièrement sur ses tempes, le long de ses joues hérissées d'une barbe noire, sale, de plusieurs jours. Il regardait l'eau verte. Un nouveau bateau multicolore remontait le courant ; un orchestre de vieux dixie, comme c'était de nouveau la mode, jouait sur le pont supérieur. Le bateau fila, emportant ses petits drapeaux et sa musique d'un autre âge.

« Tu as lu tout cela dans les livres ? » demanda Slim.

Yanni Bog fit comme s'il n'avait pas entendu la question. Il porta de nouveau la cigarette à ses lèvres et aspira plusieurs petites bouffées, courtes, rapides. Il regarda Slim. Le soleil qui tournait allongeait l'ombre du quai ; juste à la limite de la lumière, les cheveux de Slim flambaient de nouveau.

« Tout le monde sait ça, dit Yanni Bog, sur un ton plat. Tout le monde l'accepte : c'est le meilleur système possible. C'est l'évidence même, n'est-ce pas ? C'est la paix sur terre, et les deux blocs “ennemis” se sont entendus, dans un élan superbe d'humanité et de sagesse, pour instaurer le jeu. Les deux blocs et leurs ordinateurs, leurs chefs d'État, leurs commis voyageurs de propagande, leurs agents de change, leurs industriels, leurs entraîneurs sportifs, leurs commissaires des jeux, leurs champions et leurs héros.

— Vraiment, ce n'est pas un bon système ? Le meilleur possible ?

— La paix, sur toute la planète, dit Yanni Bog en fermant les paupières à demi, comme s'il voulait en aiguisant son regard pénétrer la conscience même de la jeune femme. La guerre “conventionnelle” ne tue plus, n'efface plus, alors que parallèlement les progrès de la médecine repoussent les limites du vieillissement, grignotent les frontières de la mort, sauvent des vies, font grimper la moyenne d'âge de l'existence jusqu'à quatre-vingt-cinq ans… depuis des stations orbitales, partent les convois qui coloniseront la Lune, pour y installer des hôpitaux et des usines, moitié ROUGE, moitié BLANC, de plus en plus “rentables” — le terme vaut tout aussi bien pour les usines que pour les hôpitaux. 14 milliards d'individus sur Terre… Que devient l'équilibre démographique ? Il vacille. La guerre est éteinte, sur toute la planète, les problèmes de nutrition résolus, toutes les nations veulent leur part du gros gâteau et elles courent, elles courent, courent en avant… Les stocks d'armements ne servent plus qu'à la dissuasion, au cas où l'un des blocs ne respecterait plus les règles de la paix, les armées sont converties, leurs effectifs entrent dans des organismes d'État (ou des organismes supranationaux) qui s'intitulent désormais organisation des Jeux, ministère de la Compétitivité et de la Sécurité, ministère des Jeux et de la Compétition, haut-commissariat des Arbitres et Jurys, Fédération de la recherche médicale pour la formation et le dépistage des athlètes... Les soldats s'appellent désormais des champions. Mais l'équilibre démographique vacille... C'est une menace sérieuse, un risque important qui pourrait peut-être rallumer les anciennes mèches des anciennes bombes. À quoi vont servir les champions qui s'affrontent pour le prestige de leurs pays et de leur camp ? Seront-ils uniquement les rouages du moteur économique ? les vivants transferts de toutes ces passions qui se mesurent dans un désir de maintenance au plus haut niveau de la lutte savamment orchestrée ? À quoi servirait une victoire (la marque, la preuve d'une supériorité) si elle n'était payée d'avantages plus concrets que le simple sentiment de joie qui enivre le vainqueur ? Cela vaut-il la peine de se battre encore, de jouer encore, si au bout du compte vainqueurs et vaincus sont éternellement renvoyés dos à dos ? Non, ce serait désamorcer le jeu, lui enlever tout intérêt, le nier : La guerre, même GUERRE OLYMPIQUE, même jeu de guerre, se nourrit de la mort et demande des victimes réelles, des perdants réels, des gagnants réels qui quittent les stades plus motivés que jamais. Elles seront vite trouvées, les victimes possibles : elles remplissent les prisons, et certains hôpitaux. Elles coûtent de l'argent et de l'énergie aux nations contre qui, un jour, elles sont entrées en lutte en n'obéissant pas aux règles. Et voilà. On supprimera les prisons tout en encourageant la recherche scientifique. Un petit gardien personnel implanté dans la tête du criminel, du renégat, du déviant, ce n'est pas mieux ? Plus besoin de surveillance : l'ordinateur auquel est relié l'implant se charge de tout, le criminel est laissé en *liberté*, rendu inoffensif grâce au système de contrôle qui annihile toute velléité de désobéissance en contrôlant les ondes cervicales, en repérant celles qui préludent à la déviance (même en pensée), en diffusant un train d'ondes électriques annihilant, anti-excitant et culpabilisant. Contrôle de l'existence par le contrôle de l'humeur. Des prisonniers-loques, suivant l'importance de leur faute, ou simplement apathiques, paisibles, enfermés dans leur pauvre tête en attendant le jour de l'expiation. Mais le système est bon. Humain. Il offre une chance de rachat, de survie. Par le biais des champions et des compétitions : voici une nouvelle raison d'être de la GUERRE OLYMPIQUE ! L'ange gardien est également un ange exterminateur, le cas échéant. C'est une bombe miniature, connectée à l'ordinateur de supervision, en relation directe avec les résultats des compétitions. Un champion qui est vaincu dans une manche tue du même coup un certain nombre de condamnés de son pays. Cela jusqu'au Grand Parcours des Héros. Le Grand Parcours connaît un vainqueur unique, et un camp vaincu. Tous les condamnés qui ne seront pas morts, dans le camp du vaincu, au rythme des défaites des champions de ce camp pendant la première partie de la GUERRE OLYMPIQUE, tous ces condamnés provisoirement épargnés mourront. Où qu'ils se trouvent, reliés à l'ordinateur de supervision alimenté en chiffres et données par les différents organismes de la justice et du sport mondiaux. Des millions de petites bombes explosant dans des millions de têtes… Et la GUERRE rote, le ventre plein de son butin de morts. Et les condamnés survivants du camp victorieux se voient offrir mille possibilités de recyclage et de réinsertion. Statistiquement parlant, on compte moins de 0,08 % de cas de récidive parmi ces rescapés : la leçon est trop rude… et les méthodes de réinsertion psychologique très efficaces… »

Yanni Bog écrasa entre ses doigts le mégot pulpeux. Un petit souffle de vent emporta les fragments d'herbe et de papier. Des ondes vives cognaient sous son crâne… Il avait fait son possible afin de présenter son discours sous un « éclairage » suffisamment ambigu ; néanmoins, la colère était levée dans son esprit. Il frotta ses paumes sur les genoux de son pantalon, laissant des traces humides.

« Pourquoi, dit-il, se rebellerait-on contre un système à ce point idéal ? Pourquoi vouloir changer les choses ? Pour retourner à la barbarie ? La barbarie est morte avec la fin du XXe siècle. Pourquoi serait-on passéiste, rétrograde ? »

Slim laissa passer du silence. Elle soutenait le regard de Yanni Bog, ne disait rien. Elle finit par se racler la gorge, articula : « Tu as été condamné pour des raisons politiques ? »

Yanni Bog acquiesça.

« Distribution de tracts "réactionnaires" et subversifs. »

Il porta ses mains à ses tempes, grimaça. Slim désigna le paquet de cigarettes, mais il hocha négativement la tête.

« Je crois, dit-il avec un sourire forcé, que je n'aurais jamais dû lire certains de ces vieux livres… Ou en tout cas ne pas… je n'aurais pas dû me laisser corrompre, n'est-ce pas ? Je n'étais pas un bon citoyen, à l'âme forte et à l'idéal nationaliste infaillible… Je paie. »

Il laissa tomber ses mains.

« Je paie… et avec moi mon père, ma mère, ainsi qu'une amie que j'avais — attachée de presse au service publicitaire de la RELAX.

— Condamnés-innocents ? »

Le sourire de Yanni Bog s'élargit en même temps qu'une lueur désespérée traversait son regard.

« Il n'y a pas que les anciennes guerres qui provoquaient la mort des innocents. Notre jeu également. » Un trait de feu lui cisailla le cerveau ; il laissa échapper un grognement. « Mais qui est innocent, qui est coupable ? Ma faute a entraîné derrière moi ceux qui me sont chers, c'est la loi, c'est le jeu, et c'est une raison supplémentaire pour y réfléchir à deux fois avant de plonger dans l'inconséquence et la rébellion irresponsable… Ils ne sont pas innocents, ont dit les juges et les médicopsys. Ils sont coupables de n'avoir pas su me raisonner, de n'avoir pas su, pour mes parents, m'élever dans le respect des lois. Coupables… S'ils meurent, ce ne sera qu'après le verdict du Grand Parcours des Héros : leur statut d'"innocents" les protège contre les sentences qui tombent au cours des éliminatoires et des finales des différentes disciplines et compétitions, pendant la première partie de la GUERRE.

— Tu les as vus, demanda Slim, après votre condamnation ? Tu sais comment…

— Je ne les ai pas vus. »

Brutalement, des larmes jaillirent, coulèrent sur les joues de Yanni Bog. Il ne fit rien pour les retenir, les essuyer ou les cacher. Il était assis sur le quai, avec cet anneau de fer scellé dans la bitte de pierre qui lui meurtrissait le dos, il regardait la jeune femme assise en face de lui, et ses yeux pleuraient.

« Je ne les ai pas vus. Je me suis enfui, et je traîne depuis six mois, je mange ce que j'avais d'argent, je ne sais pas ce que… Ils sont là-bas, sûrement, et Lyasa avec eux, sur le Champ d'Honneur. Ils sont comme ça, du genre à aller mourir au Champ d'Honneur, pour leur pays, pour la France, pour racheter leur faute aux yeux de tous ! Bon Dieu ! ils n'ont commis aucune… aucune… » salve de douleurs aiguës traversant le crâne de part en part, de l'occiput au frontal, d'une tempe à l'autre, douleurs vrillées dans les oreilles… « aucune faute ! » Explosion. La nuit de feu noir.

Yanni Bog rouvrit les paupières. Il se redressa. Ses mains tremblaient très fort, et Slim dut lui allumer sa cigarette. Il vit que la camerawoman faisait un violent effort pour ne pas laisser paraître son désarroi.

« Je m'excuse, dit-il. Je n'aurais pas… pas dû. Ils sont là-bas, c'est sûr, et je n'ai pas trouvé la force de pénétrer dans le parc. Je suis resté au bord. Je n'ai pas eu le courage de retourner à la maison de mes parents. Je ne peux pas les voir. Marjo, ma sœur, est toute seule, quelque part. Ils ne lui ont pas reconnu suffisamment d'influence sur ma personne pour la condamner, elle aussi. Ils sont là-bas, bon Dieu, c'est aussi loin que s'ils étaient sur la Lune ! »

Il fumait goulûment, avalait la fumée et la rejetait longtemps après. La calotte de métal brûlant qui lui enserrait le cerveau se fragmentait, tombait en morceaux…

L'après-midi était bien entamé, le soleil était toujours aussi chaud, le ciel toujours aussi bleu. L'estomac de Yanni Bog émit quelques borborygmes légers. Slim prit une cigarette, elle aussi, mais dans son paquet personnel qu'elle sortit d'une poche de sa tunique rose. Un homme en chapeau de paille passa derrière eux, trimbalant une télévision portative qui diffusait l'interview de la mère du nouveau héros français, Maria Coggio. Ils entendirent la vieille dame qui disait : « Je suis très fière de lui »...

« Et la finale de la boxe », demanda abruptement Yanni Bog.

Slim dit : « Samedi minuit, heure de l'E.U.A.N. au fuseau de Denver Lake. C'est-à-dire demain, dimanche, à 7 heures, pour nous. C'est le programme prévu... Mais il se peut que les choses s'accélèrent : les éliminatoires sont une véritable hécatombe pour le camp ROUGE. On aura notre cinquième point, Yanni. Et Coggio est un héros de choix... Tu as de bonnes chances de t'en sortir tu sais ? Et tes parents aussi, et ton amie... Je le crois vraiment. »

Yanni Bog remercia d'un signe de tête. Il se mit à claquer des dents.

8

Pietro Coggio ouvrit les yeux et vit Sanzo Papa qui souriait. Sanzo Papa se mit à parler, mais cela faisait un bruit bizarre et incompréhensible, comme une conversation téléphonique parasitée par des interférences, un mot sur deux gommé. Pietro décida d'attendre que le puzzle sonore se reforme correctement — il savait, au fond de lui, que tout rentrerait dans l'ordre sans problème.

Il garda les yeux ouverts, mais son esprit était ailleurs. Pendant quelques instants, il eut l'impression qu'il était encore enfant, que c'était un matin d'été, à Boccio, pendant les vacances, et qu'il avait tout le temps de traîner et rêvasser au lit. Que le soleil entrait à flots par la fenêtre ouverte avec les chants des oiseaux, les crissements des cigales… C'était un jeu qu'il pratiquait encore souvent. Les matins d'été, à Boccio… avant que les messieurs de France viennent, avant la maison vide, les malles et valises fermées, avant qu'ils montent dans ce train bleu… avant l'autre vie.

Progressivement, le souvenir s'effaça, remplacé par d'autres, beaucoup plus récents. Pietro tendit l'oreille et s'aperçut qu'il comprenait les paroles prononcées par

Sanzo Papa. Il s'aperçut également que Sanzo Papa n'était pas seul : Jorge Calmann et Varnan étaient présents, eux aussi. Naturellement. Ils se trouvaient dans la chambre claire des soins et reconditionnement de son appart-loge, Pietro allongé sur la couchette, les trois autres debout. Sanzo Papa et Jorge à sa gauche, Varnan à sa droite. Dans le mur du fond, juste en face de lui, il y avait une grande baie vitrée, et on apercevait l'extérieur ensoleillé, avec les arbres, les buissons de magnolias, on entendait les oiseaux et les cigales. Comme à Boccio… À la seule différence près qu'à Boccio, c'était une vraie fenêtre, des vrais chants d'oiseaux. Ici, le panneau-holo donnait peut-être une illusion parfaite, autant sonore que visuelle, mais il manquait néanmoins les odeurs, les vraies odeurs, inimitables, du soleil sur la terre sèche et sur les fleurs… Mais ils disaient qu'une véritable fenêtre ce n'était pas prudent — disaient aussi que le risque de claustrophobie était à éviter…

« Eh bien, eh bien, petit ! dit Sanzo Papa. Comment tu te sens ? »

Pietro comprit qu'il avait dû poser cette question un certain nombre de fois (et Varnan dit : « Ne le brusque pas, Sanzo. Il émerge ! »), alors il sourit. Sanzo Papa avait un visage tiré, vieilli, avec de lourds cernes sous les yeux. Les cheveux qui lui restaient étaient hérissés. Pietro s'écouta, pour savoir comment il allait. Il dit :

« Je vais bien. »

Il ajouta : « J'ai faim.

— Parfait ! dit Jorge Calmann. Pas de malaises ? De vertiges ? Tu n'as pas mal au crâne, ici… et là ? Pas de douleur dans le thorax, de gêne respiratoire ? Et ta main ? »

Jorge touchait les endroits nommés. Lui aussi paraissait fatigué. Non, Pietro ne ressentait ni malaise, ni vertige, ni douleur, ni gêne respiratoire, ni rien. Il était bien. Calme. Il dit que ça allait et qu'il avait faim, c'est tout, faim et soif. Il s'assit sur la couchette. Les trois hommes paraissaient très satisfaits. Jorge appela quelqu'un au téléphone.

« Tu te souviens, petit ? demanda Sanzo Papa.

— Naturellement », dit Pietro.

(Pourquoi ne se serait-il pas souvenu ? Il n'avait pas pris tellement de coups...)

« J'étais très touché ? » interrogea-t-il.

La porte s'ouvrit et deux gardiens de la sécurité entrèrent, l'un armé, l'autre porteur d'un grand plateau de victuailles. Il posa le plateau sur la table à côté de la couchette. Les deux hommes sortirent comme ils étaient venus, sans un mot, verrouillèrent la porte derrière eux. Pietro Coggio se leva et s'installa à la table.

« Tu n'étais pas très touché, non, dit Sanzo Papa. Les dents, deux côtes, le doigt. Quelques écorchures. Jorge t'a ressoudé le doigt et les côtes, remplacé les dents, et il a recousu tes plaies. »

Assis tout nu à la table, Pietro contempla un court instant les cicatrices rouges qui confirmaient les dires de Sanzo Papa. Il passa un doigt sur ses dents. C'était insensible, il n'avait pas mal du tout. Normal. Jorge avait toutes les piqûres nécessaires, toujours... Pietro se mit à manger. Il y avait des œufs frits à la sauce tomate, des steaks grillés, plusieurs sortes de salades de légumes, des fruits. Tout ce qu'il aimait. Et une grande carafe d'eau claire.

« Bon appétit », dit Varnan.

Il ajouta quelques mots, à mi-voix, pour Sanzo, hocha la tête d'un air satisfait, puis il alla cogner à la porte. On lui ouvrit et il sortit.

« C'est fait, tu sais, dit Sanzo. Tu es qualifié. Tu seras un héros, pour le Grand Parcours. C'est décidé. Tu comprends, mon garçon ? »

S'il comprenait ! Bon sang ! c'était le but de toute sa vie, la cible de ces longues années d'entraînement, et il avait gagné. C'était le but et il l'avait atteint !

Il avala une grosse bouchée d'œufs. Il dit :

« J'ai massacré ce Chinois.

— Bien sûr que tu l'as massacré, petit.

— Mais il reste le Grand Parcours… »

Sanzo Papa cligna de l'œil, comme il savait le faire :

« Tu as diablement raison, Pietro. Il reste ce Grand Parcours et tu as tout le temps d'y penser, de te préparer. On va t'aider.

— Quel jour on est ?

— Samedi. Il est midi. Jorge et son équipe ont travaillé comme des forcenés pour te remettre d'aplomb. Le Grand Parcours, c'est demain à 15 heures. On pourra bien se préparer, d'ici là.

— C'est sûr. »

Le steak était délicieux, saisi à point, bien rouge et saignant à l'intérieur, craquant et doré à l'extérieur. Il fondait sur la langue.

« Ce soir, dit Sanzo Papa, c'est la finale de la boxe. On a de grandes chances, tu sais ? Enrique Jardenez sera finaliste, on ne sait pas encore contre qui, mais il a toutes ses chances, je te le dis.

— Enrique est un bon boxeur.

— Comme tu dis, petit. Prends ton temps pour manger. Après cette dernière finale, nos organisateurs vont se réunir et désigner notre équipe de héros. Pour toi, c'est sûr. Ils vont désigner les autres. Après quoi, on mettra au point notre technique. On peut compter sur cinq points, si Jardenez remporte l'épreuve de boxe.

— Les ROUGES en ont le double, dit Pietro tout en mastiquant une bouchée de salade de tomates aux oignons. »

Sanzo Papa s'accroupit et posa ses bras croisés sur le bord de la table. Il cligna encore de l'œil, à sa manière. Quand on lui posait un problème, et qu'il en détenait la solution, il clignait de l'œil.

« Je vais te dire une chose, mon garçon. À toi tout seul, dans l'équipe de nos héros, tu en vaux trois. Sans blague. Mets-toi bien ça dans la tête : tu es le plus fort et tu dois gagner, toute la Confédération libérale compte sur toi. Je ne dis pas ça pour te faire mousser. En ce moment, toutes les radios de la planète racontent la même chose : tu es le favori. Même ceux du camp adverse commencent à y penser, et ça leur fiche la trouille, en dépit de leurs points. Ils ne seront peut-être pas capables de remonter ce handicap. On a déjà fait des chansons sur toi, il y a une interview de ta mère qui est passée sur la chaîne de Birdie, en France, et qui va être reprise sur toutes les antennes. Des offres d'achat arrivent d'un peu partout, principalement de clubs adverses… et les sommes sont énormes ! Ton nom est sur toutes les bouches, sur des milliards de bouches, mon garçon… et ce n'est pas fini. Tout cela signifie quelque chose, tu peux être sûr, et tu ne vas pas retomber dans le néant du jour au lendemain !

— Mais attention, dit Jorge. Ça signifie également que ceux d'en face ne te feront pas de cadeau, pendant le Grand Parcours. Ils voudront t'éliminer dès le début.

— C'est vrai », renchérit Sanzo, sans clin d'œil, la mine grave, les rides creusées. « Tu auras certainement la moitié de leurs héros sur le dos, pendant que l'autre moitié s'occupera du Parcours. Ça ne sera pas facile, mais tu y arriveras.

— Je sais que si vous le dites, c'est vrai, dit Pietro. Toujours, ce que vous avez dit était vrai. Vous me direz comment faire.

— C'est Varnan qui s'occupera de la tactique, dit Sanzo. Il est déjà en train de faire des calculs, tu peux en être certain. Nous, on se charge de ton moral, de ta condition physique. Tu es sûr que tu te sens en pleine forme ?

— Sûr, Sanzo Papa. Et je n'ai même plus faim.

— Tu veux lire ce qu'on écrit sur toi dans les journaux ? Tu veux entendre les enregistrements ? Voir cette interview de ta maman ? »

Pietro réfléchit. Un pépin de tomate était collé sur son menton. Il dit : « Je ne crois pas. Lire les journaux, peut-être… Est-ce que je peux voir les autres ?

— Ce qu'a dit ta maman ne t'intéresse pas ? demanda Jorge. Elle est fière de toi, tu sais.

— Je ne la connais pas beaucoup, dit Pietro.

— Ça ne fait rien… Voir les autres, c'est difficile. À cause des risques. Tu es au secret, jusqu'au Parcours… Donne-nous des noms, on essaiera de les faire venir, si possible.

— Et Virginia ? » lança Pietro, brusquement épanoui.

Jorge et Sanzo Papa échangèrent un coup d'œil. Ils paraissaient ennuyés. Sanzo Papa dit : « Virginia, c'est vraiment impossible que tu la rencontres en chair et en os. Les consignes sont très strictes, on n'y peut rien. Tu sais, elle est aussi ennuyée que toi de ne pas pouvoir être ici. »

Pietro fit une moue déçue.

« Ç'aurait été bien, dit-il. Je me sens en pleine forme. Virginia aurait passé un moment ici.

— Impossible », dit Sanzo Papa, désolé mais inébranlable.

« Elle n'est pas venue, après le combat ? Pourquoi ? Elle devait venir, c'était la dernière fois.

— Écoute-moi », dit Sanzo Papa. Il posa sa vieille main ridée sur le bras noueux de Pietro. « Elle n'a pas pu venir. Il y avait trop de monde, et puis elle ne se sentait pas bien. Elle a eu très peur pour toi, et le combat l'a éprouvée nerveusement. Elle a pris un choc. Tu vois ? »

Pietro avait pâli d'un seul coup. Quand on lui disait que quelqu'un avait pris un choc, il ne pouvait s'empêcher de penser au père, qui était fou, maintenant, dans un hôpital.

« Holà ! ne t'en fais pas ! dit rapidement Jorge Calmann, posant lui-même une main apaisante sur l'épaule gauche de Pietro. Ce n'est rien. Elle va tout à fait bien, maintenant. Elle est en parfaite santé… seulement c'est trop tard, tu es devenu un héros officiel et on ne peut plus t'approcher.

— Elle a téléphoné, pour dire qu'elle pensait beaucoup à toi, dit Sanzo Papa. Pour dire combien elle était désolée. On pourra la joindre, si tu veux. Tu lui parleras. D'accord ?

— Elle va tout à fait bien ?

— Tout à fait, mon garçon. Est-ce que je t'ai déjà menti ? Elle est en parfaite forme et elle pense à toi. On l'appellera dans un moment, c'est d'accord ? Ne t'énerve pas.

— Tout de suite », dit Pietro.

La pression de la main de Jorge s'accentua sur son épaule.

« Calme-toi Pietro. Tu t'énerves. Elle pense beaucoup à toi, mais elle s'inquiète aussi. On l'a rassurée, mais elle s'inquiète malgré tout, tu comprends ? Si on l'appelait tout de suite, nerveux comme tu es, ce ne serait pas une bonne communication. D'accord ? »

Pietro réfléchit. Effectivement, il se sentait nerveux — au moins autant que lorsqu'il était monté sur le ring pour rencontrer le Chinois. Jorge, qui connaissait son affaire, et qui savait toujours tout de ce qui pouvait se passer dans sa tête, avait raison. Et puis, le mieux, ç'aurait été la présence réelle de Virginia. Elle l'aurait caressé et il aurait respiré ses cheveux (c'était presque ce qu'il aimait le mieux !), il aurait pu s'imaginer en train de lui faire l'amour, plus tard, après… mais c'était hors de question. Il y avait le règlement. La sécurité.

« D'accord, dit Pietro.

— Alors, c'est bien, acquiesça Jorge. Voilà ce qu'on va faire : tu as besoin d'une petite sieste, une heure ou deux de sommeil. Ensuite, on appellera Virginia. Puis tu liras les journaux, si tu veux. On te passera des enregistrements de commentaires, des traductions de ce qu'on pense de toi, un peu partout dans le monde. On verra si tu peux recevoir quelques champions, ici. On passera une soirée tranquille, et on suivra le combat de la finale de boxe. Okay ? »

C'était un bon programme.

« D'accord », dit Pietro.

Le masque d'inquiétude qui pesait sur ses traits s'estompa.

« Après le Grand Parcours, poursuivit Jorge avec un grand sourire réjoui, tu verras : ce sera magnifique. Tu seras le Héros planétaire Pietro Coggio. Tu épouseras Virginia, n'est-ce pas ? »

Pietro secoua vigoureusement la tête, de haut en bas.

« Tu vas gagner énormément d'argent, dit Sanzo Papa. Et moi je prendrai ma retraite, avec Varnan. Tu continueras le sport et la compétition ?

— Je ne sais pas encore, dit Pietro. Vous ne serez plus là, toi et Varnan.

— Mais Jorge ne raccroche pas, lui. Et tu peux être encore un héros dans deux ans, pour la prochaine GUERRE. Ou bien tu te laisseras acheter par un pays ROUGE ?

— Oh non ! » s'écria Pietro.

Surtout pas ! Les champions, chez les ROUGES, signaient des accords qui les obligeaient à participer à toutes les GUERRES, jusqu'à leur mort sur les pistes d'un quelconque Grand Parcours, disait-on. En Confédération libérale, au moins, ils pouvaient décrocher quand bon leur semblait, avec une renommée et un paquet d'argent qui leur assuraient de longues années heureuses. Ou ils pouvaient devenir entraîneurs.

« Il a le temps de penser à tout cela, dit Jorge. Maintenant, il va faire une sieste. »

Pietro se leva. Il alla se recoucher et ferma aussitôt les yeux. Une douce musique s'éleva et flotta dans la pièce, autour de lui — puis directement dans sa tête. Il se sentit glisser dans une merveilleuse inconscience. C'était bon.

Jorge rejoignit Sanzo dans le local contigu réservé aux soigneurs et au personnel d'encadrement direct.

« Un bon sommeil profond, sous hypno, dit-il. Il en a

pour deux bonnes heures. Le récepteur dans sa molaire fonctionne 10 sur 10. »

Il se servit un verre d'eau, qu'il but après avoir avalé deux pilules grises. Puis il remplit de nouveau le verre et s'approcha de Sanzo, silencieux, affalé dans un fauteuil. Il lui mit d'autorité le verre d'eau dans une main, deux pilules semblables à celles qu'il avait ingurgitées dans l'autre main.

« Avale et bois, dit-il. Coupe-fatigue et stimulant. Tu en as bien besoin. Je dois non seulement m'occuper de notre héros, mais aussi de ceux qui sont chargés de veiller sur lui — je veille sur les veilleurs.

— Et qui veille sur toi ?

— Ha-ha », dit Jorge.

Sanzo avala pilules et eau. Il conserva le verre et le fit rouler entre ses paumes.

« Ça te turlupine, n'est-ce pas, cette histoire avec Virginia ? »

Jorge haussa les épaules.

« Problème psycho-sentimental numéro un, dit-il. La clef de voûte du moral de notre homme. C'est important, oui. Virginia est la seule personne avec qui il ait des relations profondément sentimentales de type... » Il vit la tête de Sanzo et s'interrompit. « Oui. Bon. Disons alors que son père, c'est nous : toi, Varnan, et moi. La sainte trinité. Mais LA femme, c'est elle. La mère et la femme, l'amante, l'épouse. LA femme.

— Et si elle le laissait choir ? »

Jorge posa sur le petit homme un regard pointu. Comme Sanzo ne se décidait pas à parler, le médicopsy soupira loguement, à petits coups, et dit :

« Cette fille tourne autour de Pietro depuis trois bonnes années, il me semble. Elle est du type même de toutes ces filles qui s'intéressent aux champions. On sait, en général, ce qui les motive, outre une certaine conception idéalisée de la beauté masculine, tous ces trucs... On connaît leur schéma psychologique, on analyse parfaitement bien leurs motivations... et on se garde bien de les changer. Elles sont les compagnes parfaites des champions, et les champions ont besoin de compagnes parfaites. Bien. Je dis que Virginia est l'archétype absolu de la compagne-parfaite-du-champion. Elle se donne beaucoup de mal, depuis quelques années. D'accord ?

— D'accord, professeur.

— Le professeur pose alors cette question : à présent que l'élu de son cœur touche aux sommets, pourquoi voudrais-tu que cette petite le laisse tomber ?

— Question bien posée, dit Sanzo. Mais je me suis mal exprimé. "Laisser tomber" n'est pas le terme exact.

— Si tu t'expliquais ? »

Sanzo regarda dans son verre, vide, et le posa sur la table basse.

« Pendant que tu endormais Pietro, dit-il, Varnan a téléphoné. Les gars de la sécurité lui ont fait un petit discours. Il semblerait qu'ils aient tout à coup de sacrés soupçons au sujet de la sincérité de Virginia.

— *Quoi ?*

— Ils attendent. Ils surveillent et enquêtent. Elle pourrait être, d'après eux (Delome est paraît-il le plus convaincu), un agent espion à la solde des ROUGES. Une activiste. »

Sanzo se tut et savoura son effet. Après avoir dégluti plusieurs fois, Jorge attendit que les couleurs reviennent sur son visage maigre. Il dit :

« Une bien maladroite activiste, alors, qui a laissé passer une belle occasion, hier soir. La dernière.

— La dernière, qui sait, fit Sanzo. Mais précisément, c'est son absence d'hier qui paraît leur avoir mis la puce à l'oreille. Comme si elle avait, justement, tenté un coup psychologique contre Coggio, pour lui scier les pattes. Tu l'as dit : elle est la clef de voûte de son moral. Alors ?

— Alors, c'est idiot. Elle t'a appelé, elle-même, pour te donner des explications, et ça se tient.

— Elle m'a également demandé si une dérogation n'était pas possible, afin qu'elle rencontre Coggio en dépit des règles strictes de sécurité… »

Jorge ouvrit la bouche, mais ne dit rien. Il choisit de s'écrouler dans un fauteuil, en face de Sanzo. Un moment, tous deux se regardèrent, sans un mot.

« Je n'y crois pas, dit Jorge.

— Et moi, je ne sais plus ce que je crois ou non, à ce sujet. Ce que je sais, par contre, c'est qu'il est hors de question plus que jamais que Virginia rencontre Coggio avant le Grand Parcours. Ce que je sais, c'est que nous devrons surveiller de très près leurs conversations téléphoniques ; il faut pouvoir couper immédiatement, et faire passer ça sur le compte d'une défaillance technique, au cas où elle tenterait un coup psychologique. Ça va être rude, et si la sécurité le décide, ce genre de contact pourra même être interdit.

— Motif ?

— Il y en a beaucoup. Ne serait-ce que l'émission d'un signal hypnotique "préenregistré" par Coggio et qui déclencherait son effondrement psychique. Par exemple. Elle a pu mettre ça au point.

— Exclu, dit catégoriquement Jorge. Si quelqu'un

connaît le cerveau de Coggio, c'est bien moi. Il n'est nullement autoconditionné.

— Mais la sécurité te répondra que tu ne connais pas les dernières recherches en la matière de nos petits copains d'en face... Cela dit, je ne me fais pas vraiment de soucis pour Coggio, jusqu'à la finale du Grand Parcours. La sécurité veille sur Virginia, que leurs soupçons soient confirmés ou non. Et nous autres, nous allons faire en sorte que Coggio ait un moral excellent, à tout péter. Naturellement, pas question de lui parler de ces soupçons.

— Merci, Sanzo, fit ironiquement Jorge. Je n'y aurais pas songé.

— Ce qui me fiche en l'air, dit Sanzo, c'est... la suite. Admettons que Virginia soit réellement une espionne. Elle doit agir avant la fin de cette GUERRE. Elle se sent surveillée et ne pourra envisager de vivre encore avec Coggio pendant deux années, jusqu'à la GUERRE de 2224. Trop risqué pour elle. Son rôle exige qu'elle agisse cette fois : nous savons, toi et moi, ce qu'il advient des espions activistes qui échouent. De deux choses, l'une : elle agit et réussit, elle agit et échoue. Plus une troisième possibilité : elle se tient tranquille. Dans les trois éventualités, si elle est une espionne, c'est la pagaille. Premièrement : elle agit et réussit — je n'y crois pas et je fais grandement confiance à la sécurité. Deuxièmement : elle agit et échoue. Dans les deux cas, Coggio prendra un choc abominable. Si elle se tient tranquille, elle sera forcée d'abandonner la partie après la GUERRE et elle disparaîtra de la circulation. Là encore, Coggio prend une belle claque. »

Sanzo marqua un temps.

« Il aura beau avoir toutes les filles à ses pieds, être un héros consacré… tu sais bien, toi, que cette trahison, dans sa tête, provoquera un fantastique effondrement.

— Alors ? dit Jorge.

— Alors, je risque de ne pas prendre ma retraite immédiatement, et ça me tue. Je suis usé. Mais il faudra joliment choyer le petit, lui faire un fameux cinéma, pour éviter qu'il ne prenne le premier transport sanitaire en partance pour les cliniques psychiatriques de la Lune. »

Après quelques secondes, Jorge dit :

« Ce ne sont que des soupçons…

— Je sais. Et il vaudrait mieux que cela reste en l'état. Pour nous tous. Pour Coggio, mais aussi pour nous tous. »

Il n'ajouta rien. Jorge Calmann avait compris. Un effondrement psychologique de Coggio, cela signifiait pour son entourage immédiat, soigneur, entraîneur et médicopsy, une fin de carrière immédiate, avec un blâme noir comme l'enfer au lieu des honneurs. Principalement pour le médicopsy, qui n'avait pas su garantir l'équilibre psychique du champion. Un blâme… et même, qui sait, une belle condamnation.

« Bon Dieu ! souffla Sanzo, je ne tiens vraiment pas à assister à la prochaine GUERRE OLYMPIQUE depuis un Champ d'Honneur ! »

Jorge grimaça un sourire, que Sanzo Aeschillem lui retourna. Les coupe-fatigue et stimulants, fort heureusement, faisaient effet.

9

Elle prit ces comprimés d'un rose vineux que Coggio utilisait parfois, en période d'entraînement : c'était léger, rien à voir avec les dopes dont il faisait usage en cours de compétitions internationales, encore moins avec celles dont les champions étaient gorgés en temps de GUERRE. Un excitant de première catégorie, un psycho-stimulant que l'on pouvait trouver, d'ailleurs, en vente libre généralisée au comptoir de n'importe quelle pharmacie.

C'était ce qu'il fallait pour effacer les effets des somnifères et la fatigue due au manque de sommeil. Elle en avait besoin. Elle devait à la fois calmer les poussées désastreuses de cette nouvelle tension nerveuse qui avait explosé en elle après la communication du reporter de Télé France 3, et ne pas se laisser aller à la quiétude béate. L'esprit libre, ouvert, au maximum de ses capacités de raisonnement. Les pilules rose sale pouvaient lui apporter ce qu'elle cherchait.

Virginia se coucha sur son lit. Elle regarda le plafond et attendit.

Le télévid et le téléphone sonnèrent plusieurs fois. C'étaient des journalistes de la presse, écrite ou parlée, différents journaux, différentes stations et chaînes télévisées, spécialisés dans le domaine du sport ou non (depuis les rubriques de politique générale ou d'économie aux chroniques à potins et « pages des jeunes »). Ils sollicitaient tous un entretien. Elle refusa, utilisant le prétexte fourni par la sécurité, selon le reporter comique, et qui semblait tellement crédible : elle était souffrante. Puis elle mit les deux appareils sur le réseau « correspondant absent ». Elle se recoucha, tout habillée, sur le lit, contemplant le plafond et réfléchissant.

Plus tard, elle entendit des voix dans la rue. Elle se leva et regarda par la fenêtre : un certain nombre de personnes s'étaient massées ou circulaient devant son bungalow. Elle remarqua immédiatement les voitures grises de la sécurité, rangées le long de son trottoir. Un cordon de commissaires en armes maintenait les groupes de curieux à distance.

« Bravo », songea Virginia. En tant que fiancée officielle d'un héros, elle avait droit, naturellement, aux déploiements très efficaces de la sécurité… On ne pouvait courir le risque, par exemple, de la voir enlevée par un groupuscule adverse qui tenterait d'exercer une pression sur le comportement du héros. Par exemple, oui… Et puis, c'était une belle occasion pour la surveiller elle-même.

Elle était persuadée qu'« ils » la surveillaient. Cette histoire à propos du refus qu'elle aurait donné à la sécurité, pour l'interview… n'était-ce pas un indice ? Le soupçon était né, il avait grandi, pour devenir certitude et conviction profonde au bout de la métamorphose progressive. Quant aux deux prétendus journalistes d'une station de radio…

Il était midi. Depuis longtemps, les substances contenues dans les pilules roses s'étaient diluées dans son sang et avaient activé les échanges biochimiques de son cerveau.

Virginia prit une profonde aspiration. Elle expira ensuite lentement. Elle était calme et décidée ; il n'y avait pas l'ombre d'une pensée intermédiaire pour la distraire et l'attirer hors du « chemin mental » qu'elle s'était tracé. Elle reprit sa ligne téléphonique, négligeant les appels enregistrés. Elle avait posé devant elle le morceau de papier sur lequel elle avait distraitement noté les coordonnées du reporter — elle s'aperçut qu'il s'appelait Bec Malenoy (elle avait écrit le nom sans y prêter attention)... Bec Malenoy ! Peut-on imaginer pareil prénom ? Elle composa le numéro. Presque aussitôt, on décrocha, une voix identifiable entre toutes claironna un « Hi ! Oui ? » enthousiaste... Il devait se tenir à l'affût, l'appareil sur les genoux et la main sur le combiné...

« Bec Malenoy, dit Virginia. Vous m'aviez dit que je pouvais vous rap...

— Sans blague, c'est vous ? cria Bec Malenoy. Bon Dieu, j'y croyais pas, mais, service-service, j'attendais... D'autant plus que tous les confrères font des gueules longues comme ça : vous ne voulez recevoir personne, il paraît.

— J'ai reçu deux reporters, tout de même, dit Virginia. Un certain Ardan Collins, d'une station de radio dont je ne me souviens plus des...

— Qui ça ?

— Ardan Collins.

— Connais pas, dit Bec. Dites-moi si je rêve : vous voulez voir ce vieux Bec, qui représente ici la meilleure chaîne de télé française ! Vous accordez la primeur de vos déclarations au représentant de votre pays... Sans blague, n'empêche que Birdie a diffusé une interview de la maman du héros national et qu'il m'a engueulé. Bon. Je rêve, ou quoi ?

— Vous ne rêvez pas, Bec. »

Il y eut un grand cri dans l'écouteur.

« Bec ! attendez ! Ne vous énervez pas !

— Ça va, fit Bec, très calme. J'ai le sang qui bout, c'est tout.

— Je vous offre un scoop d'importance, c'est vrai, dit Virginia. Mais pas ce que vous croyez. Vous n'imaginez même pas ce que je vous offre. Seulement, nous devons nous mettre d'accord, faire un marché. Venez ici, seul. Le plus tôt possible. »

Silence au bout du fil.

« Bec ?

— Ouais, ouais. Seul ?

— Seul, Bec. Vous voulez un scoop, oui ou non ?

— Il n'y en a pas deux comme moi, mademoiselle, pour être friand de ces petites bêtes-là. Mais... la sécurité ne va jamais vouloir...

— Ils vous ont donné leur accord, non ? Ils vous ont simplement interdit ce reportage sous prétexte que je ne voulais plus, moi. Bien. Je vais beaucoup mieux. Je vais même très bien, et je préviendrai les agents qui cernent mon bungalow. Venez seul. N'ayez pas l'air d'un reporter, pour ne pas provoquer une émeute parmi ceux qui attendent dans la rue.

— Okay, dit Bec. Je me déguise en livreur de restaurant. La toque me va comme une toque.

— Bonne idée, sourit Virginia. Et, réellement,

apportez-moi donc de quoi me nourrir un peu. Ce que contient mon bloc-frig ne me plaît pas.

— Okay. Vous avez des gourmandises spéciales ?

— Pas vraiment. Mais évitez les hamburgers.

— J'évite, dit Bec, et j'arrive. »

Il raccrocha.

Virginia mit ses mains sur ses oreilles et écouta battre son sang. Elle se sentait tout à fait sûre d'elle-même, absolument relaxe et décidée, l'esprit plus clair qu'une eau de roche.

Elle avait l'impression que cinq ou six minutes, seulement, s'étaient écoulées lorsque les coups de klaxon carillonnant s'élevèrent au-dehors. En fait, c'était à peine plus : un quart d'heure. Il était midi vingt.

Elle se leva et regarda par la fenêtre, ne put s'empêcher de rire en apercevant la voiture de livraison du restaurant *Chick Beard* et le livreur — en toque blanche ! — qui s'agitait au milieu des agents de sécurité. Ce type était complètement fou ! On sonna à sa porte, elle ouvrit, discuta pendant trois bonnes minutes avec le commissaire de sécurité armé jusqu'aux dents. Oui, elle avait demandé à cet homme de venir ; oui, c'était un reporter déguisé (pour éviter les jalousies, comprenez-vous ?) du nom de Bec Malenoy, et oui il avait l'autorisation supérieure de la sécurité : c'était elle qui l'avait empêché de venir plus tôt, mais maintenant elle acceptait de le recevoir, etc. L'agent capitula finalement.

« Je vous salue ! » dit cet olibrius de Bec Malenoy en franchissant le seuil.

Il fit une courbette qui menaça l'équilibre de sa toque, traversa d'un trait la moitié du living et posa son panier sur la table basse.

« Mission accomplie ! fit-il. Saucisses chaudes — avec ketchup, sauce moutarde romaine ou sauce barbecue, au choix. D'après vous, ça cache quoi, "sauce moutarde *romaine*" ? Petits pains, pizzas au jambon. Je suis d'une rare efficacité, n'est-ce pas ?

— Je ne sais pas si nous avons beaucoup de temps pour nous divertir, dit Virginia.

— Message reçu », dit Bec.

Il retira sa toque et tomba dans le premier fauteuil.

« À vos ordres.

— Vous avez soif ?

— Plus tard. Je vais boire vos paroles. Dites-moi encore ce mot, pour balayer mon complexe de malchance et les petites phrases du genre "c'est trop beau pour être vrai" qui me flottent dans la tête. Dites-le.

— Quel mot ?

— Le mot "scoop". Scoop. S.C.O. deux fois, P.

— Balayez vos petites phrases », dit Virginia.

Le visage impossible de Bec se fit tout à coup très sérieux. Il avait l'air d'être un autre.

« Je suis fiancée à Pietro Coggio, dit Virginia. Et je l'aime.

— Ce n'est pas encore ce que j'appellerais un sc…

— Écoutez-moi, Bec. Je l'aime plus que vous ne pouvez imaginer. C'est un garçon d'une immense gentillesse, d'une grande sensibilité. Je l'ai déçu horriblement, je le sais, en n'allant pas le retrouver après son match de finale. Mais je ne pouvais pas. J'étais… malade. Physiquement, nerveusement. Malade, vraiment.

— Y avait de quoi. Un fameux combat. » Bec se rongeait l'ongle du pouce droit. « C'est trop tard, maintenant, n'est-ce pas ?

— Oui. Il est là, votre scoop. Je veux assister *en direct* au Grand Parcours. Voir Pietro. Je sais que je ne pourrai pas le toucher, lui parler, et qu'il ne pourra pas me voir… Mais je veux être là, dans l'enceinte du Parcours. C'est ma place ! Je ne pourrai pas me contenter de suivre l'épreuve sur un écran de télé. Il faut que je fasse autre chose. Pietro est déçu, je le sais. Je ne veux pas le perdre… Il sera content, après, s'il apprend que… »

Elle s'interrompit. Des larmes brillaient dans ses yeux.

« Je veux assister en direct au Parcours. S'il lui arrivait quelque chose… »

Bec la regardait, tout en rongeant son ongle à petits coups de dents. Puis il considéra son œuvre. Enfin, il dit :

« Et le scoop ?

— Vous filmerez mes réactions, ce que vous voudrez. Jamais personne n'a essayé de suivre en direct… jamais une épouse ou une fiancée de héros… et puis je vous ferai une déclaration… tout ce que vous voudrez… » Une lueur angoissée traversa soudain son regard. « Je me disais que ça pouvait être intéressant pour vous ? Non ?

— Ça peut être intéressant, effectivement, dit Bec. Et même très intéressant. Les risques aussi.

— Je vous couvre. Je serai à l'origine de cette action.

— D'accord, mademoiselle. Mais pourquoi vous êtes-vous adressée à moi ?

— Vous êtes reporter. L'événement pouvait vous séduire. Et j'ai besoin de vous pour m'aider à sortir d'ici. Pour aller jusqu'à l'enceinte du Grand Parcours. Oui, j'ai besoin de votre aide, et vous êtes le seul qui puissiez me la fournir. Un autre reporter aurait peut-être accepté, mais vous m'aviez contactée le premier, j'avais votre nom, vos coordonnées…

— Bon Dieu, souffla Bec après un moment de silence. Je ne vous comprends pas très bien, mais… mais je sens que je vais marcher. Il y a réellement quelque chose, derrière tout ça, de toute façon.

— De toute façon ? »

Bec acquiesça, en silence. Il dit, les yeux plissés :

« Reportage exclusif ! document original des angoisses d'une fiancée… Pourquoi voulez-vous aller là-bas, mademoiselle Vorane. Qu'est-ce que ça changera, pour vous ? Et vous ne pourrez pas suivre tout le parcours… »

Virginia croisa ses mains. Elle s'assit dans l'autre fauteuil.

« Vous connaissez bien les femmes, monsieur Malenoy ?

— J'en ai déjà vu quelques-unes, ça c'est sûr, dit Bec. Quant à ce que vous entendez par connaître…

— Je ne *pourrai* pas rester ici, et suivre le Grand Parcours à la télévision. Pas après avoir abandonné Pietro hier soir. C'est tout ce que je puis vous dire. J'essaierai de m'expliquer mieux devant votre caméra.

— Les équipes officielles seules sont admises sur le terrain, dit Bec. Si je m'amène avec ma grosse…

— Vous avez des appareils miniaturisés, j'imagine ? Et c'est moi que vous filmerez.

— Okay. Et vous savez sans doute comment sortir d'ici, comment arriver là-bas ?

— Non, dit Virginia. C'est pour cela que vous êtes ici. Réfléchissez et dites-moi si…

— Je viens de réfléchir. Et j'ai trouvé. Je suis génial, nom de Dieu. Qui entre et sort à sa guise de cette maison ? Qui entre et sort à sa guise de l'enceinte du Parcours ? À part les héros ? Les agents de sécurité ! Applaudissez.

— Plus tard, dit Virginia.

— Bon. Alors, voilà : je viens vous chercher… ou plutôt non : j'envoie quelqu'un vous chercher, disons, demain dimanche, vers midi. Les types arriveront à bord d'une voiture de la sécurité, déguisés en agents. Ils vous embarquent. Filent. On se retrouve à un endroit quelconque — ils sauront. Là, vous vous déguisez, vous aussi, et moi aussi. Et on essaie de pénétrer dans l'enceinte. C'est tout pour le moment. Je peux vous assurer cinquante chances sur cent de réussite, jusque-là. Après… franchement, ça m'étonnerait. Mais toujours franchement, ça fera déjà un beau coup pour moi. Vous me couvrez, c'est garanti ? Bon. Et j'aurai ma déclaration exclusive ? Bon. Alors, on va rigoler. »

Bec se leva.

« Je ne vous téléphone pas. Demain midi, les copains viendront. C'est tout. Pourquoi je fais ça ?

— Vous le savez, Bec.

— Je ne sais pas tout. Non, mademoiselle, je ne *connais* pas bien les femmes. Essayez de manger vos saucisses pendant qu'elles sont chaudes…

— Votre toque. »

Il ramassa le couvre-chef et le coiffa. Marcha vers la porte.

« Bec ! appela Virginia.

— Mmm ?

— Et si la sécurité vous questionne ? Si on vous demande pourquoi vous êtes venu ici ?

— Pour prendre rendez-vous, naturellement. Rendez-vous pour une interview dans les règles, demain après le Parcours. Une exclusivité ! »

Elle lui sourit.

« Merci, Bec. Même si vous ne comprenez pas. »

Il fit un petit geste de la main et sortit. On entendit des cris, puis, un peu plus tard, le klaxon carillonnant.

Et Virginia était toujours assise dans son fauteuil. Elle frissonna. Une larme, une seule, coula le long de sa joue.

Elle commençait à se dire que le farfelu n'avait pas tort : c'était trop fou, trop rapide et improvisé : ils n'avaient pas une chance sur dix de réussir. Pourtant, lorsqu'il se trouvait là, dans ce fauteuil, en face d'elle, elle y croyait. Vraiment.

Elle souleva le couvercle du panier, considéra les aliments dans leurs barquettes de carton gras. La sauce moutarde romaine avait une couleur bizarre, effectivement.

10

À chaque fois, c'était comme une première rencontre, et l'émotion faisait vibrer la voix de Coggio, trembler ses mains dont il ne savait que faire. Il lui fallait toujours un certain laps de temps avant de retrouver ses esprits. Son cœur battait follement dans sa large poitrine : c'était énervant et bien agréable à la fois. Même par l'intermédiaire d'un télévid, même si Virginia n'était pas *vraiment* présente, en face de lui, Coggio ressentait les émotions habituelles…

« Virginia ! dit-il, gorge nouée. Je suis bien content de te parler ! »

C'était horriblement banal et il le savait, mais il était incapable d'originalité : chaque mot prononcé traduisait simplement la brutale sincérité de sa pensée. Une expression de bonheur dru, compact et sans fard, se peignait sur son visage massif.

Cadrée en buste par l'écran du télévid, Virginia sourit, de ce sourire qui n'appartenait qu'à elle.

« Je suis tellement heureuse, moi aussi, dit-elle. Tellement heureuse que tu m'aies appelée, Pietro. »

Pietro bougea sur sa chaise ; il posa ses mains sur ses genoux et se pencha vers l'écran. Il demanda :

« Tu vas bien, dis ?

— C'est toi, mon chéri, qui me demandes si je vais bien ?

— Sanzo Papa m'a dit que tu avais été malade, dit Pietro. C'est pour cela que tu n'es pas venue, hier ? »

Il scrutait l'image pâle sur l'écran : apparemment, la jeune femme semblait en bonne forme physique. Elle était fraîche et jolie, comme d'habitude.

« Je suis *tellement* désolée, Pietro ! dit Virginia. Je t'en prie, crois-le. C'est vrai qu'hier soir… je ne sais pas ce qui m'a pris. Les nerfs, je suppose. Un commissaire des jeux a été obligé de me raccompagner hors de l'amphithéâtre. J'étais effondrée.

— Tu n'as pas aimé le combat ?

— Mais j'ai eu si peur, Pietro ! Je crois que c'est cela. J'ai eu si peur pour toi ! »

Pietro sourit de toutes ses dents replantées.

« Je l'ai massacré. Il ne fallait pas avoir peur, tu sais ! Ils m'ont qualifié. Je suis un héros, maintenant. Tu le savais ? »

Virginia acquiesça, dans un petit sourire fragile. Bien sûr, elle semblait heureuse, mais il y avait également beaucoup d'inquiétude dans ses yeux — Coggio en ressentit un indiscutable bonheur flatté : c'était pour lui que Virginia était inquiète, nerveuse ; elle avait eu peur, pour lui, la veille, au point d'en être malade… Est-ce que quelqu'un l'avait jamais aimé de la sorte, avant Virginia ? Jamais. Personne. Bien entendu, Sanzo Papa, et Jorge, et Varnan l'aimaient bien, mais ce n'était pas la même chose. Des millions de gens l'aimaient bien, mais pas comme Virginia. L'émotion du début s'envola. Il se sentait fort et sûr de lui, maintenant.

« Je le sais, oui, dit Virginia. J'en suis follement heureuse, mais en même temps j'ai peur. Je t'en prie, Pietro, sois vainqueur du Grand Parcours ! Ne te fais pas tuer !

— Ça risque rien ! dit Coggio. Je vais gagner, tu verras. Sanzo Papa en est certain. Il ne s'est jamais trompé.

— Comment te sens-tu ?

— Bien. Ça va. Je viens de faire une sieste. Jorge m'a bien réparé et recousu. Je n'ai mal nulle part. Tu verras : je vais très bien.

— Pietro... je voudrais tellement te voir ! Te voir vraiment ! Je ne demande même pas à te toucher... Te voir. »

Coggio regarda autour de lui, comme s'il cherchait dans la pièce vide les éléments d'une réponse satisfaisante. Mais ni Sanzo Papa, ni Jorge, ni Varnan ne se trouvaient là pour lui souffler les mots appropriés.

« C'est pas possible, dit-il. Hier soir, tu aurais pu.

— Pietro, mon chéri, je t'en prie ! Je sais. Je sais et je regrette tant !

— Tu étais beaucoup malade ? »

Évoquer le rendez-vous manqué faisait probablement souffrir Virginia : Coggio s'en aperçut après coup et il en éprouva une certaine jouissance. Virginia souffrait parce qu'elle se sentait fautive, elle se sentait fautive parce qu'elle l'aimait — c'était bon et enivrant de savoir que Virginia l'aimait.

« Très malade, vraiment, dit-elle. La tête à l'envers. Tu m'en veux beaucoup ? »

Pietro fit une petite moue. Un gros matou jouant avec la minuscule souris. Mais les souris ne sont pas amoureuses des chats.

« J'aurais bien aimé que tu viennes, dit-il. Ça m'a manqué. »

Il vit trembler le menton de Virginia. Tout à coup, il eut peur.

« Mais ça ne fait rien ! se hâta-t-il de préciser, faisant machine arrière. Si tu étais malade, ce n'est pas ta faute ! Je comprends !

— Oh ! Pietro ! souffla Virginia. Je suis si honteuse ! Je ne suis pas à la hauteur ! Tu es sacré héros, et moi je me comporte comme une idiote fragile... Il y a tellement de filles qui souhaiteraient être à ma place, et moi je...

— Virginia ! appela Pietro. Je me fiche des autres filles ! C'est toi qui comptes. Tu as craqué et ça arrive à tout le monde... »

Elle essuya des larmes invisibles, d'un geste rapide. Eut un sourire crâne.

« Tu es gentil, Pietro. Je donnerais n'importe quoi pour être avec toi, maintenant. Pour pouvoir t'accompagner demain au Grand Parcours. N'importe quoi !

— Je sais... Mais ce n'est pas possible.

— Je voudrais tellement être sûre que tu ne m'en veux pas !

— Je ne t'en veux pas, dit Coggio.

— Je serai avec toi par la pensée, n'est-ce pas ? Et tu gagneras ! Et ensuite... tu voudras toujours de moi, n'est-ce pas ?

— Naturellement ! » s'exclama Pietro.

Suivit un instant de silence lourd. Les chants d'oiseaux diffusés par la fenêtre-holo emplissaient toute la pièce.

« Je vais... je vais te laisser, dit Virginia. C'est cruel

pour nous deux, d'être séparés par si peu d'espace et de ne pouvoir… Je t'aime, Pietro. Je t'aime très fort.

— Je t'aime, dit Pietro.

— Je t'aime… Je raccroche, ou c'est toi qui le fais ?

— Je vais le faire. »

Mais il resta immobile, à regarder le visage sur l'écran, à chercher des mots.

« Bon, sourit Virginia. Alors je raccroche.

— Oui. C'est ça, fit Coggio. Je vais gagner, ne t'en fais pas. Et après on fera la fête, toi et moi, et Sanzo Papa, et les autres.

— D'accord. Je sais que tu gagneras.

— C'est sûr », dit Coggio.

Virginia raccrocha. Coggio demeura assis, les tempes bourdonnantes, fixant l'écran vide.

Ils avaient laissé Coggio seul dans sa chambre personnelle pour la communication, s'étaient retirés dans leur local. Bien sûr, ils avaient suivi le dialogue sur leur poste, couplé à la ligne du champion. Jorge Calmann retira son doigt du bouton interrupteur ; à tout instant, au moindre signe de tentative de sabotage psychologique, il s'était tenu prêt à appuyer sur la touche pour couper la communication. Il ne l'avait pas fait.

Il fit pivoter son siège et regarda les deux autres, debout derrière lui.

Sanzo Papa essuya la sueur qui couvrait son front d'oiseau déplumé. Varnan passa sa main sur la brosse courte de ses cheveux.

« Si cette fille est une espionne, que je sois pendu dans l'heure, dit Jorge. Vous savez ce qu'elle a ? Une trouille bleue.

— Une trouille bleue », répéta Sanzo, sur un ton plat, à la limite de l'interrogation.

« Et je maintiens ce que je t'ai dit, affirma Jorge. Elle correspond à cent pour cent à l'autre type psychologique des compagnes de champions. Une trouille bleue, oui. Parce qu'elle a commis une faute énorme, hier, en ne jouant pas son rôle. Elle est culpabilisée à mort, n'a qu'une peur : celle de voir Coggio, maintenant héros au sommet de sa carrière, lui reprocher sa défaillance et la rejeter. La peur de voir son univers s'écrouler autour d'elle… De toute façon, si la sécurité la surveille étroitement cela ne peut être que positif : dans son état, elle est bien capable de faire toutes les conneries imaginables pour se racheter aux yeux de son champion. »

Sanzo haussa doucement une épaule.

« Pietro ne lui en veut pas.

— Au contraire. Il m'a paru, d'ailleurs, jouer sur la culpabilité de la fille avec une belle pointe de sadisme… ce qui n'est rien d'autre qu'une démonstration détournée de son attachement à Virginia. Il fait souffrir pour arracher des preuves de l'amour qu'on lui porte. »

Jorge se leva. Il semblait satisfait et soulagé.

« D'accord, dit Varnan. C'est toi le spécialiste.

— Le spécialiste propose de rejoindre le héros, dit Jorge. Il a demandé des journaux, et des films de dessins animés.

— Tout est prêt », dit Sanzo.

L'un derrière l'autre, ils passèrent dans la pièce voisine. Coggio était toujours assis devant le télévid éteint. Il leva les yeux et sourit.

Une promenade au grand air, en plein soleil, lui aurait fait le plus grand bien. Une promenade en solitaire, au volant de la voiture mise à sa disposition par l'organisation de la GUERRE, hors du quartier de Red Mountains, et même hors de Denver Lake. Sur les routes désertes de la montagne immense qui bouchait les horizons du nord et de l'ouest, par exemple. Ô Dieu ! oui… Rouler, seule, dans le vent et sous le ciel immaculé… Être ailleurs que dans ce bungalow climatisé, cerné de curieux bruyants, sous bonne garde « protectrice » des agents de la sécurité…

Mais Virginia savait que son désir était irréalisable. Il était hors de question qu'on la laisse monter seule dans sa voiture, à plus forte raison pour une balade dans la montagne. Sécurité oblige ! À la rigueur, ils proposeraient une escorte de commissaires et d'agents… pour la mettre à l'abri des assauts de journalistes et reporters en tout genre, pour veiller, toujours, sur sa sécurité !

Le bungalow était encore préférable. Au moins, elle était isolée.

Elle avait mangé, sans appétit véritable, deux saucisses dans leur petit pain et la moitié d'une pizza. Elle était allée prendre une boîte de bière dans son bloc-frig, l'avait bue à petites gorgées. Puis il y avait eu la communication de Pietro.

C'était le milieu de l'après-midi. Virginia avait essayé de suivre différents programmes de télé, sans qu'aucun d'entre eux parvienne à retenir son attention ni à accrocher son intérêt plus de quelques minutes. Alors elle avait éteint. Elle avait demandé au standard du motel de filtrer, si possible, les appels téléphoniques et télévidéophoniques et de refouler toutes les demandes d'interview et d'entretien. Elle enclencha le déroulement d'une bobine musicale.

L'effet des comprimés avalés quelques heures auparavant était probablement en train de s'estomper — pourtant, il aurait dû se prolonger jusqu'au soir, au moins… En dépit de ses tentatives de relaxation, elle n'était pas parvenue à libérer son esprit du souvenir pesant de la visite de Bec Malenoy. Au contraire, ce souvenir utilisait chaque seconde qui coulait pour s'installer de plus en plus profondément dans son cerveau. Il n'y avait que lui.

C'était une folie. Elle en était maintenant persuadée, et s'il lui restait quelques espoirs à ce propos qui luttaient contre l'impression générale, ils étaient bien fragiles, bien maigres, étayés de bric et de broc. Quelque chose marchait de travers, dans l'attitude de ce reporter fou et décontracté. Il avait accepté trop vite, et, trop vite, avait échafaudé un plan vaudevillesque qui possédait, certes, un indéniable intérêt farfelu, mais qui était loin, c'était sûr, de briller par ses chances d'efficacité.

Se pouvait-il que Bec Malenoy fût envoyé par les autres ? Afin de mieux la surveiller, de mieux la *neutraliser* ?

Ou bien… ou bien il était seulement guidé par le désir de réaliser un scoop intéressant, quoi qu'il advienne et que ce qu'il avait imaginé à la hâte réussisse ou non. Un journaliste forcené qui sautait à pieds joints sur le premier événement venu capable de lui assurer une exclusivité glorieuse… un petit, mais un bon, journaliste à l'affût du fameux scoop qui lancerait sa carrière… Probablement. Il n'avait que ce mot-là en bouche : scoop. Scoop, scoop, scoop ! Et c'en était bien un, n'est-ce pas ? N'est-ce pas, Virginia, ma vieille ? Suivre en direct la « folie » de la fiancée de Pietro Coggio. Quel que soit le résultat. Car Bec Malenoy pouvait très bien se moquer du résultat, et ne pas chercher à comprendre. Il pouvait se dire qu'elle essayait d'attirer l'attention sur elle, publicitairement, afin de se faire pardonner sa défaillance de la veille par Coggio qui comprendrait alors combien elle l'aimait… Le monde entier comprendrait combien elle aimait Pietro Coggio, et Pietro Coggio la prendrait pour femme, elle serait la compagne d'un héros de la GUERRE, elle aussi sur l'Olympe de la renommée, au sommet de sa carrière… Il pouvait croire cela, ou n'importe quoi, ou rien du tout. Ce qui comptait, pour lui, c'était qu'il tenait son scoop, de toute façon, quoi qu'il advienne, à partir du moment où Virginia quitterait son bungalow avec ses amis.

Elle imaginait déjà les gros titres de l'émission, et puis ceux des journaux : LE COUP D'ÉCLAT DE LA FIANCÉE DU HÉROS ! ou encore : ELLE BRAVE LA LOI PARCE QU'ELLE L'AIME… tout ce qu'on voulait dans le genre.

Et plus elle y réfléchissait, plus elle se persuadait de l'opportunisme de Bec Malenoy.

Et plus elle en était persuadée, plus elle comprenait combien l'aide offerte par Bec allait se révéler dérisoire et fragile. Elle l'utiliserait néanmoins — ensuite, elle ne compterait que sur elle-même.

À 16 heures, Virginia prit deux comprimés de somnifère, après avoir demandé au standard du motel de la réveiller avant minuit, car elle voulait assister à la finale de la boxe.

Pietro avait lu les journaux, écouté et regardé une sélection de cassettes enregistrées d'émissions diffusées de par le monde et qui parlaient de son « ascension ». Ça lui faisait un drôle d'effet.

Il avait l'impression que les journaux, les cassettes, parlaient d'un autre. En même temps, bien sûr, il savait qu'il s'agissait de lui. Mais il avait du mal à s'identifier vraiment à ce personnage glorieux dont il était question. Il se dit que cela viendrait. Sanzo Papa lui avait assuré qu'avec le temps il s'habituerait. Alors, sûrement, il s'habituerait.

Il y avait des événements d'une énorme importance, dans la vie de Pietro, dont les journaux ne parlaient pas. Ils ne disaient rien de Boccio, par exemple (ou, enfin, presque rien, juste : Pietro Coggio, né à Boccio... voilà). Ils ne disaient rien des messieurs qui étaient venus. Ni de Mamma. Ni de Papa, qui n'avait jamais dit un mot à son fils, mais qui ne manquait pas une occasion de le regarder de travers... « Il n'est pas méchant, tu sais, Pietro, ne pleure pas, ne pleure pas, mon petit garçon... Il n'est pas méchant, il est malade, c'est tout. » Et plus tard : « Ces messieurs veulent t'emmener en France. Et nous irons avec toi. Ils disent que tu peux devenir un grand champion, Pietro ! Ils savent de quoi ils parlent, tu sais ? C'est grâce à eux si tu es en vie. Ils ont fait beaucoup pour toi, depuis ta naissance. Tu veux devenir un champion, Pietro ? Je serais si fière de toi ! — Et Papa ? — Papa aussi, bien entendu... — Est-ce que je serai vraiment un champion ? — Si ces messieurs le disent, Pietro mio, tu le seras. Il faudra leur obéir, c'est tout. »

Pietro lut les journaux, regarda et écouta les cassettes. Ensuite il rêva. Ensuite il regarda des dessins animés qui racontaient les histoires du chat BLANC. Le chat BLANC se battait contre des légions de rats, mais toujours, à la fin, il gagnait. Ensuite il mangea, avec Sanzo Papa. Ensuite Jorge lui programma un peu de sommeil. Ensuite il s'éveilla, et il y avait une demi-douzaine de champions dans la pièce. Ils le félicitèrent et Pietro parla avec eux des compétitions. Les champions s'en allèrent, car Jorge dit qu'il ne fallait pas fatiguer Pietro. Ensuite il se laissa masser, tout en rêvant à Boccio : il imagina qu'après le Grand Parcours, il retournerait là-bas, avec Virginia. Il en aurait le droit. Un héros a tous les droits. Ils iraient à Boccio et retrouveraient la maison, ils se promèneraient à travers toutes les pièces, sans craindre de tomber sur la silhouette fantomatique de Papa, au détour d'un couloir. Ils iraient courir sur la plage, ils joueraient dans les vagues et creuseraient le sable pour dessiner des canaux, des fleuves, ils modèleraient des murailles de villes fortifiées. Ils auraient un chien, et des chats dans la maison, le pelage aussi doux et soyeux que les cheveux de Virginia.

Ensuite, ce fut l'heure de la retransmission du combat de boxe de la finale.

Yanni Bog referma derrière lui la porte du cabinet de toilette ; mains derrière le dos, il s'appuya au battant et regarda la chambre, regarda Slim assise sur le lit unique. Il était pâle, les yeux cernés. Par la fenêtre, le soir rougeoyant peignait le ciel au-dessus des toits. La pénombre était rousse à l'intérieur de la chambre.

La climatisation ne fonctionnait pas.

« Tu vas mieux ? » demanda Slim.

Dans cette lumière, sa chevelure faisait songer plus que jamais à un buisson ardent. Elle était assise à l'extrémité du lit, ses jambes repliées sous elle. L'œil de la caméra en sautoir regardait Yanni Bog.

« Ça va, dit Yanni Bog. J'ai vomi tripes et boyaux. Je suis désolé… On n'aurait pas dû venir ici, dans cette chambre.

— Je n'ai pas choisi, dit Slim. Tu étais très malade, et dans la rue… Tu préférerais passer la nuit dehors ? »

Le regard de Yanni Bog se voila. Il dit : « Est-ce que tu imagines ce que ça signifie, de commencer une phrase sans être sûr de pouvoir la terminer ? Ce que je dis en ce moment, là… » Il secoua la tête et baissa les yeux… Puis il se décolla de la porte, traversa la chambre et se planta devant la fenêtre ouverte. « Je suis désolé, dit-il. Passer la nuit dehors ou ici, de toute façon… Je suis désolé. »

La voix de Slim s'éleva derrière lui, sèche :

« Arrête un peu de toujours dire cela ! Tu n'es pas désolé. Tu n'as pas à t'excuser. Tu es malade, et c'est peut-être à cause de cette chaleur d'orage. Si tu veux sortir, on sort. Si tu veux arrêter, on arrête. »

Yanni Bog se retourna. Elle était pâle, le visage luisant de moiteur. Des taches sombres marquaient les aisselles de sa tunique.

« On arrête ? fit Yanni Bog.

— Je ne sais pas si je vais tenir le coup, dit Slim, sur un ton moins acide. Voilà. Je suis dingue et me suis lancée dans une histoire absurde. Je ne sais pas si je vais supporter cette situation longtemps encore, et je crois bien que je vais craquer, moi aussi.

— J'ai nettoyé le cabinet de toilette… »

Elle acquiesça lourdement.

« D'accord. D'accord, Yanni… Après tout, tu peux me charrier autant que tu veux. C'est moi qui suis désolée, moi qui te demande de m'excuser. Je peux tout juste me faire une idée, et cela n'a rien de commun avec ce que tu ressens réellement. Je suis ici comme une… une parasite, voyeuse, une saleté de perverse qui…

— Arrête ça », dit Yanni Bog.

Elle se tut. Il s'assit sur le rebord de la fenêtre, dos au vide, battit des talons contre la tapisserie sale. Il dit :

« Tu n'es pas désolée, toi non plus. Et tu tiens plus que tout à ton foutu reportage. Et c'est ce qu'on a convenu.

— Tu le penses vraiment ? Je veux dire : que je tiens plus que tout à mon foutu reportage ? »

Yanni Bog soutint son regard un instant, puis il ferma brièvement les paupières.

« Non. Non, non, non. »

Un grand moment de silence coula. La chambre puait le papier trop sec, une odeur de vieux journaux oubliés au fond d'un grenier. Dehors, la rue bourdonnait.

« Tu as raison, dit Yanni Bog. C'est l'orage qui couve, sûrement.

— Peut-être.

— Et puis toutes ces cigarettes que j'ai fumées. La nuit va être interminable, tu sais ? »

Elle ne répondit pas. Mais la pâleur de la colère, sur son visage, s'était envolée.

« Interminable, nom de Dieu, dit Yanni Bog. Avant, j'aimais ça, l'orage. J'avais peur et j'aimais ça. Comment peut-on avoir peur de l'orage ? Peur que la foudre vous frappe ? Combien y a-t-il de chances, d'après toi, pour que la foudre vous frappe ? Sur un million.

— Je ne sais pas.

— Moi non plus. Mais c'est ridiculement faible. Très, très peu de chances, et pourtant on a parfois peur de l'orage. Moi, j'aimais. Le bruit de la pluie sur le toit, et sur la rue. Les éclairs qui vous étripent la nuit, derrière les volets clos. Cette nuit, si l'orage claque, je sens que je ne vais pas aimer. »

Elle le laissa parler sans l'interrompre. Attendait. Il descendit de la fenêtre et marcha à travers la pièce, passant et repassant devant le pied de lit. Il s'arrêta pour allumer le poste de télé, mais l'éteignit aussitôt. Il dit :

« Je crois qu'il faut que tu me regardes comme si tu voyais déjà ton émission. Avec une certaine distance. Il ne faut pas te laisser avoir par ce que je dis.

— Bien sûr, approuva Slim.

— Je crois que je ferai couper cette séquence, poursuivit Yanni Bog. Quand tout sera fini. Quand je serai sauvé. Car je serai sauvé, n'est-ce pas ? Je ferai couper ça. Mais finalement je suis heureux que tu sois là. Que tu m'aies choisi. Bon Dieu, sans blagues. Combien y avait-il de chances pour que tu me choisisses ? C'est comme pour la foudre… Tu devrais me parler de toi.

— Il n'y a guère à dire.

— Il y a toujours énormément de choses à dire, Slim ! s'exclama Yanni Bog. Ta maison quand tu étais petite, la couleur de ton jouet préféré, la peur que tu avais de l'oncle Joseph qui a une grosse voix et des yeux comme des billes qui tournent, tes copains et copines au centre de formation éducative, le professeur-clown d'information civique et les cris du prof de gymnastique, ce que tu voulais et ce que tu as eu, comment le premier garçon qui a couché avec toi a pu te décider, et pourquoi tu as pleuré après… »

Slim avait penché la tête de côté. Ses yeux brillaient.

« Vraiment ? dit-elle. Ma maison était comme beaucoup de maisons de…

— Non. C'était la plus belle, de toute façon.

— Exact. Ma maison était la plus belle maison de Shatahowga, et la Floride est la plus merveilleuse de toutes les régions de ce sacré pays qu'on appelle les États d'Union de l'Amérique du Nord. Shatahowga possède la plus belle décharge publique de toutes les Everglades, et les plus beaux serpents-mocassins. Mon père est mort de la plus belle morsure qui soit mais on m'a dit qu'il était parti en voyage — et ensuite je me suis mise à avoir une peur noire de tout ce qui rampe et qui n'a pas de pattes. Mon jouet était un éléphant de toile écossaise, qui ne ressemblait guère à un éléphant, sauf du côté des oreilles, et que j'avais baptisé avec tout l'à-propos qui me caractérise : l'Éléphant écossais. Mon oncle Joseph était en réalité tante Gladys, qui collectionnait les liftings et possédait un pacemaker, et ne supportait pas qu'on crie en sa présence. Mon prof de gym était une erreur : il préférait la littérature populaire européenne du XIXe siècle. Le premier garçon m'a eue parce que j'avais envie de lui. Il n'était pas spécialement dégourdi et je me suis dit que de toute façon je ne pouvais m'en tirer qu'honorablement. Je n'ai pas pleuré, après — c'est maintenant que j'en aurais plutôt envie, en y resongeant. Voilà. »

Yanni Bog eut un petit sourire — le premier, véritable, depuis longtemps.

« Merci », souffla-t-il. Il ajouta aussitôt : « Lyasa faisait très bien l'amour. Je crois. Pour moi, c'était très bien. Elle n'était pas du genre à s'inquiéter du lendemain. Elle disait : on verra. Il faut vivre. Elle avait de ces phrases… Je ne lui ai jamais parlé de mes activités illicites, mais ils l'ont condamnée quand même. Sur le coup, elle a dû vouloir me tuer. Mais ils lui ont percé la tête, à elle aussi, et c'est pourquoi elle ne m'a pas recherché pour me planter un couteau dans le ventre. Elle était capable de planter un couteau dans le ventre de quelqu'un. »

Il s'était arrêté au pied du lit. Il demanda :

« Si je te demandais de coucher avec moi, tu me ferais cette aumône ? Tu débrancherais ta caméra ? »

Pendant un long temps de silence visqueux, épais, Slim soutint le regard de Yanni Bog. Il haussa les épaules.

« N'en parlons plus.

— Rien du tout, dit Slim. Je ne te ferais pas cette *aumône* car tu ne mérites pas qu'on te fasse l'aumône de quoi que ce soit. Tu n'es pas cet homme-*là*, Yanni Bog. Et je n'ai envie de coucher avec personne.

— Parfait ! » dit Yanni Bog.

C'était son deuxième sourire véritable.

Slim O'Aokey parla encore de Shatahowga, et puis de la tante Gladys, de l'Éléphant écossais, et du reste. Longtemps. Yanni Bog n'avait à opposer aux serpents-mocassins des Everglades que les pauvres couleuvres des derniers bois de Paris II Rambouillet, et les fauves de ses jungles d'enfant ressemblaient furieusement aux chats de gouttières qui sillonnaient les rues des quartiers périphériques. Mais les moustaches et les yeux fascinants de Joseph l'emportaient en horreur sur les liftings et le pacemaker de Gladys. La première fille était une professionnelle des quartiers du stade, un soir d'été, après l'entraînement de football, sa clientèle avait déteint sur elle : elle connaissait par cœur les scores de championnats internationaux et les noms des joueurs, sur une période de dix bonnes années. Il n'avait pas pleuré, lui non plus. La fille lui avait dit qu'il n'avait pas l'étoffe d'un gardien de but — et elle avait raison.

Ils s'étaient assis sur le lit, face à face. La pénombre grandit, et ils firent comme si de rien n'était, puis le halo de lumières qui recouvrait la ville pénétra dans la chambre et transforma la nuit en une certaine forme de pénombre.

Ils se firent monter à boire. Ils fumèrent énormément de cigarettes-marie. À un moment, Slim s'allongea sur le dos. Elle regardait la danse des échos lumineux venus de l'extérieur et qui vibraient sur le plafond. Ils ne disaient plus rien.

Quand le jour se leva, Slim dormait. Yanni Bog était toujours assis à la même place. Il fut tout étonné en constatant que les objets et les meubles reprenaient forme autour de lui, dans la chambre. La ville, dehors, alentour, recommençait à vivre. Yanni Bog jeta par la fenêtre son dernier mégot de cigarette-marie, éteint depuis une éternité. Il bougea — et Slim se redressa sur le lit.

Ils échangèrent un regard.

Slim décrocha l'interphone et demanda un petit déjeuner double, qu'on livra un quart d'heure plus tard. Elle ne fit que boire le thé chaud, tandis que Yanni Bog la regardait sans rien dire, avec ses yeux brûlants de fièvre. Il tremblait. Slim voulut fermer la fenêtre, mais il dit : « Non ! surtout pas ! » Il ajouta : « L'orage n'a pas crevé. »

Le ciel était tout aussi bleu que la veille. Tout aussi fragile, prêt à casser, dans le petit matin.

Ce fut Yanni Bog qui alluma la télévision. Il se trompa plusieurs fois en appuyant sur les touches du sélecteur, mais dénicha enfin le bon programme.

Il recula au fond de la chambre. Slim se plaça dans l'autre angle.

Et Enrique Jardenez remporta la finale de l'épreuve de boxe, au troisième round, contre le Libyen Aran.

Yanni Bog rouvrit les yeux. La chambre était là, le speaker hurlait dans le poste, des images folles explosaient sur l'écran, dehors il y avait un soleil irréel, toutes les odeurs de la ville s'engouffraient dans la chambre — la plus belle chambre d'hôtel du monde ! Et Yanni Bog tomba à genoux, comme s'il venait d'encaisser lui-même un de ces uppercuts signés Jardenez.

« Je voudrais te demander l'aumône », dit Slim.

Sa voix chavira sur le dernier mot.

Yanni Bog roula sur le lit, bras en croix. Les larmes glissèrent sur ses joues pour couler en biais, vers les commissures de ses lèvres, chatouilleuses.

« Oh ! nom de Dieu ! » cria-t-il.

Slim retira son collier caméra. Elle retira sa tunique. Yanni Bog la regardait. Il n'avait jamais rien vu d'aussi *beau*.

Il était 8 heures, ce dimanche matin.

Il était 1 heure, ce dimanche matin, fuseau Denver Lake.

Virginia Vorane éteignit le poste. Dans moins de douze heures, les amis de Bec seraient là, si tout se déroulait comme prévu.

Il était 1 heure, ce dimanche matin, fuseau Denver Lake.

Pietro Coggio regardait Sanzo Papa, Varnan et Jorge qui n'en finissaient pas de pousser des cris et de se claquer les épaules. Dans moins de quinze heures ce serait le Grand Parcours des Héros. Enrique Jardenez avait des chances d'en être.

Il était 9 heures, ce dimanche matin, à Debrecen (Hongrie).

Mager Cszorblovski, n'y tenant plus, se décida à jouer le tout pour le tout.

C'était la nuit ou le jour sur le monde, et les BLANCS venaient de gagner leur cinquième point pour la première partie de la 12e GUERRE OLYMPIQUE. Des dizaines de milliers de personnes tombèrent dans le camp rouge. Comme le voulait la règle du jeu.

12e GUERRE OLYMPIQUE

Palmarès (2e partie)

ÉPREUVE	VAINQUEUR
SKI	ROUGE — RUSSIE (Alexandre Plioutchine)
CHARS	ROUGE — LIBYE (Malgheb El Jeffi)
MOTO-GLACE	BLANC — FRANCE (Pietro Coggio)
TIR À LA CARABINE	ROUGE — CHINE (Bert Alloy)
TIR À L'ARC	ROUGE — CHINE (Ni Tsi Tsan Lo)
AUTOMOBILE	BLANC — BRÉSIL (Paulo Alvares-Gutti)
BOXE	BLANC — ARGENTINE (Enrique Jardenez)

Classement général, avant le GRAND PARCOURS DES HÉROS

ROUGE : 9 points BLANC : 5 points

11

S'il s'en tirait, il quitterait la Hongrie. Au triple galop et sans attendre, le plus tôt, le plus vite possible ! Oh ! oui…

Mager Cszorblovski, plus nerveux et meurtri que jamais, tenta de déplier ses jambes mais ses muscles refusèrent de lui obéir. Il allait peut-être mourir là, dans la plus abominable des solitudes, après avoir traversé une nuit infernale. Oublié du monde entier, tassé dans ce recoin de ruines du vieux quartier du Canal, et personne ne le saurait, personne ne serait témoin, et les équipes de travailleurs des morgues ne le retrouveraient pas avant longtemps. On ne saurait même plus qui il était, les rats l'auraient défiguré, à moitié dévoré, empêchant toute identification. D'ailleurs, on ne chercherait même pas à savoir. Existait-il une personne au monde qui se souciait de Mager Cszorblovski ? Une, peut-être, effectivement… et pour l'heure cela ne changeait strictement rien à son désarroi.

Mourir là, d'un seul coup, d'une seconde à l'autre. Quelle heure était-il ? Le combat final de la boxe était-il terminé ou non ? Allait-il se terminer bientôt, là, tout de suite ? Et qui serait vainqueur ? Et si c'était l'Argentin du camp BLANC (comme on le pronostiquait), Mager ferait-il partie des victimes qui tomberaient dans le camp ROUGE ? *Quelle heure est-il ?*

Mager jeta un coup d'œil à son chrono-bracelet, comme si un miracle avait pu se produire… Pas de miracle. Cette bande de petits salauds qui l'avaient torturé une grande partie de la nuit, pour ne l'abandonner qu'au point du jour, avaient commencé leur triste partie d'amusement sadique en lui cassant sa montre. Et s'ils s'étaient arrêtés là !… Au souvenir ravivé de certains épisodes particulièrement marquants de cette nuit terrifiante, Mager ne put maîtriser un gloussement hystérique, sec et râpeux, qui s'échappa de sa gorge serrée. Les salauds ! Il savait bien, naturellement, que les Damoks existaient ; il avait lu certains articles qui leur étaient consacrés, dans des journaux, et il en avait vu déambuler, en chair et en os, par groupes de cinq ou six (jamais moins !) dans les rues des villes. Mais jamais il n'était tombé entre leurs pattes. Quand l'événement s'était produit, aux alentours de 23 heures, la veille, Mager avait eu une pensée pitoyable de naïveté : « Moi, véritable condamné, je ne risque rien de leur part ! » Vraiment, il l'avait cru. Et trente secondes plus tard il déchantait.

Il songea : « Ce n'est pas possible… le match doit être fini ! L'heure est passée, le match est fini et quel qu'en soit le résultat, je suis vivant. Si nous avons perdu, je ne suis pas au nombre des victimes prévues et tombées dans ce pays. »

Il s'efforça de clarifier ses pensées et de respirer profondément, calmement. La certitude d'avoir échappé une fois de plus au sélectionnement des ordinateurs se creusait une place de plus en plus grande dans son esprit. Il avait franchi un nouveau barrage. Restait l'épreuve ultime du Grand Parcours des Héros, avec son arrivée-verdict prévue aux alentours de 1 ou 2 heures du matin dans cette prochaine nuit de dimanche à lundi (heure locale). Et là, c'était une chance sur deux de vivre. Rien qu'une chance sur deux, pour lui comme pour tous les condamnés des deux camps, les survivants épargnés par la présélection des différentes épreuves sportives dont les résultats, en finale, servaient de base au calcul et à la distribution proportionnels des héros. Une chance sur deux. C'était trop ou pas assez pour Mager.

Déjà, il n'était plus qu'un spectre à demi fou, après cette première partie de la GUERRE OLYMPIQUE. Les quelques heures passées aux mains des Damoks ne l'avaient pas arrangé…

Il jeta un nouveau coup d'œil en direction du ciel et regretta une fois de plus son incapacité de lire l'heure au soleil. De petits nuages flottaient çà et là. Il faisait beau. Un matin frais, avec une belle lumière propre, des ombres dures et longues semées parmi les ruines.

« Je m'en suis tiré », dit Mager à voix haute.

Maintenant, il en était vraiment convaincu. D'un seul coup, il respira plus confortablement. Les petites douleurs qui lui parsemaient le corps se firent moins lourdes et obsédantes. Il porta la main à son œil gauche, totalement fermé ; ses doigts coururent sur les griffures et les petits bourrelets de sang coagulé qui striaient son front. Une onde de colère impuissante le traversa.

Plus tard, il leur réglerait leur compte, à ces petits salauds. Il trouverait un moyen. Il imagina (tout en sachant, bien sûr, qu'il n'en ferait rien… mais c'était agréable !). Il retrouverait notamment cette vilaine garce d'une quinzaine d'années qui s'était déculottée tandis que les autres le tenaient allongé sur le dos, écartelé, qui s'était agenouillée sur sa poitrine, puis qui avait écarté les cuisses pour venir frotter son sexe sur sa bouche et lui pisser dessus. Un bon nombre avait trouvé ça drôle et suivi l'exemple de la salope — ils avaient même fait mieux ! Mager frissonna. L'odeur d'urine et de merde imprégnait toujours ses vêtements détrempés en dépit des efforts qu'il avait déployés pour se nettoyer, avec de l'eau et des poignées d'herbes.

Il regarda la maison.

Il avait échoué là au lever franc du soleil, alors que le disque rouge dépassait la barre d'horizon lointain des toits de la ville, comme un trait déchiqueté de brume solide. Mager aurait pu décrire les yeux fermés (et pour le gauche c'était fait) la façade de la maison, dans ses moindres détails, avec le jardin en friche devant, le petit perron de pierre rose, la verrière de la véranda aux carreaux cassés, les quatre fenêtres du rez-de-chaussée, les cinq du premier étage, les trois chiens assis sur le toit d'ardoises bleues, les volets de bois gris à l'ancien style, toute peinture protectrice envolée, le crépi jaunâtre crevassé et fissuré, les jambages et linteaux des fenêtres en pierre de parement rose (comme la pierre d'escalier) et la porte d'entrée, de bois massif, totalement décolorée elle aussi — close. C'était une des rares maisons du quartier encore debout. Elle semblait abandonnée, sans plus. Mais elle ne l'était pas. Une voiture en bon état de marche était garée devant, au bord de la rue jonchée de gravats.

« C'est sûr, songea Mager qui revenait lentement à un semblant de vie. Sûr et certain : je vais me tirer, *après* ! » Il s'en irait. Loin. Peut-être même sur un autre continent. L'Amérique du Sud ? Pourquoi pas ? Évidemment, il ne pourrait le faire légalement, cette fois. S'il s'en allait, cela voudrait dire qu'il aurait triché et qu'il serait socialement effacé. Il lui faudrait renaître, réellement. Devenir un autre. Il ne savait pas comment, mais il y parviendrait. Le scieur de têtes devait connaître des adresses, il pourrait peut-être s'occuper du problème personnellement. S'il ne voulait pas, Mager saurait l'y obliger. Comme pour le reste.

Il serra sa musette contre lui. Bizarrement, les Damoks lui avaient laissé son maigre bagage — n'avaient même pas regardé à l'intérieur ! « Il faudra bien qu'il fasse ce que je lui demanderai ! » songea Mager. Aussitôt après, il eut envie de rire : il se voyait, minable, dans sa veste à carreaux puante et ses vêtements lacérés, avec son œil au beurre noir, ses ecchymoses, ses cheveux hérissés et coupés en mèches inégales par les Damoks déchaînés, et par là-dessus, encore, certainement, une expression amusée !... il se voyait, la bouche en cœur, jouer les terreurs ! Lui qui n'avait pas bougé de son poste d'observation, à l'affût depuis des heures, non seulement éprouvé et figé de panique par les épreuves subies auparavant et la tension provoquée par l'épreuve de boxe qui se déroulait sur le ring de la GUERRE, mais aussi... parce qu'il ne pouvait pas se décider à marcher à découvert vers la maison, ni forcer sa porte... Mager-le-terroriste !

Il bougea ses jambes. Des vagues de picotements se répandirent dans ses muscles ankylosés.

Un rayon de soleil toucha le faîte du toit de la maison, coulant de l'argent liquide sur une large bande d'ardoises. Au-delà de la maison, les roses et les jaunes sales chatoyaient parmi le champ des ruines. Le quartier du canal avait été à l'origine un quartier bourgeois de Debrecen (même si le terme était tabou), c'est-à-dire un des plus anciens secteurs de la ville. Les maisons et immeubles s'alignaient sagement le long des rues parallèles, ou recoupées en angles droits. Elles se ressemblaient toutes, par leur architecture ainsi que par l'impression de richesse cossue que dégageaient leurs façades, par les cours et jardins cernés de murets et de grilles qui les séparaient des trottoirs. Puis le canal avait été percé, qui reliait le fleuve artificiel au nord de la ville à la lointaine Tisza, et le canal traversait ce quartier témoin des anciens fastes d'une classe privilégiée. Les travaux avaient tout bouleversé et provoqué la fuite des occupants. Les immeubles non touchés par les boulets des machines de démolissage avaient attiré pour un temps toute une catégorie particulière d'occupants, intellectuels et « artistes » qui avaient tenté de faire du chantier une zone vivante et riche en couleurs. Ils y étaient parvenus pour un certain nombre d'années, puis avaient eux-mêmes émigré vers d'autres rues moins poussiéreuses. Le quartier du canal fut décrété « secteur en reconstruction ». Les ruines y étaient de plus en plus nombreuses, les nouvelles constructions encore inexistantes. Quelques rares habitants y vivaient encore, isolés, naufragés sur des îles émergeant de la mer pétrifiée, dans ces maisons qui ressemblaient chaque jour davantage à des masures hantées, parmi les herbes sauvages et les buissons vite poussés. Ces habitants du reste, par quelque effet, peut-être, de mimétisme bizarre, avaient tout du fantôme, par leurs allures particulières, leur façon de marcher comme une ombre coulée, qu'ils fussent locataires (ou propriétaires) officiels, ou squatters en vadrouille rassemblés là au cœur des nuits dans les courants d'air des constructions abandonnées. Les bandes de Damoks, enfin, s'y donnaient parfois rendez-vous pour y célébrer leurs orgies et se livrer à tous les débordements.

Mager était arrivé par la rue du Canal, qui traçait la frontière sud du quartier et suivait la voie d'eau. La plupart des immeubles bordant cette rue étaient encore dressés. De place en place, il y avait un trou, une crevasse encombrée de monceaux de pierres et de vieilles poutres pourrissantes — comme un chicot carié jusqu'à la gencive en plein milieu d'une denture régulière. Mager était passé par une de ces caries et s'était écroulé dedans : en face, c'était une autre rue parallèle, mais abandonnée, et une maison unique au milieu des décombres.

Il allait se lever, ne fût-ce que pour chasser les picotements qui lui brûlaient les jambes, lorsque la porte de la maison s'ouvrit. Mager s'y attendait si peu qu'il en retomba sur ses fesses, à peine décollé du sol, de nouveau pétrifié. Son cœur cognait à tout rompre sous sa veste à carreaux.

Un petit bonhomme râblé et pansu, au crâne chauve, fit son apparition sur le seuil de la porte. Il était vêtu d'une robe de chambre dont le bas rasait le sol, ouverte sur un pantalon de toile claire tire-bouchonné, une chemise de même couleur généreusement débraillée sur sa bedaine ; sous la chemise, il portait un maillot rouge vif.

C'était bien Razva Dolico, tel que l'avait décrit Gyula Sandör.

Le sang battit très fort contre les tempes de Mager. Sa bouche s'assécha.

Razva Dolico se gratta à deux mains, vigoureusement, puis nonchalamment, le sommet du crâne, tout en regardant autour de lui. Il sortit de sous la verrière, descendit les deux ou trois marches du perron et traversa le jardin encombré d'orties et de buissons sauvages — certaines touffes d'orties étaient plus hautes que lui. Il se dirigea vers la voiture stationnée.

Mager jura mentalement… puis il soupira lorsque Dolico engagea une clef dans la serrure du coffre et souleva le couvercle. Le petit homme rond prit une boîte de carton, referma le coffre, le verrouilla, empocha la clef et retourna vers la maison.

Une vingtaine de mètres, au plus, séparaient l'homme de Mager. Ce dernier se dressa d'un jet, enjamba maladroitement les tas de gravats, fut dans la rue et s'élança au pas de course. Il rejoignit le petit homme en robe de chambre devant le perron. Dolico se retourna alors que Mager ne se trouvait plus qu'à deux mètres ; normalement, il aurait dû entendre la galopade des pieds nus bien plus tôt.

Mager pila tout net.

Dolico avait un pied sur la première marche, l'autre sur la seconde. Il serrait sa boîte de carton sur son ventre rebondi. Son visage aux traits aplatis exprimait l'étonnement le plus intense, avec une nuance de crainte grandissante au fond de ses petits yeux gris.

Certainement, il était en train de se demander s'il ne rêvait pas…

Et Mager Cszorblovski, bras ballants, dans ses vêtements déchirés, souillés, puants, dans sa veste à carreaux de clown, avec sa tête n'importe comment, son cocard et ses griffures, ses cheveux filasse ébouriffés par poignées, Mager ne disait rien, encore surpris d'avoir osé, chaviré par la brutale dépense d'énergie qu'il venait de fournir après un trop long temps d'immobilité et de prostration.

« Qu'est-ce que… que vous foutez là ? » finit par laisser tomber Dolico d'une voix pincharde et hésitante.

Le poids de plomb qui pesait sur le crâne de Mager fondit instantanément. Mais il fut remplacé par une onde douloureuse. Cela n'avait plus rien de grave. Mager se sentait plein de force, décidé, inébranlable. Il avait sauté le pas. Il oubliait son aspect extérieur et les puants effluves qui montaient de ses hardes, il oubliait tout ce qui n'était pas en rapport direct avec les motivations de sa présence en ce lieu. Est-ce qu'une odeur de merde pouvait avoir de l'importance ?

« Je voudrais… la finale de la boxe, dit-il. Est-ce que c'est terminé ?

— Pardon ? » fit Dolico, plus ahuri que jamais.

Il avançait et tournait la tête vers Mager à la manière de quelqu'un qui serait handicapé par une surdité partielle — c'était probablement le cas et cela expliquait qu'il n'ait pas entendu plus tôt la cavalcade de Mager sur les graviers.

« La boxe ! cria Mager. Les résultats de la finale !

— Jardenez, dit machinalement Dolico.

— Depuis longtemps ?

— Une demi-heure, au moins… Vous êtes…

— Nom de Dieu, soupira Mager. Je suis passé au travers cette fois encore. »

Dolico le regarda, songeur, fermant un œil à demi.

« Condamné ? » demanda-t-il.

Mager acquiesça.

« Condamné véritable ? Un coupable ?

— Bon Dieu, OUI ! Ça ne se voit pas ?

— J'en vois fréquemment d'autres, ici, chaque jour,

qui sont bien plus mal en point que vous, camarade — et qui ne font que jouer. Qu'est-ce qui vous est arrivé ?

— Je suis tombé dans les pattes de sales petits Damoks. Je voudrais rentrer. Je n'ai plus de temps à perdre, vous comprenez ? »

Le visage de Dolico se ferma. Il était comme une grosse boule de suif travaillée au couteau. Ses sourcils d'un blond sale pesaient sur un regard plissé et fuyant. De larges taches graisseuses, des traces de nourriture séchée, maculaient son maillot rouge et sa chemise.

« J'ai bien peur de ne pas comprendre, précisément, dit-il sur un ton cinglant.

— Vous mentez ! Vous savez pourquoi je suis ici !

— Certes non ! » s'exclama Dolico, atteignant presque les accents de la sincérité. « Je ne vous connais pas, mon ami. Nous nous sommes déjà vus ?

— Non. Moi, je vous connais. Vous êtes Razva Dolico. »

Dolico remonta sur son ventre la boîte de carton qui glissait. Ses mains étaient larges et courtes, avec des doigts boudinés, aux ongles sales ; un anneau d'or était incrusté dans les chairs de son annulaire droit. Il hocha la tête, comme si un tic l'avait secouée tout entière, se gratta le bout du nez.

« Je suis Razva Dolico, assurément, dit-il. Mais cela ne me… Qui vous a parlé de moi ? Qui êtes-vous ?

— Je vous en prie ! » dit Mager. Sa voix tremblait, pourtant elle n'était pas suppliante : elle vibrait d'une sourde et farouche détermination. « Je m'appelle Mager Cszorblovski, c'est vrai que vous ne me connaissez pas. C'est un ami qui m'a parlé de vous — mais vous ne le connaissez pas, lui non plus.

— Mon brave ami…

— Bordel de Dieu ! je ne suis pas votre brave ami ! Arrêtez de faire le pitre ! Laissez-moi entrer, et c'est tout ! »

Dolico recula d'un pas — c'est-à-dire qu'il monta d'une marche sur l'escalier du perron.

« Et pourquoi vous laisserais-je entrer ? couina-t-il.

— Pour toutes ces raisons qui font que vous êtes Razva Dolico ! s'écria Mager. Je suis *vraiment* un condamné-coupable ! Vérifiez, si ça vous chante ! Et j'ai une chance sur deux d'être mort avant demain, à cette heure-ci ! J'ai un ange gardien dans la tête !

— Je ne… comprends pas ! Camarade, je vous assure…

— Et ça ! » cria Mager, plongeant la main dans la poche de sa veste, la ressortant aussitôt pour brandir le tube de dopes interdites sous le nez du petit homme boudiné. « Vous savez ce que c'est ? Vous connaissez l'effet produit par ces psychostimulants d'un genre spécial, non ? C'est ce qui m'a donné la force d'être ici !

— Allez-vous-en ! » dit Dolico.

Mager eut l'impression que le paysage tout entier allait s'effacer, se dissoudre, autour de lui. Une peur absurde le fouetta — une pensée empoisonnée — tandis qu'un frisson glacé courait le long de son dos. Et si Gyula s'était trompé ? *Si ces informations étaient fausses ?* À peine éclose, l'atroce éventualité s'effondra sur elle-même, balayée par cette détermination irréfléchie qui possédait Mager et le métamorphosait.

« J'ai un fichu ange gardien dans la tête, gronda-t-il. Ne jouez pas les innocents ! Cette saloperie, vous allez me l'enlever ! Et vite ! Vous allez me la désamorcer, avant l'arrivée de la course du Grand Parcours ! Je ne veux pas courir ce risque et attendre, attendre encore, vous comprenez ça, nom de Dieu ! Je ne veux pas crever ! Mager Cszorblovski ne veut pas que sa tête de clown explose ! il ne veut pas crever ! Vous allez me désamorcer cette merde qu'ils m'ont plantée dans la tête !

— Vous êtes fou, cama… camarade », balbutia Dolico, très pâle et suant, tout à coup. « Comment voulez-vous que…

— Vous allez le faire », dit Mager.

Il avait rempoché son tube de dope. Sa main plongea dans sa musette et ressortit, braquant le revolver noir sur le gros ventre de Dolico.

Et c'était une main qui ne tremblait pas.

12

Il commençait à y croire. Vraiment.

C'était un espoir un peu fou, déraisonnable, mais qui pourtant n'avait cessé de grandir et d'enfler, abattant tranquillement tous les obstacles levés par la pure lucidité. Et cet espoir était maintenant comme une chose bien ronde, bien pesante et lisse, ancrée au cœur même des tourbillons qui agitaient les pensées de Yanni Bog. Il ne résistait plus.

Il avait une chance de sortir vivant du cauchemar.

Sa vie se scindait en deux parts : avant et maintenant. Hier et l'instant présent. Avec une troisième partie qui émergeait lentement des brumes infernales de l'atroce expérience : demain.

Avant, c'était quand il vivait sans problème dans ses costumes bien taillés pour le rôle à jouer, quand il vivait efficacement, le sourire à la bonne mesure et les mots qui coulaient au rythme d'un débit parfaitement réglé — mais il vivait endormi. L'éveil avait claqué comme un coup de tonnerre, libérant les furieux torrents de la catastrophe. *Maintenant*, c'était une période très étrangement étirée dans le temps, qui semblait tantôt mince comme un fil, tantôt sans limites distinctes, comme si depuis toujours les choses avaient été en l'état, et la douleur aux aguets, toujours, toujours, prête à mordre à pleins crocs. *Avant*, c'était au début des vieux âges du monde… et tout ce que Yanni Bog avait pu vivre d'instants heureux sur ces lointains méandres prenait *maintenant* une coloration ternie, fuligineuse, les odeurs séduisantes s'estompaient, les saveurs de miel étaient piquées par les acides attaques de la moisissure. Un univers entier s'était écroulé sur lui-même, autour de Yanni Bog Bonnefaye l'exclu. Il avait cru être l'unique et le dernier témoin de cet effondrement. Et voilà qu'il se surprenait à ressentir des envies de marche nouvelle à travers ce paysage qui tout à coup n'était plus un décor de ruines…

Il avait une chance.

D'innombrables indices, péniblement éclos, fleurissaient un peu partout et peignaient en couleurs crues le tableau d'avenir. Il avait traversé toute la première partie de la GUERRE, sans dommages. Les points du score attribués, Yanni Bog était toujours vivant : un certain nombre de victimes avaient payé de leur vie au terme des épreuves compétitives, les défaites de nombre de leurs champions, dans un camp comme dans l'autre (et le bilan, en rapport direct et proportionnel avec le score des affrontements sportifs, était beaucoup plus lourd pour les BLANCS que pour les ROUGES !) — mais lui, Yanni Bog, était toujours debout. Il restait quelques millions de condamnés à tuer ou à sauver dans chacun des camps. Le verdict éclaterait après le Grand Parcours des Héros. Une chance sur deux pour Yanni Bog comme pour n'importe quel condamné, innocent ou coupable, des blocs de la Confédération libérale et de la Fédération socialo-communiste. Sans nuance. Une chance sur deux, c'était énorme pour Yanni Bog que la terreur avait poussé comme un halluciné tout au long de cette première partie de la confrontation. Il vivait encore, et c'était presque le signe indubitable qu'il vivrait toujours, demain.

D'autres indices pour étayer cette conviction ? La présence de Slim à ses côtés. Elle l'avait choisi. Entre tous, entre des milliers, elle l'avait choisi. Il ne pouvait pas tomber, à la finale…

Cinq points pour le camp BLANC. Inespéré, après les résultats désastreux des premières épreuves ! Quand bien même cela signifiait moitié moins de héros que pour le camp des ROUGES, il fallait davantage compter avec la valeur de ces héros, qui compensait largement le nombre des autres.

Bien sûr, ils gagneraient ! Les deux précédentes GUERRES OLYMPIQUES avaient été remportées coup sur coup par les ROUGES…

Slim quitta le cabinet de toilette, toute fraîche et le regard brillant. Le collier-caméra était refermé, de nouveau, autour de son cou. Yanni Bog la désira violemment, brutalement, mais ne dit rien, ne fit rien — rien d'autre que répondre à son regard et à son sourire, en silence. Que dire et que faire après l'échec des instants précédents ? Recommencer ? Pour une nouvelle tentative qui risquait fort de se terminer comme la première, avec, en plus, une amertume cuisante — ce que la spontanéité du premier élan n'avait pas éveillé… Non. Mais il gardait en souvenir la vision du corps nu de Slim, et le goût de sa peau, et les caresses de ses lèvres sur sa peau à lui, et son regard lorsqu'ils avaient compris l'un et l'autre que tous leurs efforts ne serviraient à rien. Yanni Bog avait failli prononcer une fois de plus son expression-tic : « Je suis désolé… » Mais ce regard de Slim l'en avait empêché. Et c'était quelque chose qu'il n'oublierait pas.

« Quand tu veux, dit Slim. Pour où tu veux. »

Elle vint se planter devant lui, leva ses mains comme si elle voulait l'enlacer — mais le geste avorta, les bras retombèrent… à cause de la caméra, certainement. Elle dit :

« C'était… très bien, Yanni Bog. Je t'assure.

— J'aurais voulu…

— Ne dis rien. Et crois-moi. Je sais pourquoi, Yanni Bog. Les cigarettes ont cet effet, tu sais ? Mais cela n'a aucune importance. Il y aura… d'autres fois. »

La gorge de Yanni Bog se serra brusquement. Il acquiesça d'un mouvement vif de la tête, incapable de prononcer une syllabe. Pendant une fraction de seconde il se sentit littéralement noyé sous un déluge de bonheur brut.

« Viens », dit Slim.

Ils quittèrent la chambre, puis l'hôtel, après que Slim eut réglé la note au patron jovial. Ils se retrouvèrent dans la rue, dans la ville, dans le monde.

La rue, la ville, le monde, étaient fous. Partout, diffusée par des haut-parleurs fixes ou des voitures-radio roulant au pas, la musique planait, vibrait, dansait, explosait, les mélodies s'entremêlaient pour tisser des cacophonies sauvages. Des gens dansaient sur les trottoirs ; comme des vols de moineaux rendus fous par le printemps, des groupes s'élançaient d'un bord à l'autre de la rue, louvoyant à travers le flot des voitures. Les klaxons déchiraient les vagues de musique et les hérissaient d'une écume en dentelle découpée sur deux notes.

Des guirlandes de petits drapeaux colorés claquaient dans le soleil, d'une façade à l'autre ; les fenêtres étaient ouvertes, la folie du dehors se déversant dedans — ou c'était le contraire ?

Et toutes les rues de toutes les villes étaient semblables, sur toute la planète — à l'exclusion des quelques pays neutres et opposants. Le travail ralenti au maximum libérait des foules exubérantes, passionnées, en flots immenses qui bouillonnaient sur le foirail d'une gigantesque fête. Les stands des paris et des loteries, les boutiques de pronostics, étaient littéralement envahis, les bars, bistros, cafés en tout genre bondés d'une populace bruyante ivre d'excitation et d'alcool. L'atmosphère de délire touchait pareillement ceux qui avaient choisi de rester chez eux, devant leur poste de télévision. Tous les programmes de radio, toutes les stations, toutes les chaînes de télévision, consacraient leurs émissions à la GUERRE, aux Champions, aux Héros, que cela fût sous forme de reportages en direct, d'interviews, ou de documentaires. Résultats, rappels des scores et pronostics de spécialistes se mêlaient sur les ondes et aiguisaient les nerfs des spectateurs.

Comme à chaque fois, la tension était montée progressivement, au fil des préliminaires, puis des épreuves (selon la cote de popularité de celles-ci) et des compétitions. Mais durant ce temps-là, plus de la moitié de la population planétaire était encore plus ou moins distraite ou préoccupée par le travail et les soucis de la vie ordinaire. Avec la seconde partie de la GUERRE OLYMPIQUE et la superépreuve finale du Grand Parcours des Héros s'ouvrait le temps d'un congé généralisé qui refoulait très loin à l'arrière-plan des préoccupations tout ce qui ne concernait pas directement l'*événement*. La planète, pour quelques jours au moins, vivrait au ralenti — économiquement parlant — et sur un minimum d'activités de roulement. Passionnellement, ce serait un volcan. Toute cette tension accumulée, ignorée, ou bien mise en réserve, toute cette lave cracherait d'un seul coup. Les premiers remous du fantastique bouillonnement étaient en train de gronder. Les neuf dixièmes de la population planétaire se transformaient en hordes sauvages d'un autre âge, péniblement canalisées par des cohortes de policiers et de soldats de l'ordre.

Yanni Bog et Slim se mêlèrent au délire. Yanni Bog se surprit plus d'une fois à croire qu'il faisait lui aussi partie intégrante de cette explosion — un fragment, une particule pareillement excitée, semblable à toutes les autres. Il oubliait la « sourdine » greffée dans sa tête, et l'implant le lui rendait bien…

Slim avait dit : « Quand tu veux, où tu veux », mais il ne voulait rien de précis. Rien d'autre que s'écouter vivre après trop longtemps d'incertitude et de panique tétanisante. Ils marchèrent au hasard, remontèrent des rues, et puis d'autres. La caméra de Slim s'abreuvait aux scènes de la foule délirante. Parfois, la jeune femme laissait Yanni Bog aller devant, pour quelques pas, le temps de l'avaler et de l'inclure au cadre filmé. Elle revenait vite à sa hauteur, lui prenait la main.

Ils achetèrent des tartes et des boissons à un marchand ambulant, sur une place étroite qui cernait une très ancienne église. Il y avait également une fontaine de pierre, vasque ronde de dix mètres de diamètre surmontée d'une statue couverte de fiente de pigeons. La

Seine ne coulait pas loin, quoique invisible derrière les immeubles riverains. Le soleil était droit et chaud, transformait la place en fournaise. Ils s'installèrent sur la margelle de la fontaine, comme un certain nombre de personnages dépenaillés qui s'y trouvaient déjà, joyeux, bruyants, musiciens aux guitares de bois verni, mangeurs de sandwiches turcs spongieux de graisse et pimentés. Comme eux, Yanni Bog et Slim se déchaussèrent, retroussèrent les jambes de leurs pantalons et se trempèrent les pieds dans l'eau claire. Le fond de la vasque était constellé de capsules de bouteilles.

« Et après ? demanda Yanni Bog. Tu retourneras aux E.U.A.N. ou tu resteras ici ? »

Slim agita ses pieds dans l'eau. Elle se pencha et essaya de faire tenir debout à la surface sa boîte de jus de fruits presque vide. La boîte penchait et tombait sur le côté.

« J'ai le choix, dit Slim. Je ne sais pas. Je m'occuperai de ce film, je le proposerai. Il faudra que je termine ce stage… Je ne sais pas. Je pense que je retournerai là-bas un jour, mais pour te dire quand… »

Yanni Bog se pencha également et essaya lui aussi de faire flotter droit sa boîte de jus de fruits. C'était pareil : elle se couchait invariablement sur le côté.

« Si j'en réchappe, dit-il, tu sais ce qu'ils feront ? » Il ne la regardait pas, ne vit pas son acquiescement, poursuivit : « Je suis un "politique", classé au même régime que les droits communs 01. Ce qui veut dire qu'en cas de survivance… Ils vont me convoquer, me retirer l'ange gardien. Je serai absous, délivré. Ils me garderont un certain temps dans leurs locaux, en observation. Le temps légal est de un mois, je crois. Ils étudieront les effets de la punition sur mon psychisme et ma personnalité. Ils jugeront. Peut-être décideront-ils un léger traitement de remodelage idéologique, chimiothérapique ou autre, plus… radical. Ou peut-être que je n'aurai pas besoin de traitement… Ils me relâcheront. Je pourrai recommencer. Ailleurs et dans un autre domaine. Recommencer, oui… Pendant un temps, j'imagine qu'ils me surveilleront de près… ou bien ce ne sera même pas nécessaire. Celui qui revient de l'enfer n'a pas envie d'y retourner, n'est-ce pas ?

— Je pense, dit doucement Slim.

— C'est sûr… Je ne sais pas ce que je pourrai faire. Ce qu'ils me conseilleront — ni si je suivrai leurs conseils. Je crois que j'aimerais partir d'ici. »

Slim ne dit rien. Elle cessa son petit jeu avec la boîte de jus de fruits qu'elle posa sur son genou. De l'eau coula et fit une longue trace plus sombre sur le pantalon noir.

Le soleil était chaud sur les épaules de Yanni Bog. Quatre débraillés joyeux s'étaient mis à jouer énergiquement de la guitare.

« Ce film n'aura de valeur que s'il est authentique », dit Yanni Bog.

Slim tourna la tête dans sa direction.

« Et il ne sera pas authentique ?

— Je ne sais pas. Je ne sais pas ce que je vais te dire. Si je dois te le dire, et comment. J'ai une chance de ne pas mourir, Slim. J'ai une foutue chance !… et je la gâcherais en parlant ? Il faudrait que je te dise pourquoi nous nous sommes mis à distribuer des tracts subversifs ? Ce que l'on avait imprimé sur ces tracts ? »

Slim ne répondit pas directement à la question. Elle demanda :

« Vous étiez nombreux ?

— J'en connaissais quatre. Tous arrêtés avec moi. Jugés. Je ne sais pas où ils sont. L'ange gardien fait en sorte que nous n'avons pas envie de nous retrouver et de nous rassembler… »

L'ombre d'un pigeon en vol plané traversa l'eau miroitante de la fontaine.

« Tu sortiras ce film qui sera un témoignage accusateur, dit Yanni Bog. S'ils te permettent de le diffuser… et si tu n'es pas toi-même accusée de complot contre la sécurité du système !

— J'effectue un travail de journaliste et d'information. Ils ne peuvent pas…

— Ils peuvent tout ! » gronda Yanni Bog — et la douleur lancinante se réveilla brutalement dans sa tête, si fort et si inattendue qu'il poussa un gémissement.

Il serra les dents, continua néanmoins : « Ils peuvent tout, principalement trouver des argumentations irrécusables. Tu auras beau te défendre, invoquer la liberté de l'information — c'est ce qui les fera rire le plus fort ! La liberté de l'information existe à condition qu'on ne l'utilise pas, à condition de ne pas la brandir comme un étendard ! Ils ne permettront jamais la diffusion de ce document, Slim. Jamais. Ou alors, ce sera un document bidon, sans danger, juste un spectacle mélodramatique dans les normes, avec le piment de la nouveauté de l'approche en plus… Mais ce ne sera pas ce que tu veux. »

Il se tut un instant, les lèvres sèches. Il avait un peu l'impression que son cerveau se rétrécissait, et avec lui le paysage alentour. Il but ce qui restait de jus de fruits dans sa boîte, puis se fouilla à la recherche des cigarettes que lui avait données Slim. Ses gestes étaient saccadés. Slim lui donna du feu… À la deuxième bouffée, ce soupçon de malaise s'estompait, sa vision redevenait claire et normale. La lourde présence parasitaire demeurait dans sa tête.

« Et moi, dit-il, ils me garderont dans leurs hôpitaux. Ils ne me lâcheront pas si facilement, contrairement à ce que tu dis. Le vedettariat ne changera rien. Ils ne laisseront pas filer aussi facilement un type qui a trouvé le moyen de poursuivre ses attaques contre le système alors qu'il était sous ange gardien ! Ou alors, ce type, ils le lâcheront après en avoir fait quelque chose de *vraiment* inoffensif. Et cela servira encore d'exemple dissuasif pour les futurs candidats à la rouspétance, les futurs délinquants de tous acabits que produisent toutes les formes de société…

— J'attendrai, dit Slim. Je ne proposerai pas immédiatement le document. J'attendrai le jour de ta sortie : tu seras délivré et ils ne pourront plus rien contre toi.

— Ils peuvent ce qu'ils veulent. Ils ont derrière eux des millions d'individus (si l'on peut encore employer ce mot) qui les soutiennent aveuglément dans leurs efforts. Ils sont la paix et le bon droit, ils sont la main de Dieu, la sagesse…

— Tu visionneras et monteras le film avec moi, Yanni Bog. Je te l'ai promis. On ne me laissera peut-être pas faire ce que je veux, c'est vrai, au niveau de la C.T.P. 04, mais pas dans le sens que tu crois. Eux non plus ne seraient pas tentés de diffuser un document compromettant. Seulement, ils possèdent également de forts appuis. Ils ne risquent rien, et lorsqu'ils diffusent un document, ils couvrent du même coup son auteur.

— Ce qui signifie qu'ils ne prendront pas le risque de passer ton film.

— Ce qui signifie que l'on peut monter ce film

intelligemment, de manière qu'il fasse réfléchir un téléspectateur à son insu, par la bande. Pas d'explosif ni de sensationnel : c'est trop facile à contrer et à désamorcer. Et tu ne seras pas en danger, Yanni Bog. »

Il eut un frisson, un tressaillement vif des épaules. Il rejeta un lourd jet de fumée par les narines.

« Tu pourras aller où tu veux, dit Slim. La C.T.P. 04 t'aidera. Non seulement en te payant largement, mais en te donnant la possibilité de changer de visage, si tu veux. Tu deviendras un autre. N'importe quel pays neutre t'accueillera sans problème, et ne parlons pas des nations opposantes. Ou tu pourras décider d'habiter un pays de ton choix, en restant dans l'ombre de la C.T.P. 04, en faisant carrière au sein de celle-ci, si tu veux. Il existe mille et une possibilités. Tout sera fait pour garantir ta sécurité. Je te le promets.

— Toi, je te crois, dit Yanni Bog. Si je ne t'avais pas crue tout de suite… »

La cigarette était presque terminée, entre ses doigts ; un maigre fil de fumée montait dans le soleil. Yanni Bog jeta le mégot dans l'eau.

« Quelle est la raison qui pourrait les pousser, vraiment, à diffuser un film pareil ?

— La nouveauté, l'impact spectaculaire, dit Slim. On peut jouer sur ces deux critères pour proposer des éléments de réflexion qui ne soient pas obligatoirement nuls. »

Yanni Bog ne répondit pas. Il regardait flotter le mégot éteint sur les vaguelettes étincelantes, bougeait les pieds pour créer de nouvelles ondes.

Il pensait : « J'ai une chance. Une chance de m'en tirer. C'est la fin de la première partie des jeux et je n'aurais pas cru que j'y arriverais vivant. Mais j'y suis arrivé. J'y suis arrivé, et j'ai une chance sur deux de rester en vie après le Grand Parcours. » Il pensait : « Je serai parmi les survivants. Ils me surveilleront un moment, puis ils me relâcheront. Je serai de nouveau un citoyen libre… Peut-être qu'ils font en sorte qu'on n'ait même plus envie de se dresser contre eux ? Peut-être qu'ils nous mettent véritablement à l'abri ? » Il se disait : « Pourquoi est-ce que je courrais ce risque ? Pourquoi lutter encore ? Changer de visage et d'empreintes, me faire trafiquer le fond de l'œil et les circonvolutions des oreilles ? Pourquoi me cacher ? Pourquoi avoir peur, jusqu'au bout, toujours… avoir peur qu'un agent de justice ne vienne un jour frapper à ma porte ? Pour un film qui, de toute façon, ne provoquera pas l'ombre d'un résultat ? Un film qu'ils regarderont et qu'ils oublieront aussitôt ? Il n'y a que Slim pour croire le contraire. Pourquoi risquer une prochaine GUERRE OLYMPIQUE dans les rangs des condamnés coupables de premier plan ? »

Les réponses à ces différentes interrogations se chevauchaient, s'emberlificotaient ; elles étaient positives et négatives, contraires, s'annihilaient : elles n'étaient pas encore UNE réponse.

Un peu après 7 heures, ce dimanche, Sanzo Aeschillem reçut par téléphone la liste officielle des épreuves (il y en avait sept) du Grand Parcours des Héros, ainsi que celle des noms des héros désignés pour les deux camps. Les ordino-compteurs avaient fait leurs calculs, supervisés par les comités des organisateurs des deux blocs ; ils tenaient compte, naturellement, des points acquis par chaque camp après les résultats des différentes compétitions de la première partie, mais aussi d'un certain nombre d'autres facteurs (tels que le nombre de victoires et défaites enregistrées dans les équipes nationales pour chaque discipline au cours des éliminatoires, la somme faite pour chaque camp ; le nombre de condamnés pour chaque bloc au début des affrontements ; le nombre actuel de ces condamnés, après les ponctions et les pertes dues aux défaites des champions éliminés au cours des épreuves sélectives et finalistes ; le chiffre de victimes globalement prévu par les ordinateurs de la démographie/stabilité/équilibre ; les forces respectives des deux adversaires, leurs chances de victoire, calculées très étroitement par les services de prospective de la Pronostics et Loteries planétaires ; d'autres paramètres, encore, codés « incidences périphériques », dont le détail échappait certainement aux lecteurs et programmateurs des organisations eux-mêmes…).

En clair, et en fin de compte, le Grand Parcours des Héros comporterait 7 (sept) épreuves, ordonnées comme suit : 1) 600 m/pièges. 2) Haltérophilie. 3) Lancer de haches. 4) Pugilat. 5) Moto-Glace. 6) Tir à l'Arc. 7) 30 km-course à pied. Le départ du Grand Parcours serait donné à 15 heures (fuseau Denver Lake).

Les organisateurs (et leurs complices ordinos) accordaient dix héros au camp BLANC, vingt et un au camp ROUGE.

Un de ces héros franchirait en vainqueur la ligne de but, sauvant plusieurs centaines de milliers de personnes, tuant plusieurs centaines de milliers d'autres personnes.

Sanzo se rua dans le local voisin où se reposaient Jorge Calmann et Varnan Sal. Da Rica. Dans son appart, Coggio dormait.

« Ça y est ! s'écria Sanzo. Varnan, tu vas avoir d'ici peu une réunion de combat avec tes collègues ! »

Tous trois étaient livides, les traits tirés par la fatigue. Ils ne tenaient nerveusement et physiquement que grâce aux injections de défatigants et excitants divers, aux pilules généreusement distribuées par Jorge. Ce qui n'empêchait nullement l'épuisement de leur tailler des masques très marqués.

« On a plus d'une chance sur deux, dit Sanzo, après avoir lu les informations à ses deux collaborateurs. Coggio a certainement fait un effet bœuf ! Dans les sept épreuves, il y en a trois qu'il a remportées en première partie.

— Et pour ces trois-là, il va avoir les autres sur le dos, dit Varnan. Il va être le point de cible de vingt et un gaillards prêts à tout.

— À toi de nous mettre une belle tactique au point avec tes petits camarades », dit Sanzo gaiement.

Le téléphone sonna. Varnan décrocha, dit : « Oui, parfait ! », raccrocha. Il se leva du lit sur lequel il était assis.

« On va te la mettre au point, ta belle tactique », dit-il.

Il sortit.

Sanzo regarda Jorge, puis il soupira longuement. Ses mains tremblaient : il les plongea dans ses poches.

« Demain, à cette heure…

— Tu dormiras, sourit Jorge. Et moi aussi.

— On a réellement des chances, dit Sanzo. Tous les pronostics vont dans ce sens. On est cotés sept contre un, ce n'est pas si mal. »

Il laissa traîner son regard autour de lui, sur ce décor impersonnel, froid, dont il connaissait tous les détails sur le bout de l'habitude… alors qu'il n'y avait même pas vraiment de détail susceptible de retenir l'attention.

« On sera hors de cette prison, dit-il. Bon Dieu… dire qu'au-dehors, c'est la fête partout ! Même dans les logements des champions non sélectionnés, ici, à deux pas… Et nous autres… Est-ce que tu crois qu'ils vont laisser Pietro participer au pugilat ? C'est là que tous les autres vont l'attendre…

— Ils vont faire leur travail le mieux possible, dit Jorge. Et je ferai le mien. Et toi le tien. On fera tous notre boulot.

— Et Virginia ? s'enquit Sanzo.

— R.A.S. Qu'ils ne viennent pas nous emmerder avec ça en ce moment. »

Sanzo eut un léger mouvement des épaules. Il retira une main de sa poche, se frotta les paupières.

« Tu as raison, dit-il. Certainement, demain, à cette heure, je dormirai.

— À moins, sourit Jorge Calmann, que tu ne fasses la vedette devant les caméras de toutes les télés du monde, au côté du héros des Héros… À moins que tu ne discutes un contrat fabuleux avec un éditeur qui te sommera de raconter ta vie, pour la cassette-livre événement du siècle… de quoi signer en beauté une carrière de dopeman exemplaire !

— Ne déconne pas », dit Sanzo.

Mais son œil épuisé brilla.

Les chiffres officiels annonçaient pour la 12e GUERRE OLYMPIQUE :
7 307 419 condamnés recensés pour le camp BLANC de la Confédération libérale.
6 201 003 condamnés recensés pour le camp ROUGE de la Fédération socialo-communiste.
Au terme des finales de toutes les compétitions, en première partie du conflit, avant le Grand Parcours des Héros, les victimes du camp BLANC étaient au nombre de 3 110 010. Les victimes du camp ROUGE étaient au nombre de 1 567 000.
Le chiffre global des victimes était de 4 677 010.
Restaient 3 197 409 condamnés en vie pour le camp BLANC.
Restaient 4 634 003 condamnés en vie pour le camp ROUGE.
Si les ROUGES sortaient vainqueurs à l'arrivée du Grand Parcours des Héros, le total des victimes de la GUERRE s'élèverait à :

4 677 010 + 3 197 409 = *7 874 419*.

En cas de victoire des BLANCS, le total des victimes s'élèverait à :

4 677 010 + 4 634 003 = *9 311 013*.

Les ordinateurs de la démographie avaient prévu et recommandé un chiffre idéal de victimes de l'ordre de : *10 000 000*.

13

Le visage de Razva Dolico parut s'effondrer sur lui-même, comme si ses traits plats se trouvaient attirés à l'intérieur sous l'effet de quelque force gravifique extraordinaire dont le point central se serait trouvé au centre de sa tête. Il était blême ; ses petits yeux profondément enchâssés dans les orbites cernées de graisse fixaient le revolver braqué sur sa personne. Puis son regard remonta le long du bras armé et se posa sur le visage incroyable de Mager. La rougeur, sur ses pommettes, grandit ; peu à peu, la peau de son faciès reprit une coloration normale tandis que ses traits crispés se détendaient et se reformaient en bon ordre. Il passa un bout de langue sur ses lèvres, ouvrit la bouche et émit un petit son bizarre : une sorte de rauquement couineur… un mot qui déraillait.

Mager Cszorblovski se tenait plus raide qu'une statue de pierre. Indéniablement, cette attitude décidée qui s'ajoutait à sa dégaine dégageait une expression comique.

« Je ne comprends toujours pas, dit Dolico dans un souffle, après un bref raclement de gorge. Je vous assure que…

— Je vous assure, moi, dit sèchement Mager, que si vous ne faites pas exactement ce que je dis, je vous loge une balle dans la peau. Entrez dans cette maison, vite. Je ne veux pas rester ici toute la journée.

— Une balle dans la peau ? fit Dolico. Et je vous servirais à quoi, une fois mort ?… en admettant que je puisse vous être de quelque utilité vivant…

— Une balle dans la peau, ça peut vouloir dire dans la jambe, le pied. Ça peut faire mal sans tuer. Entrez dans cette putain de maison ! »

Mager avait crié. Sa main gauche qui pendait s'agita nerveusement ; il se mit à claquer des doigts. Au contraire, le reste de sa personne était toujours aussi rigide. Il éprouvait une certaine sensation de jouissance à se découvrir aussi décidé, inébranlable, absolument pas ému par ce rôle qu'il était obligé de jouer.

Dolico dut enfin se résoudre à l'évidence, comprendre que ce petit personnage à la face incompréhensiblement hilare n'était qu'un bloc de volonté farouche tendue vers un objectif unique, et qui ne dévierait pas d'un pouce. Un cinglé, peut-être ? D'une manière ou d'une autre, fatalement, un cinglé, oui. Raison de plus pour ne pas l'énerver inutilement…

Il serra sur son ventre la boîte de carton, s'apprêta à monter sur le perron — la voix de Mager l'immobilisa :

« Qu'y a-t-il dans cette boîte ?

— Rien. Rien d'important. Des soldats de plomb.

— Des *quoi* ?

— Des soldats de plomb. Des figurines. Je collectionne les soldats de plomb : on en confectionnait de superbes jadis, quand la guerre était encore aux mains des militaires. Je collectionne ces objets. J'en ai le droit, me semble-t-il ! »

Il donnait l'impression d'être gagné par l'énervement.

« Montrez », dit Mager.

Dolico se pencha, souleva le couvercle de la boîte. Effectivement, quelques figurines de métal gris et mat étaient alignées sur un fond de coton. Dolico referma la boîte.

« Je suis allé en acheter plusieurs spécimens hier, dit-il. J'avais oublié cette boîte dans ma voiture. Je vous préviens, mis à part cette collection, je ne possède rien qui ait quelque valeur. Même si vous volez cette collection, vous ne pourrez pas la monnayer : nous sommes très peu de collectionneurs, nos pièces sont connues et répertoriées. Vous ne pourrez pas les...

— Foutez-moi la paix avec vos jouets, dit Mager. Entrez. »

Dolico soupira, jeta encore un coup d'œil au revolver, puis obéit.

Le hall était large, sombre, avec des murs recouverts de lambris en mauvais état. Ce couloir devait traverser toute la profondeur de la maison pour s'ouvrir à l'autre bout sur une porte vitrée qui donnait sur de la verdure. Au-dessus de cette porte, un escalier tournait et menait à l'étage. Deux autres portes étaient découpées dans chaque paroi du hall, à droite et à gauche.

« Où est votre laboratoire ? demanda Mager.

— Mon laboratoire ?

— Votre salle d'opération, si vous préférez. L'endroit où vous pratiquez vos travaux. »

Dolico haussa une fois de plus les épaules. Il soupira.

« Écoutez, mon ami... Une fois encore, je vous assure que...

— Je vais vous taper sur la tête avec ce revolver, dit Mager. Ensuite, peut-être que vous comprendrez que je ne rigole pas. Reculez un peu. » Dolico recula de deux petits pas. « Ne bougez plus. Qu'y a-t-il derrière cette porte ? »

Mager ouvrit lui-même le premier panneau à sa gauche : la pièce était une salle à manger généreusement éclairée, mais pauvrement meublée : une table d'un style inconnu de Mager, mais ancien, un vaisselier, quelques chaises. Une suspension de bois lourd et noir tombait du plafond. Sur le parquet noirci, un tapis de haute laine. Mager referma la porte.

« Et là ? fit-il, désignant la première porte à droite.

— C'est un salon. Un bureau. Je m'y tiens le plus…

— Ouvrez. »

Dolico ouvrit la porte, amorça un mouvement de retrait comme s'il voulait s'effacer pour laisser entrer Mager. Celui-ci fit un geste de sa main armée et Dolico entra dans la pièce. Mager le suivit à deux mètres.

Ici encore, de grandes fenêtres : quatre en tout, sur les murs extérieurs qui formaient l'angle de la maison. Trois d'entre elles étaient closes par les volets, mais les battants vitrés étaient entrouverts. La lumière était douce et filtrée. Tous les murs libres étaient recouverts par des rayonnages de bibliothèques qui pliaient sous le poids des livres et des dossiers : c'était souvent le contenu du rayon inférieur qui empêchait l'étagère du dessus de plier comme un cintre parfait. Il y avait également un grand nombre de vitrines plates accrochées aux montants des bibliothèques, et des soldats miniatures peints de couleurs vives étaient épinglés sur des fonds de velours cramoisi, comme des papillons dans leurs cadres. D'autres vitrines, horizontales celles-là, reposaient sur des tables disséminées dans toute la pièce : ici, c'étaient des paysages entiers qui étaient modelés dans le plâtre coloré, de véritables scènes de batailles reconstituées. Mager s'approcha de la première vitrine et essuya, du coude, la poussière qui recouvrait la vitre protectrice. Pendant quelques secondes, il plongea tout entier dans cet univers miniaturisé qui figeait une scène de bataille historique. Il lut : « Austerlitz », et une date, sur une plaque de cuivre chargée de vert-de-gris, vissée au socle de la vitrine.

« Sans blague, dit-il en regardant Dolico, je n'avais jamais vu ce genre de collection… Et vous jouez avec vos petits soldats ? »

Dolico posa sa boîte à côté d'autres semblables, sur le plateau d'un grand bureau recouvert d'une sorte de feutrine verte incrustée de poussière.

« Je ne joue pas ! dit-il. D'autres collectionnent les trains miniatures, les boîtes d'allumettes, les couvercles de boîtes de fromage ou les journaux de bandes dessinées. Ce n'est pas un jeu.

— D'accord, dit Mager. Où est votre local de travail ?

— Mais je vous dis que… »

Mager fit un bond en avant. Sa musette sauta et rebondit contre sa hanche. Il frappa vivement, sec, de la crosse de son arme sur l'épaule de Dolico. Le gros homme gémit, recula, leva un bras pour se protéger. Mais Mager avait reculé, lui aussi.

« Maintenant, dit-il, vous allez me répondre. Ne pas jouer les idiots. Bon Dieu, que risquez-vous donc ? Je suis un véritable condamné, vous pouvez vérifier !… Je ne vous frapperai plus, je ne vous veux pas de mal. Mais si vous continuez à faire l'imbécile, je pulvérise vos vitrines et vos sacrés soldats dedans, les unes après les autres. Je transforme tout cela en une montagne de miettes… et ensuite je m'intéresse à votre personne. Emmenez-moi dans votre salle d'opération, tout de suite… ou je me mets au travail. »

Le teint de Dolico, dans la semi-pénombre, ressemblait à celui des figurines sous les vitrines. Il bafouilla quelques sons incompréhensibles tandis qu'une expression de colère sourde se peignait sur son visage. Il fit un geste vague des deux bras : un geste vaincu. Du dos de la main, il essuya son front luisant.

« Suivez-moi, dit-il. Vous avez gagné. »

Un petit hoquet joyeux fit tressauter Mager Cszorblovski. Sa bouche était un fil aux extrémités relevées. Même son œil poché brilla.

Il suivit Razva Dolico à travers la pièce. Une toute nouvelle sensation de force l'habitait ; il se découvrait puissant, intraitable et décidé, et ce rôle lui plaisait : jamais il n'avait eu l'occasion de le jouer auparavant — même lorsqu'il avait égorgé Génia, cela n'avait rien de commun, rien à voir avec la puissance, au contraire, c'était même le niveau le plus bas de la faiblesse. Les renseignements que lui avait fournis Gyula, son camarade et partenaire, étaient fondés. Mager venait de remporter deux victoires tout à fait gratifiantes et bienvenues, après son calvaire des jours écoulés et les épreuves avilissantes qu'il avait dû subir au cours de la nuit précédente : la première en osant prendre contact avec Dolico, la seconde en obligeant ce dernier à reconnaître ses occupations clandestines et tout à fait illicites de « scieur de têtes »…

Comme dans ces vieux feuilletons populaires que la télé rediffusait quelquefois, Dolico s'arrêta devant un panneau de la bibliothèque, toucha une moulure, ou Dieu sait quoi, et le panneau pivota sur lui-même, démasquant un passage.

« Sans blague ! » s'exclama Mager, il retint la bouffée de fou rire qui lui picotait l'arrière-gorge.

Dolico actionna un commutateur électrique. Il s'engagea dans l'escalier qui descendait, toujours dans la meilleure tradition, et Mager l'accompagna. Il compta une trentaine de degrés.

Dolico poussa la porte, au fond d'un étroit couloir.

C'était une pièce carrée, de six mètres sur six, environ, haute de trois mètres. Le sol, les murs et le plafond étaient uniformément recouverts de carrelage de faïence blanche. Un immense plafonnier circulaire, muni d'un réflecteur métallique, diffusait une lumière aveuglante, droit sur la table d'opération au centre de la pièce. Les autres meubles étaient des classeurs de tôle grise, des tables de rangement munies de roulettes à leurs pieds, avec de nombreux tiroirs de verre. Sur les tables, il y avait des bacs contenant un certain nombre d'instruments chirurgicaux. Contre le mur qui faisait face à la porte étaient rangés plusieurs blocs montés sur roulettes, eux aussi, mais dont Mager ne comprenait pas l'usage. Il y avait aussi un tabouret à hauteur réglable, sur lequel s'assit Dolico — et il regarda posément Mager Cszorblovski, qui le tenait toujours en respect avec son revolver.

« Vous allez brandir cet engin éternellement ? » demanda-t-il.

C'était Razva Dolico le scieur de têtes, dans son antre : il avait accepté de jouer son rôle. Mager se demanda si d'une certaine manière il n'était pas en train de perdre son avantage, si la situation n'allait pas lui échapper, d'une seconde à l'autre — si elle ne lui avait pas *déjà* échappé.

« Ne vous occupez pas de ça, dit-il. C'est mon affaire. »

Dolico hocha la tête, absolument pas convaincu. Il avait la mine de quelqu'un qui se retient pour ne pas rire. C'était inquiétant.

« Qui vous a donné mon nom et mon adresse ? demanda-t-il. Ou, plutôt, qui vous a parlé de mes activités… souterraines ?

— Souterraines… », appuya Mager, pour bien montrer qu'il avait saisi l'allusion humoristique. « Ne vous occupez pas de cela non plus. Occupez-vous de m'enlever cet ange gardien que j'ai dans la tête.

— Sous la menace de votre revolver ?

— Parfaitement. Je ne veux pas courir de risques.

— Quels risques, cher ami ? Je pratique des activités parfaitement illégales et hautement condamnables. Si je suis découvert, je ne risque même pas l'ange gardien moi-même, mais plus radicalement l'effacement psychique, ou même l'effacement total, sans autre forme de procès. Vous êtes ici. Vous me tenez, et si je vous relâchais maintenant, sans avoir fait ce que vous voulez, rien ne vous empêcherait d'aller courir à un poste des agents de l'ordre pour me dénoncer.

— C'est pourquoi vous pouvez simplement me tuer, ou me retenir jusqu'à la finale de la GUERRE, pour me supprimer ensuite si je ne fais pas partie des victimes.

— Je ferais cela ? Je vous *supprimerais* ?

— Je ne suis pas un client intéressant, dit Mager. Mes poches sont vides, je n'appartiens pas aux milieux de ceux que vous "aidez" habituellement, moyennant une très confortable somme d'argent. Je n'ai pas un kopeck. »

Dolico soutint son regard, puis soupira une fois de plus, en se tassant un peu sur son tabouret. Il avait les pieds nus dans ses savates, des ombres de crasse soulignaient ses chevilles.

« Les sommes que je demande couvrent à peine les risques que je prends, dit-il. Vous m'en faites d'ailleurs courir d'énormes, en ce moment — je parle des risques. Pourtant, croyez-le ou non, je ne vous supprimerais pas, comme vous dites. Quand on exerce mes activités, avec ce que cela comporte de danger, ce n'est pas pour l'argent uniquement. Et ce n'est pas non plus pour tuer. C'est le contraire, monsieur…

— Mager Cszorblovski », dit machinalement Mager, tout en réfléchissant à ce que venait de dire le scieur de têtes et en se demandant, distraitement, s'il ne s'était pas déjà présenté.

« Je vous assure, mon cher Mager, que votre pétoire n'est pas indispensable.

— Je crois que je vais la garder néanmoins.

— Et qu'en ferez-vous, lorsque vous serez sous anesthésie ?

— Je ne serai pas sous anesthésie, dit Mager précipitamment. Vous m'enlèverez ce truc sans m'endormir : je veux rester conscient. »

(Et il songea : « Ça y est, je ne suis plus le maître de la situation ! »… mais s'efforça de paraître toujours aussi décidé, absolument inébranlable.)

« Vous êtes fou, dit posément Dolico. Vous ne savez pas ce que vous dites. »

Mager eut une inspiration soudaine.

« Vous avez un téléphone, ici ? Un télévid, quelque chose ?

— Téléphone », dit Dolico, désignant l'appareil sur un des classeurs métalliques.

Mager se dirigea vers le meuble, mais ne fit pas trois pas. Dolico l'arrêta en posant, au passage, sa main sur son bras armé. Il ne fit rien d'autre : il posa sa main sur la manche de veste à carreaux. Tous les muscles de Mager se tendirent. Si le scieur de tête l'avait voulu, il aurait tout aussi bien pu porter un coup violent qui aurait désarmé Mager. Mais non. Il se contenta de toucher de sa main boudinée le poignet armé.

« Attendez, dit-il. Attendez un instant. »

Mager recula hors de portée. Une vague chaude de peur rétrospective l'inonda. Son estomac émit quelques gargouillis.

« Vous ne risquez rien pour le moment, dit Dolico. Il est… presque 11 heures. À 15 heures, à Denver Lake, débutera la course du Grand Parcours des Héros. Cela fait 23 h 30 ici. Comptons deux ou trois heures d'épreuves : l'arrivée aura donc lieu à 17 ou 18 heures là-bas, 1 h 30 ou 2 h 30, demain ici. D'autre part, vous avez échappé aux verdicts et sentences de l'ultime finale des éliminatoires pour la première partie de la GUERRE. Nous avons perdu cette finale de boxe, et vous êtes parmi les condamnés survivants. Donc, cela nous fait un certain temps devant nous. Nous pouvons parler un peu.

— N'essayez pas de m'endormir », dit Mager.

Dolico sourit : « Je sais : pas d'anesthésie, d'aucune sorte… Ces comprimés que vous m'avez montrés, tout à l'heure… Vous en avez encore ? Ou vous voulez que je vous en donne ?

— J'en ai. Et je préfère les miens.

— Comme vous voudrez. Mais prenez-en. Cela ne vous fera pas de mal — vous connaissez leurs effets, bon sang, je ne cherche pas à vous jouer un tour. Vous serez moins nerveux. »

Mager réfléchit deux secondes avant de suivre le conseil de Dolico. Lequel le regarda avaler les pilules et acquiesça.

« Un peu d'eau ?

— Non.

— Vous voulez manger ? Vous laver ? Vous êtes dans un état déplorable, vous savez ?

— J'ai failli être dans un état plus déplorable encore, cette nuit.

— Ah ! oui, dit Dolico. Les Damoks. Curieux jeunes gens, n'est-ce pas ? Des ultimistes, comme on les nomme aussi. Ou bien des *demonclears*, dans les pays de l'autre bloc — je crois savoir qu'il existe une sorte de jeu de mots dans cette appellation. Vous comprenez l'anglais ? Non ? Moi, un peu. Mais j'oublie.

— Je me fous des Damoks, dit Mager.

— Ha ? Vous ne devriez pas. Ils peuvent vous être utiles. Ils ne sont pas si méchants qu'on croit, vous savez ? J'en vois souvent, ici. Pourquoi s'appellent-ils les “Damoks”, vous le savez ? Cela vient de “Damoclès”… L'épée de Damoclès, vous voyez ? C'est à cause de cela. L'épée de Damoclès, suspendue sur nos têtes, prête à tomber… L'épée de la justice quand nous sommes citoyens libres, celle de la punition et de la mort quand nous sommes condamnés. Ils sont cyniques et violents, jouent aux “condamnés” sous le prétexte qu'ils le seront tôt ou tard… Ils résistent en “prenant les devants”. Ils prônent l’ivresse de vivre à fond l’instant ultime, à chaque seconde…

— Et la justice frappe de pauvres types, dit Mager, mais elle n’inquiète pas ces voyous. »

Dolico leva ses mains boudinées, en un geste apaisant, les reposa sur ses genoux. Il était différent de ce qu’il donnait l’impression d’être au début de la rencontre ; une intelligence vive ainsi qu’une chaude humanité brillaient dans ses petits yeux décolorés, incontestablement.

« La justice les tolère, dit-il, jusqu’à ce qu’ils commettent de véritables mauvaises actions. S’ils sont coupables, ils sont punis. Et ils le savent, car ils ne sont pas fous. C’est pourquoi ils ne vous ont pas réellement fait de mal, cette nuit !

— Ils m’ont chié dessus ! s’écria Mager. Ils m’ont…

— Ils auraient pu vous tuer, coupa Dolico, tranquille. Vous avez prononcé mon nom devant eux ?

— Peut-être… je ne sais plus…

— Vous avez dû le faire… ou alors ils ont compris… Sinon ils auraient pu vous ennuyer bien plus longtemps. Ne les vouez pas aux enfers, Mager. Nombreux sont ceux qui sortent d’ici », il tapota le bord de la table d’opération, derrière lui, « et qui sont heureux de trouver refuge parmi les Damoks.

— Vous voulez dire que…

— Vous avez compris, mon cher ami. Moi, je retire un ange gardien, je désamorce une bombe, et c’est tout. Je ne m’occupe pas de reconditionnement psychologique ou idéologique. Un voleur qui sort d’ici sera toujours un voleur, s’il en a envie, mais il sera avant tout *vivant*. Mon désamorçage équivaut à la mort, pour les ordinateurs de contrôle permanent — une de ces nombreuses morts *naturelles* non provoquée par les anges gardiens, en cours de GUERRE ou non. Mais l'homme que j'ai sauvé est vivant. Il lui faut un bout de temps avant de se reforger une identité passe-partout. Les Damoks l'accueillent et lui fournissent la couverture indispensable. »

Mager dit : « Les forces de l'ordre n'ignorent pas que certains condamnés passent par les services des scieurs de têtes. Et ils surveillent les Damoks…

— C'est vrai, sourit Dolico. Mais un évadé, dans les rangs des Damoks, se tiendra tranquille, car c'est son intérêt profond. Celui qui a vécu une fois avec un ange gardien dans sa tête et qui en réchappe…, celui-là y réfléchit à deux fois avant de courir le moindre risque qui pourrait l'enchaîner de nouveau. Et tout le monde est content…, même la police de l'ordre, pour qui les bandes de Damoks sont une manière de soupape de sécurité pour certains qui, sans cela, finiraient délinquants… S'ils deviennent délinquants, malgré tout, les agents de l'ordre savent où chercher… »

Mager laissa glisser un peu de silence tout autour de lui, sur les meubles lisses, sur le carrelage blanc. Il tressaillit :

« Je ne suis pas ici pour parler des Damoks », dit-il.

Dolico eut de nouveau ce geste las, qui était une sorte de haussement d'épaules mou.

« Vous devriez vous familiariser avec eux, Mager. Vous êtes condamné à une ou deux GUERRES ?

— Une seule. Circonstances atténuantes : crime passionnel ; j'ai égorgé une fille.

— Cela signifie que si vous échappez à cette GUERRE, vous serez du régime D.C. 02, et réinséré après une période donnée de remodelage psycho. Bien sûr… ce n'est pas la peine de vous intéresser aux Damoks, vous avez raison.

— Comprends pas, dit Mager.

— Si vous aviez été condamné à deux GUERRES — c'est-à-dire, en cas de survie après celle-ci, à garder votre ange gardien jusqu'à la prochaine, dans deux ans —, j'aurais pu prendre mon temps, vous opérer dans un mois. À la suite de quoi, les Damoks vous auraient recueilli un certain temps. Vous auriez même pu vous cacher dans leurs rangs en attendant l'opération. »

Un courant froid traversa Mager de part en part. Il s'écria :

« Il n'est pas question de m'opérer dans un mois, bon Dieu ! Un mois ? Mais c'est dans moins de vingt-quatre heures que je risque de claquer !

— Je sais, dit Dolico. C'est malheureusement un risque que vous devez courir. Je ne peux rien pour vous. »

Les larmes jaillirent si brutalement de ses yeux que Mager en fut le premier étonné. Le désespoir, comme une masse, lui était tombé dessus… sans pour autant l'anéantir, avivant au contraire sa détermination farouche.

« Rien pour moi ? cria-t-il. Vous êtes scieur de têtes et vous allez m'enlever cette saloperie ! Vous savez le faire. Je m'en fous, perdu pour perdu, je vous abats, si vous ne voulez pas ! »

Dolico avait réellement l'air malheureux. Son crâne chauve brillait de nouveau, tout emperlé de sueur. Il regardait ces larmes qui ruisselaient sur le visage atrocement comique de Mager Cszorblovski.

« Je suis désolé, dit-il. M'abattre ne résoudrait certainement pas votre problème.

— Ni le vôtre, nom de Dieu. C'est facile de me dire d'attendre le verdict de la GUERRE ! Une chance sur deux… Eh bien, vous seriez mort, et j'aurais toujours une chance sur deux.

— Et si je vous opère, si cela réussit, vous aurez toujours une chance sur deux d'être repris. Quant à moi, j'aurai deux chances sur deux d'être arrêté. Je sais que c'est atroce, mais vous devez attendre le verdict, mon cher ami. Si vous en sortez vous serez *vraiment* libre. Vous pouvez aussi bien tenter vous-même de vous extraire cet implant, ce serait aussi fou et aussi risqué que de me forcer à vous opérer.

— Je n'ai pas d'argent, c'est ça ?

— Ne soyez pas idiot, Mager.

— Alors pourquoi ?

— Pourquoi ? » L'œil de Razva Dolico brilla d'une soudaine colère impuissante. « Vous ne connaissez rien de ces implants ni de leur fonctionnement ! Vous n'ignorez pas que vous êtes relié directement à un ordinateur de contrôle, qui vous suit à la trace, où que vous soyez ! Les informations sont emmagasinées dans la mémoire de ce central, et tout le monde s'en fout, si j'ose dire, tant que rien d'anormal ne se signale aux programmes-gabarits de contrôle. À la première anomalie, par contre, l'attention de l'ordinateur est éveillée. Et la déconnexion d'un implant, le désamorçage non prévu de sa charge, voilà de sérieuses anomalies ! Dans les deux secondes suivantes, votre position serait détectée — et la mienne avec. Pas question de faire croire à une mort naturelle, dans ces conditions : l'opération brutale, sans précautions préalables, ne laisse pas le moindre doute. »

Les mots tournaient dans la tête de Mager. Sa langue

était en train de sécher, amère, gonflée. Une cruelle migraine enflait.

Razva Dolico poursuivit, penché en avant, les coudes aux genoux, croisant et décroisant ses doigts :

« Votre ange gardien fonctionne de la manière suivante : un implant d'électrodes est fiché dans votre amygdale cervicale et couvre une certaine zone inhibitrice d'excitation. La transmission de ces ondes cervicales est effectuée par stimocepteur, à un veilleur, appareil à électro-encéphalographie/ordinateur. Par processus de feed-back direct, cet ordinateur programmé pour un certain type d'ondes (votre profil déterminé de non-agressivité, ou encore d'"humeur plate") réagit dès qu'il reçoit des ondes qui ne correspondent pas à ce profil et il déclenche aussitôt la stimulation inhibitrice. C'est ainsi que ce contrôle d'humeur qui vous emprisonne et vous rend passif, absolument inoffensif pour la société, dans l'attente du jugement, vous empêche de vous rebeller. Vous en avez envie, mais vous ne pouvez pas. Cette seule idée de rébellion provoque la douleur instantanée, si elle n'est pas effacée avant même de se formuler consciemment. Cet état passif n'empêche pas la souffrance, la peur, l'angoisse. Il arrive que cet état psychologique particulièrement profond provoque le besoin, malgré tout, de recourir à des stupéfiants. Certaines drogues agissent sur les trains d'ondes du cerveau, de plusieurs manières possibles. Dans la plupart des cas, elles gomment partiellement les effets douloureux du contrôle, en cas de pensées rebelles, ce qui permet au sujet d'avoir de telles pensées compensatrices — mais c'est tout. Ces drogues sont inefficaces en cas de pulsions violentes de type 03. Pour supporter des pulsions de type 03, et pour les cacher aux "yeux" du contrôle-implant, il faut une drogue plus efficace. La démarche intellectuelle qui aboutit à la décision de prendre contact avec un scieur de têtes, par exemple, nécessite des pulsions 03… qui ne peuvent se développer que si vous trichez, avec l'aide de ces comprimés — de puissants psychostimulants — que vous avez avalés régulièrement. »

Dolico décroisa ses doigts pour la centième fois. Il frotta ses paumes moites l'une contre l'autre, puis sur les pans de sa robe de chambre.

« Ce n'est pas suffisant, dit-il. Cela n'empêchera pas que si je pratiquais l'opération… Nous serions repérés immédiatement. Normalement, une ablation sauvage nécessite une longue préparation. Deux semaines de traitement. Une modification progressive du programme de veille des électrodes, par biochimie. Vos pilules vous ont simplement donné la possibilité d'envisager sans souffrir une opération illicite, une évasion. C'est tout. Le traitement dont je parle permet l'opération, après avoir dévié pour un certain temps la vigilance de l'ordinateur de contrôle ; un court-circuit, à la finale, donne l'information de la mort accidentelle, naturelle, mais le porteur s'est évadé et il est loin de la position fantaisiste donnée par le dernier bip. C'est ce que je voulais vous dire, Mager. Il fallait venir me voir plus tôt. Votre itinéraire, de toute façon, n'aurait pas été relevé puisqu'il ne comportait aucune anomalie. Le traitement aurait plaqué une sorte de leurre électro-encéphalographique sur la véritable émission, et le leurre aurait pris la place du modèle, après déviation minime. Toujours sans provoquer d'anomalie. Puis j'aurais déconnecté votre ange gardien et sa bombe. Toujours pas d'anomalie. Puis l'émission du leurre se serait poursuivie pendant un temps, jusqu'au court-circuit final. Vous seriez officiellement mort de mort naturelle, n'importe où, et on n'aurait jamais retrouvé votre cadavre — car beaucoup, non signalés par des proches, ne sont jamais retrouvés par les services de détection — quand ils se déplacent. L'emplacement donné de votre mort aurait pu être l'océan, un fleuve, n'importe où. Vous auriez pu vous suicider, pourquoi non ? Fou de désespoir au point de surmonter les abominables douleurs provoquées par les pulsions rebelles suicidaires. Quelque temps plus tard, vous seriez revenu me voir. Je vous aurais retiré l'implant grillé porteur du train d'ondes du leurre parasitaire. Et aucune anomalie…

« Voilà », ajouta Dolico, après avoir laissé flotter un silence, sans quitter des yeux Mager.

Les larmes ne coulaient plus sur les joues de ce dernier. Elles avaient séché, et laissaient des traces noirâtres dans la poussière et la saleté qui maculaient son visage. Le tracé rieur de ses lèvres tremblait.

« Vous pouvez pas m'enlever ce truc, dit-il.

— Je ne peux pas, Mager. Je suis… vraiment désolé.

— Vous ne pouvez pas m'enlever cette merde parce que vous craignez pour votre sécurité ? Parce que si vous le faites, il y aura cette anomalie qui signalera un tas de choses, et notamment le lieu, la position géographique où se sera produite l'anomalie ?

— Vous-même, vous ne serez pas à l'abri, Mager. Opérer sur un implant non "dévié" comporte un certain nombre de risques d'échec…, peut-être l'amorçage de la charge annihilatrice.

— Combien de chances pour que ça pète ?

— Une sur cent, mais elle existe.

— Si je le faisais moi-même ?

— Aucune. Cela péterait, comme vous dites, sans rémission.

— Vous allez m'opérer », dit Mager.

Il alla jusqu'au téléphone, décrocha, composa un numéro. Le numéro de Gyula Sandör.

Pétrifié, Dolico le regardait. Il balbutia :

« Ne dites rien au téléphone, par pitié, qui que vous appeliez, ne donnez pas les raisons de... »

Mager raccrocha.

Gyula Sandör ne répondait pas.

CAMP BLANC... CONFÉDÉRATION LIBÉRALE

Champions participant au
Grand Parcours des Héros

1) Pietro Coggio (France)
2) Enrique Jardenez (Argentine)
3) Georges Nase (France)
4) Griff MacLeaptom (E.U.A.N.)
5) P. Alvares-Gutti (Brésil)
6) John Strurges (G.-B.)
7) Clay Raft (E.U.N.A.)
8) Vitti Tuka (Japon)
9) Birgit Olapsen (Danemark)
10) Elke Sorg (Venezuela)

CAMP ROUGE

FÉDÉRATION SOCIALO-COMMUNISTE

Champions participant au
Grand Parcours des Héros

1) Goba N'Go (Kenya)
2) Anton Slavski (Russie)
3) Liman Kaffi (Syrie)
4) Ladislas Goronovitch (Russie)
5) Svarszo Limeck (Pologne)
6) Lip Aszorsveck (Pologne)
7) Ivan Scobb (Russie)
8) Alexandre Pioutchine (Russie)
9) Malgheb el Jeffi (Libye)
10) Bert Alloy (Chine)
11) Ni Tsi Tsan Lo (Chine)
12) Vie Alo M'mbo (Sénégal)
13) Thérésa Nabuski (Russie)
14) Matter Tsin (Malaisie)
15) Laloz Berek (Tchécoslovaquie)
16) Avran Matumba (Algérie)
17) Blade Igkor (Russie)
18) Hans Klein (Hongrie)
19) Sylvestre Nobotta (Éthiopie)
20) Sylvie Olokomba (Soudan)
21) Matli Volker (Hongrie)

14

Les médias devenaient cinglés — et le terme était faible. C'était un vrai déferlement, un raz de marée, une apothéose de commentaires délirants, d'informations, de pronostics et de paris, d'« indiscrétions », d'anticipations à très court terme et d'autres qui ne craignaient pas de s'envoler déjà vers la prochaine GUERRE OLYMPIQUE DE 2224, de souvenirs rétrospectifs des performances passées, de reportages documentaires sur la vie des héros, le tout lié par les feux de la passion et assaisonné en règle générale de tout un choix de superlatifs, parmi les plus ébouriffés, les plus osés qui se puissent imaginer. L'objectivité et la demi-teinte avaient été jetées aux orties ; la simple raison agonisait depuis belle lurette, défendue encore par quelques speakers et commentateurs de petites stations de radio — mais on n'écoutait pas ces malheureux puritains de l'information qui résistaient Dieu sait comment aux assauts de la folie généralisée. Et la même bourrasque balayait les deux camps, la même ivresse faisait danser les ondes invisibles, si peu hertziennes tout à coup, qui diffusaient et propageaient l'éloge et le dithyrambe. Il n'existait pas une station de radio, pas un programme télévisé qui n'eût livré son âme et son antenne aux appétits gloutons d'Ares et Zeus Olympien — les ancestraux fantômes revenus des Enfers.

Énervée, rapidement saoulée par les torrents de la démence informationnelle, Virginia éteignit son poste de télévision. Elle fit un essai du côté de la radio, résista pendant quelques minutes avant de tourner le bouton.

Mais la folie ne sévissait pas uniquement sur les ondes domestiquées par les médias : elle tourbillonnait partout, à l'air libre, découverte et sans fard, sur les lotissements de Red Mountain comme ailleurs. Et dans la rue devant le bungalow de Virginia Vorane. Il lui semblait que le nombre des commissaires de la sécurité attachés à sa « protection » avait encore augmenté. Tout comme la foule qui s'agitait dans le soleil.

Virginia vivait dans une sorte de cocon mou, depuis son réveil, après quelques heures de sommeil fabriqué. C'était à la fois une grande excitation, égale à l'anxiété, en même temps que l'impression de respirer hors d'elle-même : un léger décalage qui dédoublait ses sensations et les faisait se chevaucher de travers. Indiscutablement, l'angoisse gagnait du terrain. Pourtant, Virginia ne tenait pas à absorber encore quelques comprimés de drogue — qui auraient effacé cette angoisse en un rien de temps : elle en avait suffisamment avalé depuis quelque temps. Elle tiendrait le coup, jusqu'au bout.

Vers 11 heures, elle prit une douche et s'habilla : veste-tunique étroitement cintrée à manches trois quarts, pantalon à grosses multipoches bouffantes. La mode avait un côté fonctionnel indéniable : le nécessaire était en place dans les poches de Virginia.

Elle ne fit rien, sinon tourner en rond, tomber dans un fauteuil, allumer une Old Capricorn et l'écraser presque aussitôt, jaillir du fauteuil pour aller s'étaler sur le lit, etc. Elle ne fit rien, sinon écouter les vagues successives de la tension nerveuse qui déferlaient en elle, de plus en plus rapides, de plus en plus hautes et lourdes. Un peu avant midi, elle avala ces sacrées pilules. Elle se disait qu'elle avait rêvé, que c'était fini, que tout ce qu'elle avait pu imaginer n'avait aucune chance de se réaliser.

Les minutes et les secondes s'étiraient tout à coup en longueur. Abominablement.

Virginia quittait la fenêtre lorsque la voiture s'arrêta en double file, au milieu de la rue. Elle ne vit point les deux commissaires en armes qui surgissaient, échangeaient quelques mots avec leurs collègues en faction. Le coup de sonnette lui scia la tête.

Elle regarda son chrono : 12 h 10. Une bouffée rouge lui embrasa les pommettes et les oreilles. Une seconde, elle crut qu'elle allait tomber. Son cœur cognait. Elle se demanda si les pilules ingurgitées allaient encore attendre longtemps avant de produire leur effet. Elle ouvrit la porte.

Ils étaient grands et massifs, cheveux courts, bronzés (un peu trop ?), les yeux clairs et les dents blanches ; leurs uniformes gris souris, propres, étaient bien coupés, leurs chaussures noires brillaient, leurs baudriers de holster étaient impeccablement cirés, leurs casquettes penchées juste comme il convenait sur leurs fronts, leurs biobadges de sécurité épinglés aux revers de leurs vestes, ni trop haut, ni trop bas, ni trop à droite, ni trop à gauche. Ils étaient, en deux exemplaires, l'image parfaite du commissaire de sécurité.

« Bec Malenoy nous envoie », dit l'un d'eux, dans un souffle, avec un sourire rapide.

Virginia ne put qu'acquiescer de la tête. Le sang puisait dans sa gorge et derrière ses tempes.

« Prête ? » fit l'autre faux commissaire. Il ajouta, en fronçant dubitativement les sourcils : « Vous vous sentez bien ?

— Parfaitement bien, dit Virginia. Je... je n'y croyais plus. Merci. Merci beaucoup.

— Plus tard, dit le premier commissaire déguisé. Rien n'est joué. Et d'ailleurs c'est Bec qu'il faudra remercier... On ne devrait pas trop tarder, mademoiselle Vorane.

— Virginia, s'il vous plaît.

— Virginia, d'accord. Moi, c'est Lucas. Et voici André.

— Je vous suis », dit Virginia.

Ils quittèrent aussitôt le bungalow. Virginia eut l'impression de n'avoir pas mis les pieds dehors depuis une éternité. Lucas échangea quelques phrases rapides avec deux commissaires de faction, sur un ton sec et décidé. Ils furent escortés jusqu'à la voiture par un solide groupe armé qui maintenait à distance la foule des curieux. Lucas prit place à côté du chauffeur — un homme massif dans un uniforme un peu étroit — tandis que Virginia et André s'installaient à l'arrière. Il y avait un quatrième garde sur la banquette, un costaud, comme les autres, et Virginia se retrouva coincée entre lui et André. La voiture démarra aussitôt, à peine les portières claquées.

« Tout va bien ? » demanda Virginia.

André saisit un paquet grossièrement enveloppé dans du papier journal, sous le siège, et le posa sur les genoux de la jeune femme.

« Tout va bien, dit-il.

— Comment avez-vous pu dénicher ces uniformes et cette voiture ? et les biobadges qui…

— Des détails, dit Lucas, sans se retourner. Vous les connaîtrez plus tard. Il faut vous déshabiller, mademoiselle, et passer vous aussi cet uniforme. Je crois qu'il sera à votre taille. »

Virginia ouvrit le paquet. Il contenait un uniforme avec ses accessoires, chaussures et casquette comprises.

« Me déshabiller ?

— Nous n'avons guère de temps, mademoiselle. »

Ils pensaient peut-être qu'elle manifestait un excès de pudeur… mais les hésitations de Virginia étaient motivées par tout autre chose.

Les deux faux commissaires qui l'encadraient se tassèrent contre leurs portières pour lui laisser une plus grande liberté de mouvements. Elle retira sa veste ; ni l'un ni l'autre de ses compagnons ne loucha particulièrement sur ses seins nus. Elle passa une chemise claire, noua la cravate, puis enfila la veste. Elle retira son pantalon qu'elle échangea avec celui de l'uniforme, mit les chaussures. André l'aida à se harnacher avec le baudrier. Au poids, le holster était vide.

Restait la perruque de cheveux courts et noirs. Elle coiffa le postiche ; là encore, André vérifia qu'aucune mèche blonde ne dépassait.

« Bravo », dit Lucas, après un coup d'œil.

Virginia repoussa ses vêtements féminins sous la banquette ; elle avait placé les poches de son pantalon vers l'extérieur afin de pouvoir les atteindre facilement.

« Où est cachée la caméra ? » demanda-t-elle légèrement.

Le garde à sa gauche, qui ne s'était pas présenté, répliqua :

« Les caméras, c'est le domaine de Bec.

— Vous n'êtes pas de la télévision ? Dans son équipe ?

— Naturellement, fit le type. Il n'empêche que les caméras, c'est son truc, pas le nôtre. Nous autres, on fait partie de l'assistanat... »

Virginia croisa ses mains sur ses genoux. Une bonne part de son angoisse avait disparu, peut-être à cause des excitants, ou alors parce qu'elle se trouvait maintenant engagée dans l'action...

Elle regarda défiler le paysage à travers les vitres teintées. Ils avaient quitté le quartier de Red Moutain — les gardiens, à la barrière, les avait laissés passer sans difficulté — et roulaient maintenant dans les banlieues de Denver Lake. Partout, c'était la même foule, la même circulation, les haut-parleurs et la musique, les décorations de guirlandes, les banderoles aux portraits des héros tendues sur les façades. La liesse populaire...

« Direction ? » demanda Virginia, après que la voiture, quittant la banlieue, eut emprunté une bretelle d'autoroute vers le nord.

« Le circuit du Grand Parcours, évidemment, dit Lucas.

— Et... Bec ?

— On doit le retrouver devant l'enceinte, normalement, dans moins d'une heure. »

Virginia se tut. Le silence s'installa à l'intérieur de la voiture, bercé par le ronronnement sourd du moteur. La circulation était fluide, il y avait très peu de voitures pour rouler en sens inverse. Tous les véhicules appartenaient à la sécurité, ou alors aux organismes officiels. Ils ralentirent, à un moment, et ce fut le premier barrage, sur la route à deux voies qui serpentait maintenant dans la montagne. Le contrôle fut rapide, décontracté, uniquement visuel : les gardes armés jetèrent un coup d'œil sur les biobadges, ainsi que sur l'ordre de mission collé au pare-brise. La voiture se remit à rouler.

Virginia étouffa un soupir ; elle essuya les paumes de ses mains sur son pantalon.

« Nerveuse ? demanda André.

— Un peu, oui, tout de même.

— Vous jouez une sacrée carte, hein ? dit Lucas, retourné sur son siège. Vous avez peur qu'il vous laisse choir ? Ou bien quoi ?

— J'ai mes raisons, dit-elle. J'en parlerai peut-être à Bec. »

Elle se pencha en avant et fouilla la poche de son pantalon plié sous la banquette. Elle en sortit une trousse extra-plate de maquillage, l'ouvrit et se contempla dans le petit miroir.

« Pas d'erreur, dit-elle. Le déguisement est parfait... »

Elle essuya un peu de la sueur qui perlait sur les ailes de son nez, referma la trousse. D'un geste tout à fait normal, elle la glissa dans la poche de sa veste d'uniforme. Ses yeux brillèrent.

« Tous les contrôles seront-ils aussi faciles ? » demanda-t-elle.

Elle se serait bien mise à chanter...

« Les contrôles qu'on franchira sur cette route, avant l'enceinte, oui, dit Lucas. En principe. Les véhicules qui utilisent cette voie appartiennent tous à la sécurité ou aux organisations officielles, y compris les équipes d'information sélectionnées.

— Et les héros qui vont aller sur le circuit.

— Pas question. Ils se rendront là-bas en hélico. On

se contente d'un contrôle simple, pour ce trajet. Les fraudeurs sont inexistants — ils seraient de toute façon refoulés à l'enceinte.

— Mais nous… nous sommes ici. Et nous sommes fraudeurs.

— Sûr ! approuva Lucas. Bec doit avoir une fameuse idée derrière la tête, pour franchir l'enceinte. Là-bas, c'est l'empire du contrôle électronique : nos biobadges peuvent faire illusion, à la vue, mais pas question de tromper un mouchard à sonde infra. Oui, il faut que Bec soit rudement malin… »

« Ou bien qu'il le soit encore plus que tu n'imagines ! songea Virginia. Peut-être qu'il n'a jamais envisagé la possibilité de franchir l'enceinte, parce qu'il sait que c'est impossible… peut-être qu'il se contentera d'un reportage sur l'échec d'une fiancée de héros… »

Elle réfléchit et tourna ce problème dans sa tête, sans dire un mot, les lèvres serrées et le cœur battant de nouveau la chamade. Déjà, que Bec Malenoy, simple prolongement sur le continent américain de Birdie Post, ait pu mettre sur pied ce début de mascarade, en se procurant tous les déguisements, accessoires et figurants voulus… déjà, cela frisait le miracle, à bien y réfléchir. Quoique… évidemment, Télé France 3, principale filiale d'Eurobloc TV, se trouvait derrière lui…

Bien.

De là à mystifier tous les déploiements de la sécurité à l'intérieur de l'enceinte…

L'immense stade avait été construit en altitude, utilisant une vallée perdue encastrée entre les montagnes, sur le contrefort des plus hautes chaînes. Il avait une forme ovale de plusieurs dizaines de kilomètres de long, une douzaine de large. Un espace nu de sable brûlant, avec les pistes bétonnées nécessaires à la pratique de certaines disciplines, distribuées çà et là, ainsi que le réseau de voies réservées aux camions de télé, aux suiveurs et arbitres, les cabines des jurys. Il n'y avait rien d'autre. Pas un seul endroit réservé aux spectateurs puisque les spectateurs en direct n'étaient pas admis. En revanche, les points d'observation de la sécurité ne se comptaient plus.

Outre la défense naturelle offerte par le cirque montagneux et ses parois abruptes (occasionnellement rectifiées par la machine), le stade était cerné par la fameuse enceinte : une muraille de béton aveugle, haute de plusieurs mètres, surmontée par un réseau électrifié doublé d'un circuit de veille électronique, et percée d'une ouverture unique vers laquelle filait cette route — construite elle-même, d'ailleurs, tout exprès pour la GUERRE.

Pour couronner le tout, un incessant ballet d'hélicos se déroulerait dans les airs.

Et Bec Malenoy était censé avoir découvert le moyen de percer ce bouclier…

À 13 heures, ponctuels, ils arrivèrent au bout du chemin. Le paysage était tout à fait grandiose, avec les flancs arides de la montagne, épluchés par le soleil, qui s'élançaient vers le ciel, si haut qu'on aurait pu croire les nues bleues enfermées, elles aussi. Pas un arbre, pas l'ombre d'une touche verte. De la pierre rousse, de la caillasse poussiéreuse, du roc. Et le ruban d'asphalte blême de la route, le parking gigantesque, le barrage blanc de l'enceinte qui réverbérait la chaleur et la lumière à vous en crever les yeux ; les voitures stationnées devant la porte, les uniformes innombrables qui se mouvaient dans l'air vibrant. À gauche de la porte, au pied de la paroi rocheuse, il y avait l'aire d'envol et d'atterrissage d'une escouade d'hélicos, au périmètre grillagé.

Et le silence… Le silence, dans cette lumière, dans cette chaleur, dans cette poussière, le silence comme s'il en coulait, par un million de sources invisibles creusées dans le mur de pierre rouge, le silence d'un autre monde, que cent conversations entremêlées n'entamaient même pas, ni les brassements aigus de l'air tranché par les pales d'hélicos et les clapements des rotors…

La voiture s'immobilisa à l'extrémité gauche du parking et à moins de cent mètres de l'aire des hélicos.

« Où est Bec ? » demanda Virginia.

Lucas laissa passer quelques secondes.

« Je ne sais pas, dit-il. Il ne devrait pas tarder. »

Coggio se laissa bercer un instant par le brouhaha agréable qui ronronnait dans la grande salle claire. Il était assis sur une des tables de massage et balançait ses jambes. Comme tous, il avait le corps huilé, était vêtu d'un short court et large — blanc —, chaussé de fines Dilax à semelles souples et tiges lacées montant à mi-mollets.

Il regardait autour de lui, échangea un sourire doublé d'un clin d'œil avec Jardenez qui passait par là et rejoignit sa table de massage. Jardenez était une force de la nature. Si l'épreuve de boxe l'avait marqué, il n'en conservait nulle trace : son médicopsy était un as.

Il y avait beaucoup de monde, dans la salle. Les héros, naturellement, mais aussi leurs équipes de soigneurs, entraîneurs et médicopsy, pas mal de commissaires de la sécurité, et aussi d'autres personnes que Coggio ne connaissait pas et qui devaient appartenir à l'organisation, aux associations d'arbitres, aux gouvernements. Ça ne le gênait pas. Il se savait en sécurité.

Sur la table voisine, un dopeman parlait à l'oreille de Vitti Tuka. Vitti Tuka était japonaise. Au cours des épreuves et compétitions éliminatoires de la première partie de la GUERRE, elle avait été vaincue *in extremis* au tir à l'arc par la Chinoise Ni Tsi Tsan Lo. (Pourquoi les filles sont-elles aussi fortes au tir à l'arc ? se demanda distraitement Pietro.) Vitti Tuka était donc une vaincue, et sa défaite avait coûté un certain nombre de morts japonais, un certain nombre parmi les autres pays de la Confédération libérale. Elle avait tout de même été désignée pour le Grand Parcours, parce qu'elle était la meilleure dans sa catégorie, la meilleure du camp BLANC. Elle se retrouverait certainement confrontée d'une manière ou d'une autre à sa rivale Tsan Lo, pour le passage au tir à l'arc du Grand Parcours. Cette fois, Coggio l'aiderait à vaincre — il n'avait pas oublié les recommandations de Varnan.

Il regardait Vitti Tuka. Comme tous les héros (et héroïnes) elle était torse nu. On lui avait atrophié les seins biochimiquement (elle ne portait aucune cicatrice qui eût signé l'ablation chirurgicale) — à moins que l'atrophie n'eût été provoquée génétiquement ? — pour lui faciliter l'exercice de son sport préféré. Ses pectoraux puissants n'étaient pas plus développés que ceux de Coggio. Pareil pour Birgit Olapsen, la Danoise, championne de natation, entre autres disciplines — elle se trouvait à l'autre extrémité de la salle. En revanche, Elke Sorg conservait des seins ronds, lourds et puissants, qui se balançaient agréablement lorsqu'elle marchait — elle passa devant Pietro et lui fit un petit signe de la main. Sur les dix héros sélectionnés pour le camp BLANC, il y en avait trois qui n'avaient remporté aucune finale, dans la première partie (puisque sept sur dix, seulement, avaient été vainqueurs, en comptant les épreuves d'athlétisme...), et ces trois-là étaient des femmes.

Varnan, d'un seul coup, fut devant lui. Et puis Sanzo Papa.

Pietro les trouva tous deux bien fatigués...

« Comment tu vas ? » demanda Varnan.

Sa voix traversait les bourdonnements ambiants et se posait, claire, à un endroit précis au centre du cerveau de Pietro.

« Je vais très bien, dit Pietro.

— On va y aller, dit Varnan. Tu te rappelles les consignes, n'est-ce pas ?

— Je me rappelle. On gagnera. »

Il se demanda comment Varnan pouvait avoir encore cette lueur inquiète au fond de l'œil. Ils gagneraient, évidemment. Ils étaient moins nombreux que les autres, mais ils étaient plus forts, et doublement motivés. Les spectateurs seraient des millions devant leurs postes. Ils gagneraient. Cela ne faisait pas l'ombre d'un doute pour Coggio, ni pour aucun de ses compagnons. Ils étaient indestructibles, tous les médicopsy avaient fait les piqûres qu'il fallait, leur avaient inoculé, avec l'aide des dopemen, toutes les drogues adéquates. Jamais peut-être Pietro ne s'était senti aussi fort, et entier dans sa peau. Il n'avait qu'une pensée : le combat. Si d'aventure une autre réflexion étrangère au combat pointait le nez, une armée de petits soldats invisibles dans sa tête repoussait l'intruse. (C'était l'image suggérée par Jorge Calmann, et Pietro s'y tenait.)

« Tu sais ce que tu dois faire pour le tir à l'arc ? et la moto-glace ?

— Je sais tout.

— On sera avec toi, dit Sanzo Papa. Tâche de rester en vie, gamin. Et de ne pas te faire démantibuler la mâchoire : le contact-radio est dans ta molaire gauche, avec un récepteur de secours dans une prémolaire droite. Okay ?

— Je resterai en vie, dit Coggio. Je gagnerai.

— Virginia te regarde, tu sais, dit Sanzo Papa. Elle a encore appelé, pour que tu le saches.

— Virginia », dit Pietro. Il sourit, machinal. « C'est bien. »

Virginia était si loin ! Elle faisait presque partie des pensées et images intruses que les petits soldats invisibles, mais vigilants, étaient chargés de repousser. Ça grésillait dans la tête de Coggio. Une sensation comparable à celle provoquée par un alcool faible, dans les tout débuts de l'ivresse — bien que Pietro Coggio n'ait jamais connu l'ivresse provoquée par l'alcool.

« Il va falloir y aller, petit, dit la voix de Sanzo Papa.

— Bien sûr », dit Coggio.

Il se déplia, descendit de sa table de massage. Comme tous les autres. (Il aimait bien voler dans un hélico !)

Virginia n'y croyait plus, au bout d'une heure passée dans la voiture-étuve, sous le soleil infernal — toutes les vitres baissées n'y changeaient rien. À un moment, elle avait sérieusement paniqué, s'était énervée — la réponse sèche de Lucas, qui avouait sa propre incompréhension, ramena Virginia à la raison. Elle avait donc attendu, avec ses quatre compagnons, dans l'odeur forte de transpiration et le bruit des souffles oppressés. Alentour, c'était la poussière, le bruit feutré de l'agitation, les flap-flap des hélicos.

Une heure !

Le type qui s'approcha, louvoyant entre les voitures stationnées, ressemblait à n'importe quel commissaire de sécurité — comme il y en avait quelques centaines en ce lieu. Il se trouvait à moins de dix pas lorsque Lucas s'exclama :

« Voilà Bec ! »

C'était Bec Malenoy : uniforme, casquette, P.M. à la bretelle. Méconnaissable.

« Bon Dieu, dit Lucas. Tu avais dit…

— Du balai, les enfants, trancha Bec. J'avais dit, oui. Mais ça n'a pas été simple, ni facile. Sortez de là, un moment. Faites les cent pas à droite et à gauche. Pas vous, mademoiselle. »

Les quatre faux commissaires quittèrent la voiture. Bec s'installa à l'envers sur le siège avant, à la place de Lucas. Son visage était grave. Il n'avait plus rien de commun avec le farfelu bien connu…

« L'uniforme vous va à ravir, mon capitaine, dit-il sur un ton fatigué. Je suis en train de me casser la santé pour vous, mademoiselle.

— Et pour un fameux scoop…

— Vous êtes toujours décidée ? demanda Bec.

— Ne posez pas de questions idiotes. Vous avez votre caméra ? »

Bec désigna une grosse chevalière à son index droit. La pierre était taillée, polie.

« Ne posez pas de questions idiotes, dit-il avec un sourire las.

— Et vous avez toujours l'intention de pénétrer dans l'enceinte ? »

Bec leva un sourcil étonné.

« C'est vous, mademoiselle, qui avez cette intention. Moi, je vous donne un coup de main. Vous me déchargez de toute responsabilité ? »

Il braqua la chevalière-caméra sur Virginia.

« D'accord, dit-elle. Je vous décharge de toute responsabilité, et c'est moi qui tiens à accomplir cette action illicite. Comment comptez-vous vous y prendre ?

— Est-ce que vous supportez l'hélicoptère, mademoiselle Vorane ? J'en ai un. Là. Dans le parc.

— Vous n'avez pas pu avoir un…

— J'en ai un, répéta Bec Malenoy. Et son pilote. Ce fut un véritable raid de commando, vous savez ?

— Mais comment…

— Plus tard. Il est 14 heures passées. Les héros vont arriver et dans moins d'une heure ce sera le coup d'envoi. Dans moins d'une heure, nous décollerons à bord d'un hélico de la sécurité. Nous survolerons le stade. Vous pourrez assister en direct aux exploits de votre fiancé, mademoiselle Vorane. Ça ne l'aidera certainement pas, mais j'ai l'impression que plus tard ça vous aidera, vous… si j'ai bien compris.

— Il se peut que vous ayez bien compris. »

Bec fit claquer ses lèvres, sans entrain.

« La preuve d'un amour irraisonné, passionnel, cet amour qui vous fait basculer des montagnes, pas vrai ? Pour qu'il soit convaincu, et qu'il vous garde à jamais.

— Ne soyez pas moqueur, Bec.

— Mais je ne suis nullement moqueur, Virginia », fit

Bec sur le même ton. Il regarda l'ongle de son pouce, dit : « Et puis, si Coggio ne s'en tirait pas, votre histoire et ce que vous allez tenter vous assurera une publicité telle que vous vous retrouverez définitivement propulsée dans les hautes sphères… les niveaux supérieurs, loin de l'anonymat… »

Virginia garda le silence jusqu'à ce que Bec Malenoy la regarde de nouveau.

« Vous êtes un drôle de type, Bec…

— Ça, c'est certain, répondit Bec sans se troubler.

— Et je ne vous suis guère sympathique, n'est-ce pas ? »

Il eut une étrange lueur dans l'œil. Presque désolée. Son regard s'échappa de nouveau.

« Vous allez réellement grimper dans cet hélico ? interrogea-t-il. Et survoler ce stade, au risque d'être descendue, si jamais quelque chose cloche ?

— Je monterai dans cet hélico, Bec. Avec vous.

— Avec moi, ouais, dit Bec.

— Vous n'avez pas répondu à ma question. Je dois la répéter ?

— Au sujet de savoir si je vous trouve sympathique ?

— Précisément.

— Je vous trouve sympathique, mademoiselle Vorane. D'une certaine manière, en tout cas. Sans blague.

— Vous n'étiez pas obligé de mentir », sourit Virginia.

Bec hoqueta silencieusement. À cet instant, les premiers hélicoptères venus du sud et de Denver Lake franchirent la barre haute du cratère montagneux. C'était un véritable essaim de gros frelons, avec les petits hélicos de la sécurité qui voltigeaient alentour.

« On est toujours forcé de mentir, un jour ou l'autre, dit Bec Malenoy. C'est pas à vous que je vais apprendre ça ? »

Il passa la tête par la portière et suivit des yeux l'approche des hélicoptères.

Ce n'est pas à vous que je vais apprendre ça… Les mots dansaient dans la tête de Virginia. Une grosse goutte de sueur, très froide, roula le long de son dos.

15

Mager ne disait plus rien. Il avait écouté un moment la sonnerie d'appel qui résonnait dans le vide à l'autre bout du fil (la sonnerie qui grelottait dans sa tête, qui s'enfonçait à chaque « drrrrring » un peu plus profondément dans sa malheureuse tête piégée), et il avait raccroché. Depuis, il se taisait. On aurait pu croire qu'il s'était tout à coup refermé sur lui-même, que la chaîne de relais des synapses assurant le contact entre sa conscience et la réalité extérieure venait de craquer quelque part, dans les abysses de son cerveau. Mais c'était faux. Son regard vivait — et brûlait. Les doigts de sa main droite, plus que jamais, serraient vigoureusement la crosse de son revolver, et l'arme était toujours braquée en direction de Dolico.

Ce dernier fit plusieurs tentatives afin de renouer le contact. Il commençait invariablement ses phrases (ou portions de phrases) par un raclement de gorge et les mots : « Mon cher ami », ou bien : « Mon cher Mager »... Mais cela ne donna rien. Il aurait pu tout aussi bien parler aux murs de carreaux blancs. Alors, après un temps, il garda le silence lui aussi. Il était assis sur son tabouret dont il faisait tourner le siège d'une fraction de cercle, en poussant au sol avec ses pieds, le gauche, le droit… Il triturait les pans de sa robe de chambre fripée, suivait du bout des doigts les plis de son pantalon clair, le long des cuisses et au niveau des genoux. Au bout d'un moment, la vie sans fin de son siège se mit à couiner.

Mager décrocha une nouvelle fois le téléphone, pianota sur le cadran d'appel. La sonnerie, de nouveau, grelotta dans un lointain néant. Mager raccrocha.

Son estomac émit une série de borborygmes très bruyants, Gyula Sandör n'était pas chez lui. Pourquoi ? Où était-il ? « Et s'il était en train de me chercher ? » songea Mager. « Du côté de la place Devresck, par exemple…, aux alentours du Champ d'Expiation… Il sait bien que j'ai loué une cabine, là-bas… » Il blêmit et la sueur recommença de perler sur son front. Son œil poché le faisait souffrir, ainsi que les multiples ecchymoses qui recouvraient son corps. Le plus pénible, c'était encore ces méchantes brûlures qui couraient sur son cuir chevelu, là où les autres petits salauds lui avaient arraché des cheveux par poignées.

Il dit :

« J'ai faim. Et soif. »

Dolico, qui se tenait tranquille sur son tabouret et le surveillait d'un œil attentif, haussa les épaules en un geste qui traduisait son impuissance.

« Il n'y a rien, ici, qui puisse s'avaler…

— Mais là-haut, fit Mager, désignant le plafond d'un mouvement vif de sa tête.

— Là-haut… si vous voulez. »

Dolico soupira et se leva.

« Vous tenez réellement à conserver cette arme ?

— J'y tiens, dit Mager. Et vous allez m'opérer. Vous

allez m'opérer sous anesthésie, je me fous des risques que vous courez : ils ont été largement payés, après tout, par tous ceux qui venaient s'évader ici. Un ami va venir, et il vous surveillera.

— Un ami qui ne répond pas…

— Il répondra. En attendant, on va monter là-haut. Je bousille vos collections, si vous tentez quoi que ce soit pour me jouer un tour. Et je vous bousille ensuite, ou en tout cas je vous esquinte sérieusement… Oui. D'accord, je ne vous tue pas : je vous fais mal, très mal… Je serai forcé d'attendre le verdict des jeux et de courir cette chance sur deux qui me reste, mais vous, vous crèverez lentement au milieu de vos satanés soldats de plomb. »

Il crachait les mots, le plus méchamment possible, et il en ressentait du soulagement et du plaisir. C'était bizarre, dans sa tête, chargée de peur grandissante et de lucidité glaciale.

« Vous n'avez pas été condamné à deux GUERRES, n'est-ce pas ? fit Dolico.

— Circonstances atténuantes pour crime passionnel, je vous l'ai dit ! s'exclama Mager.

— Oui… Et votre condamnation remonte à loin ?

— Juste avant cette GUERRE. Tout juste.

— Vous avez tort de vous mettre dans des états pareils, Mager. Condamné pour une seule GUERRE, dans les délais que vous me dites, et vous voilà vivant… Ce qui veut dire que vous n'avez pas été classé dans les cas irrécupérables.

— Je suis un C. 02., dit Mager.

— C. 02., c'est cela. Et vivant. Vous savez, les morts ont tout d'abord été désignés par les ordinateurs dans les pays des deux camps qui s'étaient inscrits pour la GUERRE et qui n'ont pas franchi le cap de la qualification. Bien. Ensuite, ils étaient de la catégorie des crimes importants : certains politiques et les droits communs C. 03., par exemple, condamnés depuis longtemps après la dernière GUERRE. Pour les autres, les crimes importants dont je parle, ils sont condamnés à deux GUERRES, si leur condamnation ne remonte pas à loin, et en admettant que le verdict de celle-ci les épargne. Vous êtes donc un condamné très récent, et vous n'avez plus qu'un verdict à affronter.

— Mais je vais devenir vraiment cinglé ! Je ne veux pas risquer ce…

— Nous avons toutes les chances d'être vainqueurs, Mager. Le nombre de nos héros est double de celui des BLANCS. Dans quelques heures, vous serez libre. Ils vous garderont pour un temps dans leurs établissements, afin de s'assurer qu'une fois libre vous ne représenterez pas un danger pour la société. Ils vous mettront à l'abri de vous-même, après une cure psychologique. Vous serez libre, Mager.

— Fermez ça, dit Mager. Et montez là-haut. Je vous suis. »

Dolico fit la cuisine. Il cassa des œufs dans une poêle, les brouilla et surveilla leur cuisson. Mager le regardait faire.

Ils mangèrent en silence, chacun à un bout de la table, dans la cuisine. Dolico picora, mais trouva le moyen de laisser couler de l'œuf sur sa chemise. Après quoi, sur l'ordre de Mager, ils gagnèrent la grande pièce aux collections : il y avait un téléphone sur le bureau.

Dehors, c'était un grand silence.

« Vous ne devez recevoir personne ? » demanda Mager.

Par « personne », il entendait « quelque candidat possible à l'évasion », et Dolico le comprit fort bien.

« Évidemment non. Je vous ai dit qu'il fallait s'y prendre bien plus tôt. Depuis un mois avant l'ouverture de la GUERRE je n'ai pas travaillé. Les gens le savent.

— Et vous n'avez jamais été inquiété par les agents de l'ordre ?

— Jamais. Je possède une bonne couverture. Je suis un ancien médicopsy des sports, à la carrière irréprochable. Un collectionneur un peu original de soldats de plomb… ce qui explique les visites que je reçois parfois. Nous autres collectionneurs sommes des maniaques qui aimons nous entourer d'un maximum de précautions… »

Mager approuva du chef et se mit à aller et venir dans la pièce, s'arrêtant devant chaque vitrine pour en contempler longuement le contenu. Dolico parla de sa collection et répondit volontiers aux questions de Mager. Pendant un moment, on aurait pu croire que le revolver n'existait plus dans le poing de Mager Cszorblovski… Et puis, soudainement, il reprit cette conversation débutée dans le local du sous-sol, deux bonnes heures plus tôt, comme si le temps n'avait pas coulé :

« Pourquoi ne se contenteraient-ils pas de nous faire faire cette cure de remodelage psychologique ? Pourquoi faut-il une condamnation, et cette attente horrible ? »

Le visage de Razva Dolico, souriant et passionné l'instant d'avant (alors qu'il parlait de la Vieille Garde napoléonienne !) se figea tout à coup. Il retomba dans la situation présente en grimaçant légèrement. Il dit :

« Pourquoi ? Pour d'innombrables raisons, mon cher Mager, avec lesquelles je ne suis pas d'accord, d'ailleurs... Et c'est pourquoi j'exerce ma coupable industrie, en renégat... Du reste, je ne suis pas davantage d'accord avec le principe de remodelage psychologique... Mais nous n'en parlerons même pas. » Son regard enfoui dans les plis de graisse se durcit. « Traiter quelques millions de déviants, en permanence, coûterait beaucoup d'énergie et d'argent, mon cher ami. Et puis, que deviendraient le sport et la paix, et l'équilibre mondial, et tout le système planétaire submergé par une trop forte démographie, à la merci de conflits intestins incontrôlables, si la GUERRE OLYMPIQUE organisée ne coûtait plus aux vaincus leur rançon de morts ? Dites-le-moi... Que ferait-on des déviants, des criminels, des "pas d'accord" et des mauvais citoyens ? Dites-le-moi. Des prisons, des camps d'internement et de remodelage ? Trop cher et trop aléatoire. Mieux vaut la punition. Vous n'imaginez pas comme il est simple de contrôler et d'enchaîner des millions de "criminels", de les rendre inoffensifs, à l'aide d'un vulgaire implant relié à la mémoire et à l'œil géant d'un ordinateur. L'ordinateur... l'obéissance parfaite. L'obéissance idéalement programmée... Et le choc provoqué chez un sujet par ce temps d'angoisse indicible qui suit une condamnation jusqu'à la finale d'une guerre, ce choc est tellement traumatisant qu'à lui seul il accomplit presque tout le travail dissuasif, dans le cas où un condamné sauve sa vie. Il n'y a pas de récidive. Ou si peu. De ce fait, le remodelage psycho, pour les cas sérieux, n'est plus qu'une formalité rapide : rien à voir avec un véritable remodelage tel qu'il devrait être effectué, sans ce choc-trauma…

— Et si j'étais venu vous voir en temps voulu ? demanda Mager. Vous m'auriez opéré ?

— Pourquoi non ? »

Mager eut un rapide sourire amer. Depuis un moment, un tic nerveux faisait tressauter les muscles de son visage, principalement du côté droit.

« Pas d'argent. Pas suffisamment.

— Au risque de vous étonner, dit Dolico, ce n'est pas l'appât du gain qui me pousse à faire ce que je fais. Je suis obligé à une certaine prudence, vous en conviendrez… ce qui fait que, généralement, ma clientèle se recrute dans des milieux aisés. Je le déplore mais c'est ainsi. J'ai parfois aussi des clients moins favorisés. Mes clients nantis paient pour les non-fortunés.

— Quelle heure est-il ?

— 15 heures… »

Mager décrocha le combiné du téléphone, sur le bureau recouvert de feutrine verte. Il composa le numéro de Gyula Sandör.

La fête tournait encore dans les rues, mais la folie commençait à s'enrouer. Il y avait toujours la musique diffusée par les amplis et, pareillement, de place en place, des batteries de haut-parleurs continuaient de dégorger en lourdes cascades de décibels les commentaires de quelque speaker radio excessif. La foule était pourtant moins dense, notamment depuis le début de la soirée, le flot de voitures pratiquement tari. Des papiers gras (et d'autres qui ne l'étaient pas, simplement multicolores) voletaient un peu partout, des confetti et des serpentins s'amassaient le long des trottoirs et dessinaient des vagues sinueuses — un peu comme on en voit à la campagne, au bord des chemins, après une pluie de pollen.

Les gens rentraient chez eux.

Ou bien dans les établissements publics de tout ordre — pourvu qu'ils possédassent un écran de télé, un récepteur radio…

Les gens se préparaient à suivre la retransmission en direct du Grand Parcours des Héros de cette 12e GUERRE OLYMPIQUE.

Les gens se massaient également autour du parc, sur l'esplanade. Ici, les flonflons de la fête ne semblaient guère avoir faibli. La sonorisation des marchands ambulants de nourriture et de gadgets s'ajoutait au vacarme ambiant ; plus haut que tout flottaient les discours des prêtres, les prêches des leaders civiques (ou *vice versa*), échappés du Champ d'Honneur et planant dans le ciel rouge.

Yanni Bog s'arrêta. Il contempla le spectacle, sans mot dire, un instant. Puis il tira une longue et dernière bouffée sur le mégot de sa cigarette, jeta le mégot et l'écrasa sous sa semelle. Combien en avait-il grillé, de ces rouleaux d'herbe analgésique ? Il se sentait la tête lourde. Des picotements fourmillaient au fond de ses narines et dans sa gorge. La tension nerveuse angoissée était ramassée en une boule compacte logée dans sa poitrine au niveau du plexus ; c'était présent, mais à la fois en dehors de lui. Pas vraiment gênant. Un phénomène purement physique, normal dans ces circonstances. Cette forme de détachement était-elle due aux effets des cigarettes ? Ou alors c'était l'œuvre pure du raisonnement…

« Tu vas entrer ? » demanda Slim.

Depuis des heures, elle traînait à ses côtés, sans un mot. Plus d'une fois, Yanni Bog avait été sur le point de l'oublier, *vraiment*. Il se disait qu'elle devait pressentir sa décision finale, mais qu'elle s'accrochait néanmoins, jouant sur deux minuscules chances. (Yanni Bog songeait : « Première chance : les BLANCS vont perdre et je vais claquer — elle tient son sacré reportage sur les derniers instants atrocement inhumains d'un condamné. Seconde chance : les BLANCS gagnent et je suis sauvé... pour Dieu sait quelles raisons, je peux accepter de visionner ce film et de jouer son jeu... »)

« Je crois que oui, je vais entrer, dit-il. Mais pas encore. »

Ils avaient erré et marché au hasard, montant et descendant des rues, saoulés par les débordements de la fête. Le visage de Slim accusait la fatigue, de la poussière collait à la sueur de son cou ; elle avait des confetti dans les cheveux... Yanni Bog lui-même se sentait rompu, les muscles des jambes noués, la plante des pieds douloureuse et brûlante.

« Et je vais te suivre », dit Slim — elle énonçait calmement un fait inéluctable.

« Avec les autres condamnés ?

— Nous avions fait un pacte, Yanni Bog. »

Elle énonçait tout aussi calmement un second fait évident. Yanni Bog soutint le regard vert de la jeune femme, sans ciller, un moment. Il ne dit rien. Reporta son attention sur la foule qui encombrait les parkings, devant l'entrée du parc.

Un vol de pigeons traversa le ciel dans les vibrations sonores brassées en désordre.

« Je crois que nous allons gagner, dit Yanni Bog. Si

l'on additionne au chiffre de toutes les victimes déjà tombées jusqu'à présent le nombre de condamnés qu'il reste à tuer, dans un camp ou dans l'autre… c'est le nombre du camp ROUGE qui permettra le résultat le plus proche des dix millions prévus par les ordinos de la démographie. Nous avons moitié moins de héros, mais nous allons gagner. Et puis, nous avons déjà perdu les deux précédentes GUERRES. Les pronostics donnent notre cote à sept contre un. Les paris vont faire gagner une fortune à un nombre de gagnants réduit…, mais une plus grosse fortune encore aux loteries et aux organismes de paris — donc aux nations.

— Tout serait donc calculé ? » interrogea Slim innocemment.

Yanni Bog sursauta. Une claque douloureuse lui secoua l'intérieur du crâne. Il serra les dents.

« Je dis ce que je dis », fit-il, en grimaçant.

Il ferma les yeux, attendit que s'estompe la douleur, pointue et acérée bien qu'émoussée par les effets de la drogue analgésique.

« Je ne crois pas, dit-il, que je te permettrai de présenter ce film.

— Je sais », murmura Slim.

Il la regarda, étonné.

« Mais tu restes avec moi ? Tu *sais*, et tu restes ?

— Et je reste. On avait conclu ce marché, Yanni Bog Bonnefaye, rappelle-toi. Peut-être aussi que j'ai vraiment envie de rester… comme ça… Et peut-être, encore, que je me dis… que tu changeras d'avis, en fin de compte.

— Je ne pense pas, Slim. Vraiment. »

Il pensait : « Je vais vivre. Tout rentrera dans l'ordre. Je recommencerai. Ils me mettront à l'abri. » Il dit :

« Tu peux venir avec moi, naturellement. C'était convenu. »

Et puis… mieux valait pour lui qu'il puisse garder la main sur Slim, après la victoire (ILS ALLAIENT GAGNER !). Pour sa propre sécurité, pour son avenir. Il ne fallait pas qu'elle s'envole avec le film — avec ce qu'elle avait *déjà* enregistré, avec ce qu'il avait *déjà* dit, jusqu'à présent. Il n'ajouterait rien, c'était sûr, mais les propos grinçants qu'il avait tenus concernant l'historique et la finalité du système suffisaient amplement à lui apporter de nouveaux ennuis, si ces paroles étaient entendues, si elles étaient diffusées sur un canal télévisé. Compte tenu de son handicap d'ancien condamné, il risquait, à peine libre, une nouvelle condamnation — et deux ans de souffrances sous contrôle d'humeur, un ange gardien « sourdine » dans la tête, et une perspective de mort au cours d'une prochaine GUERRE OLYMPIQUE… Slim O'Aokey ne devait pas s'éloigner de lui. Surtout pas lui échapper.

Ils se promenèrent parmi la foule, sur les parkings de l'esplanade. Yanni Bog était presque gai. Il était probablement le seul condamné-coupable en ce lieu à se promener comme il le faisait, à sourire aussi largement, sans que l'ivresse d'oubli provoquée par l'alcool y fût pour quelque chose… Le seul à avoir cet appétit, lorsqu'ils achetèrent des sandwiches au comptoir bruyant d'un marchand ambulant…

Et le soir véritable pesa. Et ce furent les premières ombres de la tardive nuit d'été. Il n'était pas loin de 22 heures, en France. Pas loin de 15, au fuseau de Denver Lake, sur le stade.

L'esplanade s'était progressivement vidée. La nuit qui esquissait un nouveau paysage, au crayon gras, semblait se refermer avec une particulière lourdeur sur le dôme et aux abords immédiats du parc. Les spectateurs étaient entrés dans l'enceinte du stade. Ils allaient suivre sur les écrans la course du Grand Parcours, assister peut-être en direct à la mort instantanée de plusieurs milliers de condamnés rassemblés sur l'aire du Champ d'Honneur. Les marchands ambulants, seuls, et quelques quidams aux pieds lourds, restaient sur l'esplanade. Même la musique qui s'échappait du parc semblait écrasée par l'atmosphère de plomb.

Yanni Bog entra. Avec Slim.

Et lorsqu'il fut à l'intérieur, lorsqu'il arriva aux barrières clôturant le stade et isolant les condamnés des spectateurs, alors, à cet instant, une peur blême, totale, brute, lui tomba dessus.

La nuit venue et installée au bout de tout ce temps écoulé, ce temps *perdu*, avait décuplé l'énervement de Mager. L'angoisse était en train de le rendre fou, il le savait et il ne voulait pas, il devait résister encore, jusqu'au bout.

« Vous rigolez ! » cria-t-il à la face livide de Dolico (qui ne rigolait nullement). « Vous rigolez, mais je me fous de ce que vous pouvez penser ! Je m'en fous, vous entendez ? Et des risques que vous courez, et de tout ! Vous comprenez ça ? Vous avez essayé toute la journée de me faire comprendre votre point de vue et votre situation ! vous avez peut-être menti, et j'ai marché, je me suis laissé avoir par vos mensonges ! toute cette histoire au sujet des anges gardiens, de la préparation nécessaire pour qu'une opération réussisse, tout ce baratin ! C'était pour vous mettre à l'abri, et moi avec, paraît-il ? Des blagues. Je n'ai pas de fric, c'est tout. Gratuitement, vous ne voulez pas courir l'ombre d'un danger ! Et même si c'est vrai, je m'en fous, nom de Dieu ! Par toutes les âmes des Magyars morts sur cette terre, je m'en fous et je m'en... Comprenez bien, Dolico : ce qui compte pour moi, c'est vivre ! VIVRE ! »

Il se tut un instant, haletant. Regarda du côté de l'écran de télé encastré entre les rayonnages, et allumé. Des images défilaient — le son était coupé. Vues aériennes de Denver Lake et du secteur du stade de montagne où allait se dérouler le Grand Parcours... Jeux de zooms et panoramiques plongeants...

« Vivre, dit Mager. C'est tout. Respirer. J'accepte pas de crever ! J'ai même pas d'idéal pour dire : je meurs pour ceci ou pour cela, rien du tout ! J'ai rien, mais je veux vivre. Je veux pas que ma tête explose ! Je vous ai dit comment et pourquoi j'ai tué Génia... C'était pas ma faute ! J'étais pas méchant, elle riait tout le temps, tout le temps ! »

Il recula jusqu'au bureau. Pour la cinquantième fois, ou davantage, il décrocha le combiné téléphonique.

« Je veux pas crever, c'est tout... Ils n'ont pas le droit de décider ça ! »

Il pianota sur le clavier d'appel sans regarder, par pur automatisme.

« Oui ? » fit la voix de Gyula.

Mager poussa un cri rauque. Une expression de bonheur fou transforma son visage en un véritable masque de clown tout à fait hilarant — et pourtant des larmes jaillirent de ses yeux.

« GYULA !

— Gyula Sandör, oui », dit la voix.

Dolico s'approcha, mains tendues en avant dans un geste suppliant ; le revolver braqué de Mager l'immobilisa à trois pas. Il gémit :

« Ne parlez pas de moi ! ne prononcez pas mon nom au téléphone, je vous en supplie !

— Bon sang ! cria Mager dans le combiné. Où tu étais ?

— Qui est à l'ap…

— Mager Cszorblovski, nom de Dieu ! c'est moi, Mager Cszorblovski ! J'ai besoin de toi, Gyula ! Vite, vite, avant que ce soit trop tard. Il va m'opérer, et il faut que tu sois là ! Il faut que tu… amènes de l'argent, Gyula, je t'en prie !

— Mager ! dis-moi seulement où tu…

— Je suis là où tu sais, c'est toi qui me l'as dit, je suis là où tu sais pour qu'on m'opère. Dépêche-toi. *Dépêche-toi, Gyula !* »

Un silence.

« Ça va commencer, Gyula !

— J'arrive », dit Gyula Sandör.

Un instant, Mager regarda le combiné poisseux de sueur. Il raccrocha n'importe comment.

« Il va venir ! souffla-t-il. Vous m'endormirez. Il a le fric ! Si ce n'est pas assez, vous m'opérerez quand même ! Vous m'endormirez et il vous surveillera. »

Les épaules de Razva Dolico s'affaissèrent. Il murmura :

« Vous êtes fou, Mager Cszorblovski. Je vous comprends, et cela ne sert à rien. »

Mager eut un rire pointu.

Bec frappa à la portière de l'hélico. Deux coups secs. La portière coulissa. Bec s'effaça, il aida Virginia à monter dans l'appareil.

Il y avait le conducteur, assis aux commandes, et un autre homme agenouillé à côté de lui, un pistolet à la main.

« Nous y allons ? demanda l'homme.

— Sans attendre ! » dit Virginia.

L'homme hocha la tête. Il avait un visage glacé.

« Je m'appelle Avril Delome », dit-il doucement.

Virginia s'aperçut que le pistolet était maintenant braqué vers elle. Elle eut l'impression de sécher sur pieds.

« Terminé, mademoiselle Vorane », dit le type sur un ton plat, posé.

Loin, très loin, elle s'entendit prononcer :

« Vous êtes fou ! Vous êtes complètement fou !

— Non », dit Avril Delome.

LE GRAND PARCOURS DES HÉROS

Le Grand Parcours des Héros de la 12e GUERRE OLYMPIQUE comportait 7 épreuves. Ces épreuves étaient les suivantes (dans l'ordre) :

1) 600 m/pièges
2) Haltérophilie
3) Lancer de haches
4) Pugilat
5) Moto-glace
6) Tir à l'arc
7) 30 km/course à pied

L'aire du stade était donc divisée en sept terrains d'épreuves.

Les équipes de héros des deux camps devaient pénétrer au complet sur le terrain de chaque épreuve et accomplir un score donné (par exemple : parcourir la distance de 600 m/pièges — et si possible arriver en premier — en un temps x imposé ; ou soulever un poids x imposé dans l'épreuve d'haltérophilie). Ce score pouvait être établi par un seul héros d'une équipe, ou par plusieurs : la règle importante était qu'il fût établi.

Le score imposé établi par une équipe sur un terrain d'épreuve permettait à cette équipe de passer à la suivante.

Le tout était de savoir pour les héros, pour leurs entraîneurs (et pour tout le monde), si la meilleure tactique de combat consistait à ce que les héros d'un camp essaient par tous les moyens d'empêcher les héros du camp adverse d'établir

le score de chaque épreuve au plus vite, ou s'ils devaient prioritairement songer à établir ce score eux-mêmes, tout en luttant pour que les autres ne les en empêchent point.
L'équipe arrivée la première (ou le héros représentant cette équipe) à la finale de la dernière épreuve était déclarée victorieuse. Elle avait remporté la GUERRE OLYMPIQUE.

16

Il se souvenait vaguement de cette excitation qui montait en lui, les années précédentes, lorsqu'il regardait sur l'écran de T.V. les héros des deux camps qui pénétraient dans l'arène. Un flash. Aujourd'hui, il était parmi eux, il était un de ces héros, le monde entier le regardait ; pourtant, Pietro Coggio ne ressentait aucune émotion particulière, ni fierté, ni rien, ni même l'once d'une bouffée de nervosité. Certainement pas d'excitation. Il se sentait tout juste sûr de soi, décidé, confiant. Serein. C'était pareil pour les autres et il le savait. Il avait un travail à accomplir et il le ferait.

La piste rouge. Sable damé. Soleil de fer.

L'air qui tremble.

Il y a des bruits, mais Coggio ne les entend pas. Juste un bourdonnement diffus, en arrière-plan, loin, loin.

Sa tête est vide — ou presque, ou plutôt… non, ce n'est pas le vide, mais simplement l'exclusion de tout ce qui ne concerne pas le Parcours, et la première épreuve du 600 m/pièges. Ce qu'il doit faire, il le sait : c'est mémorisé, grossi, c'est écrit en lettres gigantesques (ou bien sont-ce des signes ? des mots clés ? des sensations ?) sur la surface lisse de sa conscience.

Il attend le signal. La force monte en lui, grille son cerveau. Il pourrait (s'il en avait le temps et le loisir) compter chacun de ses muscles. Il est une montagne.

Il avait un travail à accomplir et il le ferait.

La voix de Sanzo Papa : « Ça va y être, petit. Ils essaieront de t'avoir, peut-être. On a un gars à protéger, sur cette épreuve, c'est Georges Nase. Ils le savent aussi. Chez eux, les hommes à abattre sont Goba N'Go et Slavski. D'accord ? »

Sanzo Papa parlait-il vraiment dans sa tête, ou bien avait-il prononcé ces mots avant ?

N'Go. Slavski.

Le coup de feu claque dans le crâne de Coggio. Le bruit qu'il attendait. D'un seul élan, c'est la ruée sur la piste.

Protéger Nase. Il est là, devant. Bravo. Très bien. MacLeaptom sur sa gauche. Première haie. Nase passe.

Coggio s'envole par-dessus la haie, par-dessus la lame d'acier qui vient de jaillir au sommet de la barre tandis que trois athlètes, avec Coggio, l'escaladaient. Un cri. Un premier cri, un premier jet de sang rouge quand le pied d'un héros adverse se pose sur la lame-piège, afin de prendre appui. Lip Aszorsveck, le Polonais — Coggio les connaît tous, il ne se trompera pas. Lip Aszorsveck qui s'écroule sur la barre, sur la lame qui entaille de nouveau ses chairs au niveau de sa cuisse. Coggio est passé, lui. Il n'a pas pris appui.

Nase toujours devant. En tête. Avec MacLeaptom, et Jardenez. Suivis de près par trois héros ROUGES. Puis Coggio. « Ils essaieront de t'avoir dans les tout premiers temps, petit ! » Où sont-ils ? derrière. Pour Nase, c'est bien : Leaptom et Jardenez peuvent le protéger.

Sanzo Papa : « À ta gauche, petit ! » (C'est un cri

aigu mais pourtant tranquille, bizarrement, dans la tête de Coggio.) Coup d'œil sur la gauche : Goba N'Go. Il est là. Immense et noir. Avec Scobb en protection dans sa foulée. Et aussi Nabuski — Nabuski ? Nabuska ? —, la Russe.

Plateau-bascule devant. Nase est passé. Jardenez vient de se débarrasser de l'un de ses suiveurs (Matter Tsin) d'un coup d'épaule, et l'homme est passé par-dessus bord, tombé dans la fosse. Si le plateau tient…

Coggio évite le croc-en-jambe de la Russe Nabuski (ska). Un petit saut en l'air ; avant même de retomber, il a lancé son poing. Touché la fille. « Très bon, petit ! » Okay, Sanzo Papa, tu vas voir ça ! Elle est tombée devant Scobb, qui l'évite, dans la foulée de Coggio.

Sanzo Papa : « Derrière toi, petit ! »

Nouveau saut de côté. Le poing lancé en avant lui frôle l'épaule. Encore un Russe : Goronovitch. Le plateau. En même temps que Scobb qui… le plateau bascule sur son axe. Une fraction de seconde auparavant Coggio a senti la vibration annonciatrice. Dans la fosse, empalé, Tsin bouge encore. Une détente de tout son être. Il retombe sur l'autre « rive » — avec Scobb et N'Go. La réception de Scobb est catastrophique ; au passage, Coggio frappe, juste entre les deux épaules, alors que l'homme s'apprêtait à se relever : il s'affale.

Sanzo Papa : « Occupe-toi de N'Go, petit. Goronovitch n'a pas passé le plateau. Ils sont derrière, mais loin, à tes trousses ! Slavski est avec eux ! »

Et Nase ? Toujours devant. Toujours protégé par Jardenez et MacLeaptom. Il y a encore deux shorts rouges, avec eux.

Troisième piège : la barre à double tranchant qui coulisse dans les rainures de ses poteaux. Une lame de trois mètres de long et de vingt centimètres de large, un rasoir à deux fils, tendu à un mètre cinquante de hauteur, qui peut tout aussi bien s'abattre si l'on passe en dessous ou se relever si on choisit de sauter par-dessus.

Nase est passé — dessous.

Le premier short rouge est passé — dessous.

En même temps, MacLeaptom et Jardenez sont passés — dessus.

La barre n'a pas bougé.

Le deuxième short rouge est passé — dessous.

Le troisième short rou…

Il a tenté sa chance et plongé sous la lame : un éclair d'acier dans le soleil, un va-et-vient fulgurant, une gerbe sanglante. Même pas un cri.

Attendre une fraction de seconde, laisser N'Go prendre l'initiative — il est seul avec Coggio, à deux mètres de la lame. Dans le sable, il y a le corps de Matumba l'Algérien, deux portions, tranché par le milieu du dos. N'Go va-t-il vouloir passer, ou bien gêner Coggio ? Il a probablement reçu les mêmes consignes que Coggio. Une hésitation calculée, tendue — le coup d'œil de N'Go —, et le Noir décide de passer. En hauteur. Son erreur. Sanzo Papa crie quelque chose mais Coggio agit en même temps : une simple poussée de la main…

N'Go a jeté un cri. Coggio roule sous la lame, à ras de terre, aspergé par le sang. De l'autre côté. « Parfait ! petit ! oh ! bon Dieu ! petit ! continue ! »

Il est déjà debout. Dans le mouvement, un regard en arrière le renseigne sur la position des suivants. Ça va. Il voit tomber N'Go : une image absurde, une position incompréhensible.

Il aurait pu compter tous ses muscles. Il pouvait les compter.

Le dernier piège avant la fin du parcours des 600 m. Le tapis des rouleaux.

Une surface de trois mètres sur trois. Cinq rouleaux posés au-dessus du sol, espacés de quelques centimètres, rangés dans le sens de la largeur. Ils tournent sur eux-mêmes. Pour franchir ce piège, il faut marcher sur les rouleaux qui tournent — ou s'élancer d'un bond par-dessus l'obstacle : un saut de trois mètres. C'est faisable si rien ne vient contrarier votre élan.

Les rouleaux ne sont pas lisses. Chacun d'entre eux est marqué d'une bande rouge longitudinale hérissée de crocs et de dards qui jaillissent ou se rétractent. On peut sauter sur les rouleaux en évitant les bandes, ou risquer de poser le pied sur une bande en espérant que les dards ne jailliront pas, ou marcher entre les rouleaux en espérant encore que les crocs ne vous happeront pas.

Nase saute. Et passe. Sa position en tête est un sérieux avantage. Jardenez, ensuite. Il passe. Les deux shorts rouges, et… un des deux s'écroule, la cheville happée. Son compagnon lui marche dessus et passe. MacLeaptom… il s'élançait et l'homme effondré a eu encore la force de lui saisir la jambe. MacLeaptom est tombé sur le dos.

Les rouleaux tournent lentement, plus lentement, tandis que leurs aiguilles arrachent les chairs des deux héros tombés.

Varnan : « Utilise MacLeaptom, petit ! »

Coggio a vu le signe, dans les yeux de MacLeaptom, tandis que les crocs d'acier labourent le dos de ce dernier : le signe, l'invitation, plus forts que la douleur. Il saute, il prend appui sur l'abdomen de MacLeaptom, il passe les rouleaux.

Nase et Jardenez franchissent la ligne d'arrivée. Et le short rouge derrière eux. Coggio en quatrième position.

Varnan Sal. Da Rica avait pris le relais, assis devant les deux écrans de la loge, la pastille du micro au ras des lèvres. Sanzo se sentait trop excité, et toutes les gélules ingurgitées, sur le conseil de Jorge, n'y faisaient rien. Il avait du feu dans les veines, l'impression que les nerfs allaient lui sortir de la peau.

Dans la longue salle des contrôles réservée aux équipes soignantes du camp BLANC régnait un silence quasi parfait, tout à fait étrange, sur les ondes de cette tension presque palpable. Des murs gris, un plafond bas. Les seules sources de lumière étaient les écrans de T.V., deux par loge (un écran de vision générale, un autre qui serrait davantage sur un héros donné et ses environs immédiats), et les loges alignées les unes à côté des autres, le long d'un des murs. Un espace de deux mètres de large permettait de circuler d'une loge à une autre d'un bout de la salle à son extrémité opposée. Les loges étaient ouvertes sur cette allée.

Les sons qui planaient dans la semi-pénombre se résumaient aux murmures des soigneurs guidant leur héros, aux conversations étouffées de ceux qui suivaient le déroulement de l'action et la commentaient chichement.

Sanzo chercha le regard de Jorge, mais ce dernier suivait le Grand Parcours par-dessus l'épaule de Varnan. Il soupira.

« Nom de Dieu, murmura-t-il, c'est un véritable festival ! »

Jorge lui lança un rapide coup d'œil.

« Huit ROUGES hors de circuit, dès la première épreuve ! dit Sanzo.

— Et nous, deux, dit Jorge. MacLeaptom et Elke Sorg — elle vient de se faire avoir aux rouleaux. On reste huit. Il n'y a pas de quoi pavoiser déjà…

— Huit contre treize, dit Sanzo. On remonte tout de même le handicap de départ. Je m'attendais à ce qu'ils mettent le paquet contre Coggio, dès les premiers instants…

– Il a pris un bon départ », dit Jorge Calmann. Ajoutant : « Mais l'offensive a l'air déclenchée. »

L'écran supérieur montrait le deuxième terrain d'épreuve du Grand Parcours, réservé à l'haltérophilie, en plan aérien général.

Cinq podiums étaient dressés les uns à côté des autres, en arc de cercle, distants de trois mètres entre eux. Sur chaque podium, il y avait une barre d'acier étincelante, un cylindre étranglé au centre de sa longueur, là où les héros l'empoigneraient pour le soulever.

Le ROUGE à abattre était naturellement Liman Kaffi, vainqueur de cette discipline dans l'épreuve d'athlétisme de la première partie de la GUERRE. À moins que les adversaires n'aient mis au point une tactique différente. Dans le camp BLANC, trois hommes avaient été désignés prioritairement par les entraîneurs : Jardenez, Coggio, Alvares-Gutti.

Jardenez était le mieux placé, arrivé un des premiers sur le terrain. Il grimpa sur le podium le plus proche, tandis que Nase se jetait sur le héros en short rouge arrivé en troisième position — tout comme Jardenez l'avait protégé pendant le 600 m, il protégeait maintenant Jardenez, d'autant plus qu'il n'avait aucune chance aux haltères, surtout après avoir fourni l'effort de la première course. Le ROUGE était le Tchèque Laloz Berek.

« Laisse Jardenez essayer, petit ! » dit Varnan.

C'était ce qu'avait dû décider seul Coggio. Il jeta un coup d'œil en direction de Nase et Berek qui s'empoignaient, puis fit face au premier adversaire venu. Plioutchine.

La marée humaine avait envahi le terrain, coulait vers les podiums. Le ROUGE Scobb allait atteindre la seconde estrade, mais il fut rattrapé par Alvares-Gutti. Il y eut très rapidement deux nœuds de combat, devant le premier et le second podium. Du grouillement jaillit le Libyen El Jeffi qui se précipita vers le cinquième podium à l'autre extrémité du demi-cercle. On le laissa faire.

Nase avait été sonné par Berek, qui se retourna vers Coggio déjà aux prises avec deux autres. John Strurges, le BLANC le plus proche, dut recevoir un ordre de son entraîneur et vint prêter main-forte à Coggio.

Jardenez levait la barre… aux épaules, et elle retomba. Il rassembla ses forces pour une seconde traction. Coggio semblait mal en point, submergé.

« La voilà leur offensive, nom de Dieu ! ragea Sanzo.

— Dégage-toi, petit, dit Varnan dans le micro. Dégage-toi vite ! Enrique va y arriver. »

Sur le cinquième podium, tout seul, El Jeffi se pétait les muscles à vouloir soulever une montagne… Alvares-Gutti, crachant du sang, jaillit de la mêlée et sauta sur le second podium.

Nase se redressait. La Chinoise Tsi Tsan Lo passait près de lui en l'ignorant, prête à s'élancer dans la mêlée. Nase lui faucha les mollets d'un coup de pied. Elle s'abattit sur lui. À l'écart, Vitti Tuka et Brigit Olapsen se tenaient prêtes à quitter le terrain. Un ROUGE les repéra et fonça dans leur direction.

Berek tomba sur Jardenez alors que celui-ci avait soulevé la barre à hauteur de sa ceinture. Jardenez vit arriver le ROUGE et utilisa toute sa force d'élan : la barre d'acier toucha Berek au niveau du ventre, il bascula, s'écroula, le cylindre d'acier lui écrasant le bassin.

Le signal vibrant retentit à cet instant, signalant l'exploit de Paulo Alvares-Gutti qui venait de soulever sa propre barre à bout de bras. Aussitôt, Vitti Tuka s'élança hors du terrain. Olapsen échappa à son adversaire ROUGE et la suivit. Jardenez sauta de son podium afin d'aider Coggio et Strurges. Alvares-Gutti laissait retomber son haltère et le faisait rouler au bas du podium. Il s'envola vers l'estrade voisine et fit tomber également l'haltère qui s'y trouvait. Puis il fila à toutes jambes. Il était suivi par Nase, qui boitait.

Une marée de shorts rouges se propulsa vers les trois podiums libres, abandonnant en grande partie le combat avec Coggio. Il leur fallait soulever eux aussi l'haltère avant de pouvoir quitter ce terrain — et sur le suivant, Vitti Tuka avait déjà saisi une hache, qu'elle lançait vers la cible.

« Pourquoi fait-elle ça, nom de Dieu ! ragea Sanzo. Elle gâche une arme, c'est tout ! »

Birgit Olapsen avait empoigné une hache elle aussi, mais au lieu de la lancer vers la cible (que Tuka avait manquée, comme prévu !) elle la donna à Alvares-Gutti.

Les ROUGES avaient repoussé le pauvre El Jeffi. À sa place, surgi de nulle part, Liman Kaffi empoignait la barre.

Coggio, Strurges, Clay Raft et Jardenez quittaient le

terrain après avoir sagement évité une poignée de rouges qui cherchaient à se mettre en travers de leur chemin.

« Voilà ! voilà ! voilà ! psalmodiait Sanzo, mains crispées sur le dossier du siège de Varnan. Ils viennent encore de perdre un héros dans cette épreuve !

— Nase est en triste état », fit Jorge Calmann.

Varnan se retourna vers eux, rapidement, puis reporta son attention sur les écrans. Il dit :

« On a un autre pépin, plus important. Le récepteur radio de Coggio est foutu. Et le secours *idem*. Plus de contact. Il a dû ramasser un méchant coup !

Comme pour illustrer son propos, le second écran cadrait Coggio en gros plan, découvrant un visage horriblement marqué, démonté, avec la lèvre inférieure déchirée et qui pendait, battait sur son menton. Son oreille gauche était également très abîmée. Le sang pissait de sa bouche et, des multiples coupures qu'il portait sur le visage, coulait sur son torse graissé. Le cadre s'élargit. Son bras gauche paraissait inerte, raide, le long de son thorax. Pourtant, il ne semblait pas souffrir.

« Nom de Dieu ! gémit Sanzo.

— C'est bel et bien leur cible, dit Jorge. Et encore, il s'en tire honorablement. »

Varnan se leva de son siège, qu'il proposa à Sanzo, d'un geste. Tandis que le petit dopeman s'effondrait sur la coupelle de plastique, Varnan dit :

« S'il tient jusqu'à la sixième épreuve, ça ira bien. Il faut qu'il tienne jusque-là. Les deux dernières, on peut les faire sans lui… si on a de quoi.

— Il tiendra », dit Sanzo d'une voix mourante.

La seconde sonnerie signalant que le Syrien Kaffi avait soulevé sa barre retentit. Tous les héros ROUGES se précipitèrent vers le terrain de l'épreuve suivante. Tous, sauf Laloz Berek qui agonisait sur le premier podium, coincé sous la barre d'acier, au milieu d'une flaque rouge déchiquetée.

Pas mal.

Pas de douleur. Le sang coule.

Le silence a craqué dans sa tête. Mais aucune douleur.

Son bras gauche est engourdi. Sans plus.

Il y a deux cibles. Et trois haches pour chaque camp. Interdiction d'aller voler les haches de l'autre camp.

Cette épreuve-là, Coggio l'a remportée, au cours des affrontements d'athlétisme. C'est une épreuve pour lui. Pas vrai, Varnan ? Pas vrai, Sanzo Papa ?

Silence.

Ça a craqué tout à l'heure. Il y a un grand bruit, quand il aspire de l'air. Ce morceau de lèvre qui le chatouille. Il repousse du doigt le fragment de chair et le mord. Goût de sang. Chaud.

Tout seul. Sanzo Papa disparu, envolé.

Il avait un travail à accomplir et il le ferait.

Tout seul. Varnan disparu, en poussière.

Il avait un travail à accomplir et il le…

Tout seul. Tant pis. Il sait bien ce qu'il doit faire. C'est une épreuve pour lui, pour Pietro Coggio le Héros.

Trois haches.

Qui en a jeté une, déjà ?

Qui a manqué ?

Les ROUGES arrivent. Il y a une hache dans la main de Paulo Alvares-Gutti. Une autre dans celle de

Strurges. Mais non, mais non, mais non ! C'est pour moi, c'est pour Pietro ! Strurges tend la hache à Pietro.

Si Paulo lance, et s'il manque…

Si Pietro Coggio lance, et s'il manque…

Alors il faudra aller se coltiner aux ROUGES, pour tenter le nul sur cette épreuve, pour les empêcher de marquer leur point et d'atteindre la cible…

Pas de douleur… Rien.

17

« Restez à genoux, ne bougez pas », dit Delome.

Le pilote s'était retourné ; il avait passé un bras sur le dossier de son siège et il regardait Virginia d'un œil à peine intéressé.

« Je suis finie », songea-t-elle, tout au fond de l'épais brouillard. Terminé. « Je ne suis plus rien. » Elle était étonnée. Depuis toujours, envisageant une situation similaire, elle s'était imaginée qu'elle se révolterait, qu'elle serait brûlée de colère et de désespérance à la fois. Mais non. Elle crevait de chaud et elle était fatiguée.

Il y eut du bruit derrière elle. Elle se laissa fouiller, sans broncher. Le type se trouvait dans l'hélico et elle ne l'avait pas vu. Il extirpa le nécessaire extra-plat de maquillage de la poche d'uniforme. Elle entendit le bruit du fermoir.

« Pistolet-laser, dit la voix du type. Supersophistiqué. »

Delome n'avait pas cillé.

Virginia tourna la tête et regarda au-dehors. C'était blanc, aveuglant de lumière. Bec Malenoy avait reculé de deux ou trois pas et trois autres commissaires (ce n'étaient pas ses « complices ») l'avaient rejoint. Bec soutint le regard de Virginia. Il ne paraissait pas spécialement gai et farfelu, ni spécialement désolé. Il donna son arme à un des agents de l'ordre. Retira sa chevalière, la laissa tomber au sol, l'écrasa sous son talon.

« Je peux savoir ? demanda Virginia. Vous vous appelez réellement Bec Malenoy ? »

Bec eut une sorte de sourire rapide. Il acquiesça de la tête.

« Et vous appartenez réellement à la télévision française ?

— Réellement, mademoiselle.

— Et vous aurez tout de même un joli scoop », dit Virginia.

Malenoy se gratta le front. Ce fut Delome qui répondit :

« Il aura une belle carrière, dans les hautes sphères de la T.V. Mais pas de scoop. »

Malenoy haussa les épaules. Un petit mouvement fataliste. Et puis quelqu'un referma de l'extérieur la porte de l'hélico.

« Déshabillez-vous, mademoiselle Vorane », dit Delome. Il ajouta, jugeant sans doute la précision nécessaire : « Nous ne voulons courir aucun risque, comprenez-vous ? »

Elle comprenait. Naturellement. Et elle se dévêtit. Complètement. Le regard de Delome ne changea en rien. Le pilote de l'hélico regardait devant lui. Quand elle fut nue, le type derrière elle lui demanda de se pencher en avant ; il lui écarta les fesses et lui planta un doigt dans l'anus, ensuite il explora pareillement son vagin.

« Vous pouvez vous asseoir », dit Delome, désignant le siège latéral riveté à la carlingue. « Si vous voulez. »

Elle ne bougea point. À genoux sur le plancher métallique.

« Bon, dit Delome. Mettez vos mains derrière le dos. »

Elle s'exécuta. Les bracelets se refermèrent sur ses poignets.

« C'est Malenoy qui vous a prévenus ? interrogea Virginia. Il n'a jamais cru un mot de mon histoire, n'est-ce pas ?

— Oui, et non. Il aurait pu y croire… et nous aussi : vous étiez une petite arriviste qui tentait le tout pour le tout afin de gagner l'admiration et l'affection de Coggio, ou encore pour attirer sur vous l'attention du monde entier en cas de mort de Coggio. Ça se tenait… Vous deviez bien savoir que vous étiez surveillée, non ? vos lignes téléphone et télévid sous écoute, ainsi que des mouchards un peu partout… Vous le saviez ?

— Je m'en doutais.

— Chapeau, dit Delome. Et nous, de notre côté, on vous soupçonnait, mais on se disait : jamais une pro ne commettrait pareille imprudence… ou alors au contraire. Il y avait une chance sur deux.

— Et Malenoy ?

— On a piégé votre conversation. Heureusement pour lui, et bien qu'il soit chasseur de scoop très affamé, il est aussi bon citoyen. Prudent. C'était un gros coup. Il nous a prévenus, oui. Il comptait sur un scoop, de toute façon, avec notre accord. Il ne l'aura pas.

— Pourquoi ?

— Cette histoire ne sera pas révélée. Coggio, s'il en sort vivant, ne doit pas avoir le moral fichu en l'air en apprenant que la seule femme qu'il aimait et qui, croyait-il, l'aimait… en apprenant que cette femme était en réalité une espionne activiste du camp adverse, accrochée à ses basques pour le tuer.

— Je l'aimais », dit Virginia, nue, à genoux, les mains croisées et entravées sur ses fesses par les menottes.

Delome haussa un sourcil. Le droit. Il poursuivit :

« Coggio n'apprendra pas. Ni lui ni personne. En échange de son silence et pour le remercier de son esprit civique, Bec Malenoy connaîtra une ascension sociale rapide ; il aura l'assurance d'obtenir un poste de haute importance au sein d'Eurobloc T.V. Officiellement, vous allez mourir, mademoiselle Vorane. Je crois savoir que ce sera dans un accident de voiture, sur cette route qui mène au stade du Grand Parcours... Vous étiez trop pressée d'aller attendre votre fiancé et de l'accueillir après la rude épreuve qu'il est en train de subir. Car il s'en sortira, et vous n'en doutiez pas. Comprenez-vous ? »

Elle ne dit rien.

En surimpression sur l'image apparut un tableau chiffré qui renseignait sur le décompte des héros éliminés, morts ou hors course, après la deuxième épreuve du Grand Parcours. Le chiffre était 9 pour les ROUGES. Les BLANCS avaient seulement perdu deux de leurs héros.

Les images étaient celles de la troisième épreuve : le lancer de haches.

Mager tourna son faciès hébété vers Dolico, assis à côté de lui dans un fauteuil à la housse de velours usé. Il murmura :

« Ils tombent comme des mouches... »

Le souffle de voix suffit à couvrir le son du poste de télévision réglé au minimum.

« Ne vous effrayez pas, dit Dolico d'une voix tout aussi neutre et plate. Un nombre important de héros au départ est souvent un handicap, contrairement à ce qu'on pourrait croire. L'assurance d'être le plus fort fait commettre des erreurs néfastes. Puis les forces s'équilibrent d'elles-mêmes et le jeu se joue sur la valeur réelle des héros, quand leur nombre est approximativement égal dans chaque camp. Théoriquement, vu les chiffres en présence, notre camp devrait perdre encore la bonne moitié de ses effectifs, et le camp adverse deux ou trois. Nous pouvons conserver une légère majorité, mais le dernier combat se jouera entre trois ou quatre héros dans chaque camp. C'est une règle que j'ai eu maintes fois l'occasion de vérifier. »

Mager avait écouté, bouche ouverte et l'œil écarquillé. Il eut un frisson qui fit trembler tout son corps malingre.

« J'ai un ami qui va venir ! s'écria-t-il. Et je me fous de vos sacrées théories ! Est-ce qu'il y a quelque chose à préparer, pour l'opération ? »

Dolico parut un peu plus désolé. Il regarda Mager, il regarda le revolver braqué sur son ventre.

« Je vous ai déjà dit que…

— Est-ce qu'il y a quelque chose à préparer, nom de Dieu ?

— Non, souffla Razva Dolico. Rien à préparer… »

L'atroce, c'était ce silence qui régnait sur la foule des condamnés rassemblés sur l'aire du Champ d'Honneur, d'une part, et le vacarme qui roulait sur les rangs des spectateurs des gradins qui s'échappait des amplis, d'autre part. Et l'on pouvait très bien dissocier les deux.

Yanni Bog Bonnefaye, qu'un espoir hautement raisonné avait poussé à jouer pendant un moment les citoyens libres, anticipant effrontément sur le verdict final, s'était réveillé brutalement, dessillé, dans sa pleine condition de condamné. Avec la peur au ventre, toute certitude balayée irrémédiablement. Avec le doute horrible et la sueur glacée. Et c'était tout à fait impossible d'émettre la moindre pensée logique, de construire l'ombre d'une extrapolation sensée, froide et claire, concernant les heures à venir, ou même les minutes. L'instant présent comptait seul, et rien d'autre. L'abominable écoulement de la seconde présente distillé comme une torture parfaite.

Il était un de tous ceux-là qui attendaient, souffle court, l'esprit embrasé (ou déjà éteint par le souffle et l'haleine fétide du supplice), l'œil rivé sur l'écran gigantesque qui retransmettait les images du Grand Parcours des Héros. Les cris, les bravos, les braillements du public des gradins ne les atteignaient pas. S'ils avaient peut-être fait partie, un jour, de ce public, c'était dans un autre monde. Sur une autre planète ou dans un univers parallèle. Ils ne s'en souvenaient plus.

Ils regardaient les images et écoutaient le commentaire passionné de deux speakers hystériques. Quand les premiers héros ROUGES étaient tombés, tous ces morts en sursis du camp BLANC (qui ne parvenaient plus à se concevoir comme des vivants probables) n'avaient même pas frémi : c'était le public des citoyens libres qui hurlait et trépignait. Ils étaient restés de glace, enfermés dans leur cocon particulier et personnel de terreur, non pas soudés entre eux (comme on aurait pu le supposer) par la possible échéance funeste qui les balaierait tous à la même seconde, mais au contraire isolés comme jamais. Ils étaient des statues de sel et pourtant ils vivaient — mais ne vivaient que par l'épouvante. Ils étaient restés statues quand les héros de leur camp avaient remporté leurs premiers exploits, et aussi lorsque deux de ces héros étaient tombés.

Et le speaker hurlait :

« Une hache perdue pour nous ! c'est une erreur impardonnable de la part de Vitti Tuka, ou de son entraîneur-guide — lequel des deux a commis cette erreur, nous le saurons plus tard ! Il reste deux haches, l'une dans les mains de Paulo Alvares-Gutti, qui vient d'effectuer un très bon début de Parcours, l'autre pour Pietro Coggio. Qui va lancer au but ? Et voici les héros ROUGES qui pénètrent à leur tour sur le terrain de l'épreuve ! Coggio a également fourni un bel effort, dans cette première partie du Parcours. Il est notre grand espoir, et l'adversaire le sait, nous l'avons compris en voyant comment ils se sont rués sur lui pendant la seconde épreuve. Coggio a magnifiquement rempli son rôle, cependant, et tandis qu'il contenait la poussée adverse devant le podium occupé par Jardenez, Alvares-Gutti remportait l'épreuve... Il semble que... que Coggio ait néanmoins souffert de cette rude empoignade, que... On nous signale en régie que le contact-guide de Pietro Coggio est détruit. Il va devoir poursuivre le Parcours par ses seuls moyens, sans recevoir la moindre information de son entraîneur. Les héros ROUGES ont saisi leur... Ho ! HO ! »

L'image, en gros plan, cadrait Alvares-Gutti. Zoom arrière. Plan américain de Paulo Alvares-Gutti.

« C'est Alvares-Gutti qui lance ! cria le speaker, tandis qu'un traveling optique rapide suivait la course de la hache tourbillonnante. Qui lance et qui... TOUCHE ! QUI TOUCHE ! ô doux Seigneur ! » Une ovation énorme montait sur le stade du Parc... ronflait, roulait, claquait... « Alvares-Gutti est formidable ! Déjà il s'élance vers le terrain du pugilat, vers la ligne de départ de ce terrain. D'autres le suivent. Un groupe de héros ROUGES s'élancent à leurs trousses pour essayer de les contrer avant qu'ils ne quittent le terrain du lancer de... ah... TROIS ROUGES ont empoigné leurs haches. L'un d'eux, Bert Alloy, lance en direction non pas de la cible mais vers nos héros qui... il manque ! Les deux autres lancent vers leurs cibles, et Coggio... Coggio s'est débarrassé de sa hache, il a lancé en direction de... LA HACHE DE COGGIO TOUCHE PLIOUTCHINE EN PLEIN THORAX ! C'EST UN NOUVEAU HÉROS ROUGE QUI S'ÉCROULE ! Incroyable ! fantastique ! merveilleux ! Plioutchine qui venait de lancer vers sa cible, et qui a manqué, s'écroule. La troisième hache des ROUGES a touché sa cible, mais de justesse ! Qui a lancé ? je suis désolé, je ne sais pas... Alo M'mbo, je crois. Je ne sais pas. C'est la ruée vers le terrain de pugilat ! Notre équipe, Alvares-Gutti en tête, conserve une très faible avance. Ils ont cent mètres à parcourir avant de prendre le départ depuis la ligne de leur camp, pour essayer de toucher la ligne du camp adverse. Le combat, au centre de ce terrain, promet d'être épique ! Quand je pense... quand je pense, et vous aussi j'en suis certain, que les ROUGES ont failli manquer leurs tirs ! Ils auraient été pénalisés d'une minute — ce qui laissait à notre équipe la possibilité de toucher la ligne adverse sur le terrain de pugilat, sans livrer combat ! Nous avons manqué cet avantage d'un fil ! Et c'était un bel avantage, car le pugilat va certainement nous coûter des hommes — ou des femmes. C'est une épreuve très risquée pour nos favoris, spécialement Coggio. C'est dommage, mais nous… »

Yanni Bog, saoulé de cris, de vacarme, déglutit péniblement. Sa bouche était emplie de coton et de sable. Il eut des gestes automatiques pour prendre une cigarette (une de celles que Slim lui avait données) et pour l'allumer. Il croisa le regard de la jeune femme. Elle paraissait tout aussi choquée, abasourdie, que tous les autres occupants de l'aire du Champ d'Honneur. Livide dans les balaiements des projecteurs.

« Coggio ne tiendra peut-être pas jusqu'au bout », dit Yanni Bog d'une voix atrocement cassée.

Elle ne sut que répondre, se contenta de supporter son regard. Un tremblement nerveux vibrait dans ses lèvres.

18

Le pilote échangea quelques phrases par radio, puis il mit le moteur en marche. Delome était toujours retourné sur son siège, un coude appuyé sur le dossier, le revolver dans sa main droite, braquant plus ou moins Virginia. Son visage n'exprimait rien. Cette façon qu'il avait de tenir l'arme pouvait laisser supposer un certain relâchement d'attention de sa part… il ne fallait certainement pas s'y fier.

Dans les premières vibrations de l'appareil, le garde de l'ordre, derrière Virginia, s'approcha et posa une main sur son épaule pour l'aider à maintenir son équilibre. Puis il la souleva littéralement et l'installa assise sur le siège latéral. Il fit un ballot des effets qu'elle avait retirés et les lança sur ses genoux. C'était un homme jeune au visage en lame de couteau, au regard décoloré et froid. Il s'assit lui-même sur le plancher métallique, au fond de l'appareil : dans sa main gauche, il tenait un revolver identique à celui de Delome.

L'hélico s'éleva. Par le hublot de la portière, en face d'elle, Virginia vit défiler la paroi rousse de la montagne, et puis ce fut le ciel.

« Comment avez-vous pu commettre cette erreur ? » demanda soudain Delome.

Virginia le regarda. Des coulées de transpiration luisaient sur ses joues et se rejoignaient sous son menton ; les gouttes tombaient sur sa poitrine. Ses seins tremblaient au rythme des vibrations de l'appareil.

Delome précisa :

« Le soir de la finale du pugilat. Coggio vous attendait. Pourquoi n'êtes-vous pas venue ? Logiquement, c'était le dernier instant possible pour faire ce que vous aviez à faire : Coggio se qualifiait parmi les héros, c'était sûr.

— Sûr, oui, dit Virginia, avec une grimace amère.

— Dans votre cas, c'était une erreur énorme. Ça risquait de le foutre en l'air psychologiquement et il ne fallait pas courir le moindre risque de ce côté : Jorge Calmann avait bien dû le faire comprendre…

— Et vous avez lâché les chiens… »

Delome haussa une épaule :

« C'était une chasse facile. Surveillance accrue en ce qui vous concernait directement — tout le dispositif était en place — et plongée dans votre passé. Vos grands-parents ont quitté la France en 2190, à une époque où le prestige du pays commençait à battre sérieusement de l'aile. Ils ont changé de camp, tout à fait légalement, et opté pour le Maroc. Hubert et Nathalie Vorane, et leur fils Henri-Marc. Dix ans plus tard, en 2200, Henri-Marc revient en France. Il s'installe dans l'Est, à proximité du complexe d'entraînement de Centre V. Un. Il épouse une femme qui lui donne une fille — ils voulaient une fille et tout a été fait pour, à l'Institut de natalité. Cette fille, c'est vous. Exact ?

— Vous le savez…

— Vous avez quinze ans, et vous connaissez déjà Coggio, lorsqu'il se produit une nouvelle scission dans la famille Vorane. Vos parents, imitant vos grands-parents, choisissent de retourner eux aussi au Maroc. Quant à vous, vous vous brouillez avec eux et décidez de conserver la nationalité française. Leur départ peut s'expliquer, une fois encore, par la position plutôt lamentable occupée par notre pays au sein de l'Eurobloc. Pour vous, c'est l'amour du champion qui décide... »

Delome laissa flotter un peu de silence, comme pour laisser à la jeune femme la possibilité de faire un commentaire. Elle garda les lèvres closes.

« Évidemment, dit Delome, vos parents n'avaient fait aucun choix. Ils obéissaient aux services d'espionnage marocains supervisés par la recherche médicale pour le sport de la Fédération socialo-communiste. Les services en question avaient mis la patte sur les premiers émigrés Vorane, dès leur arrivée en terre d'Afrique. Classique. Et parce que les grands-parents étaient tenus, vos parents sont partis, pour éviter qu'une capsule de cyanure implantée n'éclate soudainement, radiocommandée à distance, dans la tête de Hubert et Nathalie Vorane... On leur a fait le même cadeau. C'était à vous d'agir selon leurs ordres pour éviter une quadruple explosion. Nous avons vérifié, par nos agents sur place : les Vorane qui nous intéressaient, au Maroc, ne font pas partie des condamnés. Ils sont internés pour différentes raisons : cela va de la fracture du poignet à la crise de rhumatismes aiguë... Une question : quand avez-vous été mise au courant, avant ou après le départ de vos parents ?

— Avant.

— Avant ou après avoir rencontré Coggio ?

— Avant, dit Virginia.

— D'accord… Pour vous, pas besoin d'implant-tueur dans la tête — qui aurait été détecté immédiatement. Les petites bombes logées dans le cerveau des grands-parents au Maroc suffisaient amplement… Je suis navré pour eux. »

Elle soutint son regard : il paraissait sincère. Le menton de Virginia trembla légèrement.

« C'était le fait que Coggio fût né de façon… disons particulière, qui intéressait à ce point nos collègues de l'autre bord ?

— Je ne sais pas, souffla Virginia.

— Bon Dieu, dit sourdement Delome. Pourquoi n'avez-vous pas tenté votre coup après la finale du pugilat ? La peur ? Le trac ? »

Virginia baissa la tête. La goutte de sueur qui chuta de son menton tomba entre ses seins, roula sur le pli de son ventre et s'arrêta dans les poils blonds de son pubis.

« On ne tue pas facilement un enfant, dit-elle. Vous savez bien qu'ils ne sont rien d'autre que des enfants, de terribles enfants, sous leurs carapaces de muscles… Et ils veulent gagner, gagner encore, gagner toujours, pour qu'on les admire, pour qu'on les aime… C'est parfois ce qui arrive : on les aime. On aime un enfant, et il faut le tuer. »

Ce fut au tour de Delome de garder le silence.

L'hélico amorça un virage en plongée. Virginia crispa ses orteils sur la tôle chaude du sol.

Le pilote dit :

« Une voiture a crevé le rail de sécurité, en dessous, sur la route. Elle a plongé dans le ravin.

— Oui, dit Delome. Je sais. »

19

La lumière et la chaleur du soleil sont violemment réverbérées par l'asphalte blanchi du terrain de pugilat. Un rectangle de vingt mètres sur dix, et deux pistes qui partent de chaque bout pour se rejoindre en une seule (comme un Y renversé) et filer vers le terrain d'épreuve suivant. Aux deux extrémités du rectangle sont tracées des bandes colorées dans le sens de la largeur : une bande blanche cernée de noir, une bande rouge. Les camps. Et l'équipe des BLANCS prendra le départ depuis sa bande blanche pour atteindre la rouge, l'équipe des ROUGES prendra le départ depuis sa bande rouge pour atteindre la blanche. Les héros se rencontreront au centre du terrain. Le premier qui touchera la bande colorée de l'adversaire libérera son équipe qui pourra, par la piste en Y, s'échapper et gagner le terrain de moto-glace.

Le chiffre huit clignote dans la tête de Coggio. Huit-huit-huit. Ils restent huit, pour le camp BLANC. Huit, huit, huit, huit… Les autres doivent être onze. C'est cela, Coggio. En comptant Plioutchine qui vient de ramasser une hache, ils restent onze. Huit contre onze. Ça va.

Ils sont les premiers sur la bande blanche du départ — et ils démarrent aussitôt. Vitti Tuka, Clay Raft et Birgit Olapsen en tête. Les autres suivent. Coggio est le dernier du groupe.

Ils sont au centre du terrain, déjà, alors que l'équipe adverse prend seulement le départ depuis la bande rouge. C'est bon ! c'est bon, Pietro ! Le choc va se produire à peu de distance de la ligne rouge : un joli avantage.

Mon bras, pense Coggio. Il n'a pas mal. Ankylose. Des nerfs broyés ? La circulation sanguine étranglée pour un instant ? Les muscles se réveillent, semble-t-il. Un picotement. (Il ne sent pas le picotement, c'est comme s'il *l'entendait* !) Le sang chaud mais insipide dans la bouche… Sanzo Papa, tu me regardes ?

Les deux filles ont essayé de passer, mais elles se trouvent aussitôt face à Bert Alloy, Tsan Lo, Vic Alo M'mbo et un autre que Coggio n'a pas le temps d'identifier. Elles reculent. Tsan Lo plonge dans les jambes d'Olapsen : elles roulent à terre.

Et Volker se dresse devant Coggio. Malgheb El Jeffi est derrière lui. Ils ne sont pas de taille, Coggio le sait — ils doivent le savoir également car ils hésitent un quart de seconde : c'est suffisant pour Pietro. Il frappe. Du poing droit, un direct calculé en tenant compte de la possible parade de Volker, un direct d'une précision ahurissante qui s'écrase en plein visage de l'homme. Craquements d'os. Ceux de Volker ou ceux du poing de Coggio ? Les deux ? Coggio double la frappe. Il cueille le Hongrois en perte d'équilibre, l'homme bat des bras, trébuche, pissant le sang par ses narines éclatées, sa lèvre écrabouillée. Il n'a pas touché le sol que El Jeffi est sur Coggio. Choc. Vision blanche. Une seconde écrasée pendant laquelle la vue de Coggio se brouille dans une giclée de lumière aveuglante.

Un autre choc. Les muscles de son abdomen ont encaissé automatiquement, mais c'est néanmoins au tour de Coggio de reculer. Où est la ligne rouge ?

Il se cogne contre quelque chose, quelqu'un. La silhouette noire, au centre de l'aveuglante lumière, se dessine de nouveau avec précision. Un visage tordu. Coggio frappe et manque. Encore un choc qui le fauche à l'estomac. Il tombe en avant et vomit un jet chaud.

Il a roulé sur le côté, pour éviter le coup suivant qui doit immanquablement le toucher. Et il est touché, à l'épaule gauche. Brûlure. Le ciel danse. Des cris. Une masse noueuse et glissante s'écroule sur lui, des pouces dérapent sur ses joues en direction de ses yeux. Dans un sursaut de tout son être, Coggio se détend. Son genou a touché des chairs dures. La pression se relâche sur son ventre, les mains glissent sur son cou, vont serrer. Il frappe encore, de l'autre jambe, esquive de côté, la peau du dos arrachée par l'asphalte.

Salaud !

Salaud de salaud de salaud ! Coggio ramasse un nouveau coup au milieu des épaules. Il lance une main qui s'agrippe à un short rouge, puis aux parties génitales de son adversaire. Bon Dieu, ils sont combien sur moi ? Il tire, pour déchirer, pour arracher. L'homme vient en hurlant, et de son poing gauche Coggio frappe au plexus. Le type s'écroule en désordre, des jets de sang coulent sur ses cuisses. Peau noire. M'mbo. Coggio lance son pied et le touche à la tempe, la tête choque l'asphalte, rebondit, M'mbo se tord au sol et Coggio frappe encore, et cette fois il sait que M'mbo ne pourra plus se relever. Il frappe une nouvelle fois en direction de El Jeffi qui se lance de nouveau à l'assaut.

Où est cette saleté de ligne rouge ? Que font les autres ?

En un éclair, du coin de l'œil, Coggio aperçoit Jardenez aux prises avec Alloy. Et plus loin, Tuka lutte toujours avec la Chinoise — des flots rouges s'écoulent de la poitrine déchirée de cette dernière. Jardenez semble très mal en point. Aller à son secours…

Un coup de poing s'écrase sur son oreille, Coggio plonge tout vivant dans un brouillard de silence rouge, il lance sa main droite et touche El Jeffi mais celui-ci évite et lui porte un autre coup qui l'atteint une fois de plus à l'épaule gauche, Coggio frappe, frappe, frappe, et manque, manque, manque, et la colère lui embrouille les yeux, et le sang prend un brutal goût de fer humide dans sa bouche, et le silence rouge se déchire brutalement sous l'indicible poussée du déferlement bruyant qui tombe du ciel d'acier poli. Coggio essaie de toucher El Jeffi, qui esquive comme un chat, ce salaud, et voilà qu'un autre se joint à lui, pour tomber à bras raccourcis sur Coggio. Encore Volker !

Un bras gauche qui ne répond plus qu'à moitié. Le droit qui s'alourdit. Du feu sur le dos — c'est la seule sensation douloureuse. Coggio se bat…

Les lèvres de Sanzo se décollèrent ; il murmura :

« Ils sont en train de se cogner dessus depuis combien de temps ? »

Sans bouger, sans quitter des yeux les écrans devant lui, il répéta la question un ton plus haut.

« Près de vingt minutes », répondit la voix de Jorge Calmann.

Vingt minutes ! Mon Dieu ! gémit mentalement Sanzo.

Vingt minutes... et les deux groupes s'affrontaient toujours approximativement au même endroit, sur la même portion de l'aire de combat, dans la surface des ROUGES. L'empoignade n'avait rien perdu de sa violence, les chocs étaient toujours aussi rudes ; pourtant, la fatigue devait commencer de peser dans les muscles meurtris des héros : ils cherchaient davantage à passer l'adversaire par la ruse plutôt que tenter de le bousculer en force. Quelques corps étaient allongés sur le sol et ne bougeaient plus. L'asphalte aveuglant était constellé de taches rouges et brunes...

Sanzo perçut un murmure derrière lui et il tourna la tête. Il vit un commissaire des jeux en train de parler à l'oreille de Varnan. Les yeux écarquillés, hypnotisé par les scènes qui se déroulaient sur les écrans, Jorge Calmann souffla :

« J'ai préféré lui garder toute son agressivité, conserver intacte toute l'acuité de ses réflexes... L'effet des antidouleurs doit commencer à s'estomper... Il va avoir mal, et ressentir la fatigue, peut-être un peu trop tôt... »

Sanzo reporta son attention sur les écrans. Coggio était couvert de sang ; c'était difficile de savoir si ses blessures étaient importantes ou non. Il semblait sérieusement touché au visage.

« Il faudrait presque qu'il laisse les motos aux autres, dit Sanzo. Et qu'il souffle un peu. Mais il ne le fera pas. C'est son épreuve...

— Et c'est bien pour cela qu'ils lui tombent tous dessus », précisa Jorge.

Varnan quitta le commissaire des jeux et s'approcha de ses deux collaborateurs. Il dit :

« Virginia est épinglée. Elle a avoué... Elle voulait le descendre en cours de Parcours. »

La bouche de Sanzo s'ouvrit toute grande, puis se referma lentement. Un moment de silence dru pesa très lourdement.

« Si jamais cette garce l'a conditionné, d'une façon ou d'une autre... », dit Sanzo.

Jorge Calmann se défendit d'une voix sourde, vibrante :

« Je suis certain que non ! Aucune trace d'un pareil traitement dans son esprit ! J'en suis certain.

— Tu étais certain que Virginia était innocente », dit Varnan.

Une exclamation, dans une loge voisine, les fit sursauter. Sur l'écran supérieur la scène avait changé : un héros ROUGE venait de passer la garde des BLANCS, il courait, courait vers la ligne blanche... et la passait tandis que retentissait la sonnerie. Aussitôt, le carré de défense des ROUGES se disloqua. Une faille, une légère faille, mais qui permit à John Strurges de bondir et de passer lui-même la ligne rouge. Les deux groupes s'élancèrent sur leurs pistes respectives, laissant quatre hommes sur le terrain de pugilat : Vic Alo M'mbo, Malgheb El Jeffi, Volker et Enrique Jardenez. Et une femme : Birgit Olapsen.

Il restait huit héros dans le camp ROUGE. Six dans le camp BLANC.

« Qu'il laisse les motos, nom de Dieu ! supplia Sanzo d'une voix blanche. Qu'il laisse les motos !... »

Coggio n'a rien entendu. Sa tête est un bourdonnement rond. Il y a des éclairs blancs qui explosent devant ses yeux. Le sang poisse sur sa peau, c'est chaud, ça brûle. Et il a mal.

Mal au bras. Mal au ventre. Mal dans la gorge.

Il a vu s'élancer Strurges, il a vu se défaire le bloc des adversaires, alors il a compris. Là-bas, déjà, Bert Alloy court sur la piste, vers le circuit couvert de moto-glace.

Alors il court. Avec Nase, Alvares-Gutti, Strurges, Raft, Tuka. Ils courent. Ils sont tous lacérés, déchirés, sanguinolents. Chaque pas sur la piste fait gicler des gouttelettes de sang hors des plaies et des écorchures.

C'est le terrain de l'épreuve de moto-glace, avec les enclaves d'attente, pour chaque équipe, en un point de la piste circulaire, face aux lignes de départ. Ceux qui n'enfourcheront pas de motos attendront là que les coureurs aient accompli dix tours de piste, que le premier touche l'arrivée intact. Trois motos pour chaque équipe, et elles partent et roulent dans des sens opposés : une équipe vers la droite, l'autre vers la gauche. Le premier arrivé vivant quittera son engin pour se ruer vers le terrain d'épreuve suivant, il partira depuis l'autre bout de la piste, tandis que ses équipiers non motorisés partiront depuis les enclaves d'attente. Ils ne se battront pas durant cette épreuve, ni même pendant le trajet vers l'épreuve suivante. Seuls, les motocyclistes sont en lutte.

Le froid brutal coupe les chairs de Coggio. Il est parmi les premiers sur l'enclave. Il ne voit pas les circuits des caméras au sommet de la piste relevée, ni les séries de projecteurs aveuglants fixés au plafond : il voit la piste de glace, les barrières intérieures et extérieures de béton hérissé de barbes métalliques. Il voit démarrer la première moto ROUGE, conduite par le Russe Ivan Scobb, la seconde par Blade Igkor et la troisième par la Soudanaise Sylvie Olokomba. Il voit. Ils ont choisi de rouler dans le sens des aiguilles d'une montre. Il voit.

Il voit Alvares-Gutti enfourcher la première moto du camp BLANC. Il saute sur la seconde. Immédiatement, c'est la prenante odeur de carburant brûlé, le vacarme assourdissant. Et les pneus cloutés qui arrachent la glace, traçant leurs sillons-pièges mortels, et les gerbes de paillettes blanches se mêlent aux fumées des quadruples pots d'échappement…

Paulo devant. Il roule en fond de piste, un pied glissant au sol pour stabiliser la machine. Coggio grimpe en milieu de piste, mordant la glace. La machine vibre et secoue, hurle. Poignée de gaz à 04. Soutenue. Soutenue. Dérapage contrôlé. C'est une glace abominable ! Le vent est un couteau qui tranche les chairs vives de Coggio.

Et les autres arrivent, en face. De front. Deux au centre, un au fond. Coggio conserve sa ligne de course : à ce jeu-là, il a éliminé tous les autres, pendant la course des épreuves préliminaires et celles de finales. Des nerfs d'acier. Pas de nerf du tout !

Le visage de Scobb ! À la dernière fraction de seconde, le ROUGE a craqué, il est grimpé en chandelle, a frôlé de quelques millimètres le carénage de Coggio. Il va retomber n'importe où, sur la piste ou bien en dehors…

Coggio hurle — et n'en sait rien. C'est un cri qui se fond dans le boucan, qui s'arrache à ses entrailles comme les roues cloutées des engins arrachent la glace, un cri interminable…

20

L'épreuve de moto-glace était certainement la plus spectaculaire des sept compétitions du Grand Parcours des Héros. Elle était celle qui portait à son point le plus haut l'enthousiasme du public des citoyens libres — quelques milliards d'humains sur la planète Terre et son satellite lunaire colonisé… Nul doute que si l'on avait pu calculer l'énergie dégagée par la tension nerveuse et la passion brûlante de ce public, tout au long du Grand Parcours et principalement durant la course de moto-glace, le chiffre eût été considérable…

Une autre forme de tension nouait le ventre et obnubilait l'esprit de quelques millions de condamnés, pour qui le score réalisé par les héros en compétition avait une signification toute particulière, bien au-delà du simple défoulement passionnel…

Tous les spectateurs contenus dans le stade du parc hurlèrent, tous s'arrachèrent la gorge pour un même cri, levé comme une vague énorme, lorsque le pilote Scobb du camp ROUGE quitta la piste après une suite de dérapages saccadés. La moto plongea d'abord vers l'intérieur de la piste en faible déclivité, puis le pilote tenta un redressement et évita d'extrême justesse le troisième concurrent BLANC — Georges Nase ; la manœuvre propulsa l'engin vers l'extérieur de la piste, dans un sillage fou de cristaux de glace et de fumée, puis ce fut la chandelle. Scobb percuta la protection bétonnée, rebondit sur les barbes d'acier, retomba sur la piste et roula au fond, contre la protection intérieure — où il ne bougea plus. Sa moto emballée passa au-dessus du muret et vint frapper les grilles qui garantissaient les équipes de télévision ; elle retomba dans la fosse intermédiaire, entre la piste et la passerelle circulaire des reporters, où elle explosa en flammes.

Le braillement de la foule retomba lentement, comme une vraie pluie sonore, et l'on put de nouveau entendre le commentaire du speaker craché par les batteries d'amplis, tandis que les images folles se succédaient à un rythme effréné sur l'écran géant.

« ... demi-tour d'avance pour le camp ROUGE, mais ils ont perdu un pilote ! Tout le monde a été témoin du sang-froid extraordinaire de Pietro Coggio, dans ce premier duel des nerfs sur la piste infernale ! Coggio lutte seul, il n'est plus relié par radio à son guide, nous vous le rappelons ! Il a été très éprouvé par l'épreuve précédente, beaucoup plus longue que prévu, et infiniment plus éprouvante aussi. On pouvait se demander si Coggio prendrait ou non le départ de cette épreuve, et ce qu'il aurait fait s'il avait toujours été relié à son entraîneur. Il a choisi de participer et il semble qu'il ait eu raison, en dépit de son état physique apparent — voilà de quoi sont faits les véritables héros : de chair et de sang, bien sûr, mais aussi de beaucoup plus que ce qui peut caractériser les mortels communs que nous sommes tous, d'une détermination farouche, d'un mépris total de la douleur et d'une abnégation absolue au profit de l'idéal qu'ils représentent et défendent ! La France et peut-être même tout l'Eurobloc n'avaient pas connu depuis longtemps un héros aussi représentatif, aussi parfait que Pietro Coggio ! N'ayons pas peur de le dire, peut-être que la Confédération libérale tout entière, sinon le monde des deux camps, n'avait connu jusqu'à ce jour un héros de cette envergure ! »

Les images défilaient. Une caméra suivait un groupe, une autre suivait le second, dans un montage à l'antenne rapide et agressif. Une suite de gros plans cascada en rafale, isolant chaque pilote en course : ils avaient tous le même masque déformé par l'effort et la tension, le même regard halluciné collé à la piste, ils étaient tous marqués de balafres sanglantes par les précédentes épreuves — Coggio était certainement le plus éprouvé. Puis l'écran se subdivisa en trois images : deux au-dessus, pour chaque groupe, une troisième, longue, en dessous, pour un plan général du circuit.

« Ils tournent à près de cent kilomètres à l'heure ! Jugez de la performance, car ils n'ont aucune protection, comme c'est le cas au cours des épreuves de moto-glace normales. Pas de combinaison, pas de casque, pas de genouillères, ni de chaussures spéciales ! La semelle qui frotte en permanence sur la glace pour assurer l'équilibre de la machine va s'user et il est à peu près certain que tous les concurrents qui termineront l'épreuve auront la plante du pied brû… Mais voici que les deux groupes vont à nouveau se croiser ! toujours un demi-tour d'avance pour les ROUGES ! ils vont… non ! aucune tentative de la part des pilotes pour essayer d'éliminer un adversaire ! Ils vont essayer d'accomplir le plus grand nombre de tours en conservant un maximum de chances de parvenir à l'arrivée.

Ils auront fort à faire, en luttant uniquement avec la glace et leurs motos, sans avoir à s'affronter entre eux. Le vrai duel commencera certainement vers le huitième ou neuvième tour… Il semblerait que les deux concurrents ROUGES augmentent encore leur vitesse… »

Yanni Bog était trempé de sueur ; elle coulait, piquante, dans ses yeux, salée sur ses lèvres. Le papier d'une nouvelle cigarette collait à ses doigts et se désagrégeait, devenait pâte, mélangé à l'herbe odorante. Il avait fumé sans arrêt, cigarette sur cigarette. Ses narines étaient insensibilisées, comme intérieurement plâtrées, et une barre pesante appuyait sur ses sinus. Il ressentait la « présence » de l'ange gardien en un point flou au creux de son cerveau, mais c'était sans douleur, un peu de la même façon que ce qui pesait sur ses sinus. Pourtant, la peur ne l'avait pas quitté, au contraire. Elle n'avait rien à voir avec le procédé de contrôle d'humeur, n'appartenait qu'à elle-même, totalement, et d'autant plus riche qu'elle ne devait rien à un stimulus provoqué artificiellement à distance. Elle planait sur le Champ d'Honneur, distribuait ses morsures venimeuses équitablement dans les rangs de plusieurs centaines de condamnés ; elle jaillissait des images retransmises par l'écran, du vacarme, et même des cris des spectateurs…

Yanni Bog ferma les yeux. Il respirait péniblement comme si ses poumons avaient séché, leur volume diminué de moitié. Il rouvrit les paupières et regarda Slim, toujours pétrifiée à côté de lui et fascinée par le spectacle qui se déroulait sur l'écran. Il eut envie de la prendre dans ses bras, contre lui. De la serrer, de la respirer. Il dit :

« Coggio ne tiendra pas… » Slim eut un mouvement très lent de la tête et s'arracha difficilement à la contemplation hébétée du film des événements. Elle était d'une pâleur de cire encore accentuée par les balayages de projecteurs. Ses lèvres étaient trop rouges. « Il aurait dû se reposer pendant cette épreuve… S'il meurt…

— S'il meurt ? murmura Slim.

— Il ne restera plus personne », dit Yanni Bog.

Comment avait-il donc pu être persuadé de la victoire des BLANCS, avec autant de force ? Comment pouvait-on concevoir une aussi absolue certitude, une conviction à ce point sans faille ? Il avait suffi qu'il pénètre sur le Champ d'Honneur et se joigne à tous ses semblables, comme si le doute et la peur pouvaient se transmettre par contagion, en un éclair — une communion mentale dans la terreur… D'un seul coup, il était passé de l'optimisme béat aux affres d'une épouvantable torture. Il pouvait mourir, dans quelques heures.

Il pouvait mourir. Une minuscule capsule d'air comprimé qui explose, obéissant à un signal-radio. Une pichenette dans la tête — et *voilà*.

Il déglutit, mais la salive était poussière, dans sa gorge.

« Slim… »

Il serra les poings. Son cœur battait très fort, chaque pulsation résonnait avec un « bruit » creux au fond de sa gorge de plâtre.

« Est-ce qu'ils devaient nous punir aussi durement, Slim, pour ce que nous disions, pour les textes imprimés sur nos tracts ? Ils ont appelé cela de la subversion. C'est au nom de cette subversion qu'ils nous ont condamnés. »

La main de Slim se posa sur le bras de Yanni Bog. Elle serra.

« Ne dis rien, Yanni ! » dit la voix rauque de la jeune femme.

Il fut heureux de lire cette lumière-là dans ses yeux — heureux, vraiment, le temps d'une bouffée chaude — et ce fut peut-être ce qui acheva de le décider. Son visage se durcit ; progressivement, ses paupières se fermèrent.

« On affirmait », dit Yanni Bog Bonnefaye tandis que la foule bramait, que les motos tournaient sur l'écran, tandis que le speaker devenait prêtre de la mort… « on affirmait que les compagnies d'informatique au service de la démographie étaient les réelles maîtresses du jeu. Les compagnies, et leurs ordinateurs, et ceux qui travaillaient pour cette puissance. C'était imprimé en toutes lettres sur nos tracts. »

La « présence » de l'ange gardien se réveilla dans sa tête, mais toujours sans douleur : une augmentation de poids, c'est tout.

« C'était écrit… La médecine a fait d'énormes progrès, les maladies sont rares et mieux soignées, neuf formes de cancers sur dix sont vaincues, l'espérance de vie a fait un bond moyen considérable, la courbe des naissances stagne à son maximum en dépit du contrôle possible dans un contexte de paix généralisée stable… Il faut mourir quand même. Il faut contrôler la démographie afin que cela ne devienne jamais source de nouveau danger. Un équilibre est nécessaire et doit être assuré. Dans une certaine mesure, les déviants et criminels en tout genre sont nécessaires, eux et leur entourage coupable, car ils fournissent le pourcentage voulu de morts au-delà de ce que "propose" la mort naturelle par accident, maladie ou vieillesse. Nous le disions. Nous disions également que certaines morts “naturelles” chez certains condamnés hors des périodes de verdict de la GUERRE pourraient être *provoquées* par mesure de sécurité — ces morts naturelles, ou causées par un stress prétendument naturel, atteignent les 2 % parmi les condamnés en attente de verdict : c’est toujours cela de pris, dans un camp comme dans l’autre, sans que jouent les scores de la GUERRE. *Idem* pour les morts de malades dans les hôpitaux et cliniques. Nous n’avions aucune preuve à l’appui, mais par le simple fait que ce système de contrôle existe et qu’il est appliqué à la surveillance des condamnés (sans oublier que les délits commis sont souvent punis par des condamnations disproportionnées) nous permet de supposer son extension dans beaucoup d’autres directions. »

Son visage était crispé, ses yeux toujours clos. Il ne voulait pas entendre les clameurs de la foule, ni les commentaires du speaker annonçant le septième tour de piste des BLANCS, le huitième des ROUGES…

« On accusait ce système qui a transformé le sport de compétition en abominable machine oppressive et en nouvel opium des peuples décérébrés. Ce que l’on affirmait, et que j’affirme encore ? Ceci : que la compétition réelle entre les deux blocs idéologiques de la planète n’existe pas, mais que ces deux blocs au contraire, au niveau des hautes super-puissances occultes extra-gouvernementales, extra-politiques et idéologiques, sont étroitement alliés, complices. Le jeu n’assure pas la compétitivité franche (il l’utilise simplement pour des raisons économiques et psychologiques), mais il est savamment contrôlé pour permettre une forme d’équilibre entre les deux blocs et empêcher que l’un des deux n’exerce sa suprématie. C’est le prix de la paix. Ils ont utilisé le sport de compétition pour maintenir en esclavage béat des milliards d'êtres humains, pour canaliser les émotions et toutes les vibrations passionnelles de ces milliards d'êtres humains. Ils sont d'accord, au-delà des façades menteuses de cette autre compétition qu'est le jeu politique, d'accord pour asservir et diriger, d'accord pour faire danser à leur rythme, à leur musique, d'accord pour le profit... Au-delà de la paix fabriquée... mais est-ce la paix, quand des millions de personnes sont assassinées régulièrement pour le maintien d'un équilibre mis en péril par la course en avant des fringales éternellement attisées ? Ils n'ont pas de visage, mais ils existent. Ils sont complices, BLANCS et ROUGES, chefs de tous les États et leurs maîtres de l'ombre, prêtres de toutes les religions, maîtres de ballet pour la danse en rond, techniciens des machines et graisseurs de rouages. D'un bord, de l'autre, ils sont complices par-dessus les morts et par-dessus l'ignorance de tous les peuples qui savent si bien vibrer avec un bel ensemble aux performances d'un champion auquel il est si facile de s'identifier ! C'est ce que nous écrivions. Mais quelqu'un a-t-il jamais lu un de nos tracts ? Savent-ils lire encore, tous ces assommés ambulants, autre chose que la presse sportive, autre chose que les biographies d'entraîneurs et de champions ? Savent-ils encore voir plus loin que ce qu'on leur présente de manière si joliment colorée, si bien emballée — peut-on regarder facilement au-delà d'un paysage parfait ? Utilisant le sport, les meneurs de jeu en coulisses ont tissé des chaînes incassables, pour entraver idéologiquement, philosophiquement, économiquement, politiquement, avec un joli flot sur le dernier nœud. C'est l'unique passion, l'unique sujet à partir duquel on permette la pensée critique ou “constructive”. Même leur guerre secrète des services d’espionnage ne joue qu’un rôle accessoire. En fait, si les deux camps se surveillent de près et se mettent régulièrement des bâtons dans les roues, c’est pour contrôler mieux l’équilibre des puissances en présence et empêcher la suprématie d’un camp. Pour maintenir la tricherie nécessaire, obligatoire, de l’émulation réciproquement maintenue à un certain niveau… Je perdrai cette GUERRE, je gagnerai la suivante, ou la suivante encore. Ou si je perds deux fois de suite, le nombre des morts du camp adverse, à ma prochaine victoire, sera triplé. Je perds si je risque de devenir trop fort… »

Yanni Bog rouvrit les paupières. Il trouva devant lui le visage toujours livide de Slim.

Il avait parlé, et ne ressentait rien de spécial. La lourdeur au fond de son crâne n’était pas plus forte. Tout ce qu’il avait dit, citant parfois à la lettre le texte des tracts illicites, pourrait être retenu contre lui une fois de plus, si d’aventure cette diatribe était diffusée (et s’il sortait vivant de cette GUERRE), en dépit de toutes les assurances qu’avait pu donner Slim, de tous les appuis possibles et imaginables. D’ailleurs, une telle émission ne pouvait pas passer sur les antennes… même pour jouer la carte truquée de la démocratie et de la liberté d’opinion. Tout cela s’effaçait derrière un mot, un seul : SUBVERSION, derrière une expression passe-partout : ATTEINTE À LA SÛRETÉ DU SYSTÈME ET SABOTAGE DE LA PAIX UNIVERSELLE.

Il avait parlé… Il essaya de sourire. Dit encore :

« Coggio est le premier d’une nouvelle race de champions. Il risque d’être trop fort. Il risque de mourir… »

Slim approuva de la tête. Mais elle dit d'une voix basse et rauque : « Même s'il meurt, Yanni Bog. Toutes les chances ne seront pas perdues pour nous ! L'équilibre sera rétabli… pour toutes ces raisons que tu viens de donner…

— Mais il est le premier de sa trempe, le premier que l'on prépare depuis la naissance et même avant… C'est en soi une victoire de la Confédération libérale… et tant pis si nous avons perdu les deux guerres précédentes, ou les trois, quatre, cinq, six GUERRES précédentes… C'est peut-être tout à coup un trop grand bond en avant — un bond que les autres n'ont pas encore fait. Peut-être que nous devons payer pour ça. Pour l'équi… »

Une nouvelle explosion d'ovations retentit et emporta les paroles de Yanni Bog. Slim se serra instinctivement contre lui. Il mit son bras sur son épaule, la pressa sur son torse. Comme pour illustrer précisément ses propos les images sur l'écran étaient folles. L'ovation n'en était pas une : c'était un cri de pure stupéfaction, un cri douloureux, incrédule, qui fusa et retomba aussitôt.

« … infernal ! braillait la voix du speaker. Les rouges vont certainement finir leur dixième tour et ils remporteront cette épreuve avec un tour d'avance, si Alvares-Gutti parvient à terminer… »

La moto d'Alvares-Gutti dérapa, descendit à vive allure la pente incurvée. Le plan général cadrait étroitement le héros dont les muscles saillaient. Gutti accomplissait un effort fantastique et désespéré pour contrôler son engin dont les roues labouraient la glace. Plan général de la piste abominablement massacrée et striée par les traces des crampons des roues. La moto éjectée quelques secondes auparavant était fichée dans les grilles protectrices extérieures. Le pilote boula sur la piste, devant la moto d'Alvares-Gutti, lequel fit une embardée prodigieuse qui le remit dans la course. Le pilote qui rebondissait était Pietro Coggio. Sa moto encastrée dans les grilles explosa. Un jet de feu liquide fusa et coula sur la piste. Un autre bolide arrivait, qui creva les flammes et la fumée noire.

« … ne peut pas dire si Coggio est sérieusement atteint, après cet affrontement perdu avec Igkor. Il ne bouge plus. Il va… l'essence enflammée va l'atteindre ! Dieu ! c'est maintenant Georges Nase, le merveilleux Nase qui a accompli une course fantastique ! c'est Nase qui traverse les flammes et qui… »

La moto de Nase se coucha, tourbillonna sur elle-même tout en descendant à vive allure vers l'intérieur de la piste. Des giclées de flammes et de glace zébraient l'air, et la machine tourbillonnait toujours, Nase accroché au guidon. Pilote et moto percutèrent le mur d'enceinte interne avec une force inouïe. Une boule de feu.

« … se relève ! Pietro Coggio se relève ! voyez-le ! Il est indestructible ! Il s'agrippe aux barbes de fer du mur — je ne crois pas qu'il les ait touchées ! Il ne paraît pas blessé de façon… sonné, oui. Il attend… Voici… Terminé ! Igkor vient de boucler son dernier tour, il est vainqueur ! L'équipe ROUGE quitte l'enclave d'attente. Ils se précipitent vers le terrain d'épreuve du tir à l'arc tandis que… Alvares-Gutti, seul sur la piste, accomplit son dernier tour. Il arrive à proximité de cette barre de flammes qui traverse la piste dans sa largeur. Le feu n'a pas eu le temps de faire fondre profondément la glace, mais… Doucement, Gutti ! Doucement, oui, mieux vaut ralentir… » Gros plan sur le pied de Gutti qui assure la stabilité : il a perdu sa chaussure, la plante du pied est à vif, déchirée, brûlée par le frottement. « Gutti plonge dans le… OUI ! BRAVO ! Il passe, ce cher petit Gutti ! Il passe et il continue… Les ROUGES vont arriver au terrain de tir à l'arc. Pietro Coggio semble avoir recouvré ses esprits. Il s'approche de la sortie de piste, suivant le mur intérieur, en attendant l'arrivée de Paulo Alvares-Gutti. Les ROUGES ont perdu Scobb et la grande Olokomba dans cette épreuve, tous deux éliminés grâce au sang-froid de Coggio. Mais Coggio a peut-être voulu trop compter avec son désir de vaincre à tout prix… nous avons perdu Nase, qui avait jusqu'alors accompli un Parcours admirable. Et c'est l'arrivée de Gutti ! Courez, les petits, courez ! les autres vont tirer leur première flèche ! courez mes enfants ! courez ! vous êtes encore cinq, les adversaires six, rien n'est perdu, rien !

21

Te souviens-tu du rôle à jouer, Pietro ?

Il avait un travail à accomplir, et il le ferait !

C'est l'épreuve du tir à l'arc — te rappelles-tu les recommandations de Varnan et Sanzo Papa ?

Le tir à l'arc… alors, ce sera bientôt terminé. Depuis combien de temps lutte-t-il ? Il ne sait pas. Il y a bien longtemps, il est entré avec les autres sur le Grand Parcours des Héros. Bien longtemps… Ce sera bientôt fini et ensuite… mais non ! il ne faut pas penser de la sorte ! Une seule chose compte.

Il court. Sur la piste d'asphalte qui relie le circuit de moto-glace au terrain de tir à l'arc. Il court, il souffre. Chaussure gauche arrachée, pied brûlé. Bon Dieu ! il ne se souvient même plus du comment de la chute. Une succession de chocs et le décor qui tournoie, qui flambe. Le feu, oui ! Le fleuve de feu qui coule et déferle vers lui… Est-ce qu'il a été brûlé ? Il aurait pu se tuer (un flash, tandis que la machine montait tout droit : je vais mourir !) mais il a sauté au bon moment, à l'instant précis où il convenait de le faire. S'est-il blessé en dévalant la piste et en percutant la paroi protectrice ?

Il court.

Un bourdonnement aigu tournoie dans sa tête. Oui, il pourrait toujours compter ses muscles, mais cette fois parce qu'ils sont douloureux. Le sang séché forme des croûtes qui lui tiraillent la peau.

Il court. Les autres sont devant lui : Paulo Alvares-Gutti, John Strurges, Clay Raft et Vitti Tuka. Ceux qui restent. Il se souvient. Il sait très bien : c'est Vitti Tuka qui doit tirer à la cible, et lui, Coggio, doit la protéger. C'est ce qui était convenu.

Deux arcs par équipe, et trois flèches par arc. Il faut comptabiliser 150 points. La cible à cent cinquante pas, un arc de force 07. Tuka se sent-elle en bonne condition physique ? N'est-elle pas trop diminuée par les épreuves précédentes ? Il semblerait que non. Elle court en tête du groupe.

Le terrain.

Et là-bas, sur le plan de tir ROUGE, un archer décoche sa troisième flèche. Slavski. Le panneau de score au-dessus de la cible s'allume : 3 flèches, 130 points — deux 40, un 50.

Vitti Tuka met le pied sur le plan de tir BLANC, elle saisit un des deux arcs, une flèche. À une vingtaine de mètres, le second archer des ROUGES donne une de ses flèches à Slavski, et il encoche lui-même un trait, se tourne en direction de l'équipe des BLANCS. Il devrait plutôt économiser ses flèches : avec 130 points, les ROUGES possèdent une avance confortable.

Vitti Tuka a fait un signe affirmatif de la tête ; elle bande son arc et tous les muscles de son corps hypertrophié saillent, ses muscles luisants, couverts de sueur, de poussière, de sang, de graisse. Une large plaque de sang caillé coiffe le sommet de son crâne et forme comme une calotte sur ses cheveux noirs taillés court.

Elle amène la corde, lentement, vers le centre de ses lèvres, ses doigts en crochet de chaque côté de l'empennage de la flèche métallique. Pas de doigtier protecteur, ni de bracelet.

Slavski a tiré. On perçoit nettement dans l'air brûlant le « dzoïnng ! » de la corde détendue. Panneau de score ROUGE : 180 points, quatre flèches — deux 40, un 50, un 50. Le minimum des 150 est atteint. Slavski laisse tomber son arc, et il file vers la dernière épreuve. Kaffi le suit. Puis Limeck, Alloy. Tsan Lo quant à elle garde le second arc. Et c'est Igkor qui ramasse celui qu'a abandonné Slavski, qui prend la dernière flèche. Tandis que les autres s'approchent de l'épreuve finale, ils vont essayer de contrer au maximum les BLANCS.

Tuka lâche la corde qui se détend en vibrant et qui râpe la peau de l'avant-bras. Panneau de score BLANC : une flèche, 100 points. Un centre !

Coggio a pris le second arc. Une flèche, un 100 ! parfait. Strurges, Raft et Gutti s'avancent en éventail vers le plan de tir des ROUGES. Ils sont trois et les ROUGES ont deux flèches.

Vingt mètres entre les deux plans.

Sans viser, sans utiliser l'œillet de mire, Coggio a décoché sa première flèche ; le trait d'aluminium file, se plante sous la gorge de Tsan Lo — la plus dangereuse des deux archers adverses. Tsan Lo s'effondre. Igkor lâche son trait dans la seconde suivante, et c'est Strurges qui tombe, traversé de part en part au niveau du cœur : la flèche jaillit sous son omoplate dans une gerbe de sang rouge.

Coggio décoche un deuxième trait, alors qu'Igkor tourne les talons. La tige de métal se plante dans son flanc, au-dessus du bassin, et ressort de moitié au bord du nombril. Igkor tombe à genoux ; il empoigne la flèche, tire, mais il s'écroule en avant.

Tuka crie et lance son arc au ciel. Panneau de score BLANC : 150 points, deux flèches — un 100, un 50.

Les premiers, Alvares-Gutti et Raft courent en direction de l'épreuve suivante ; ils sont suivis immédiatement par Vitti Tuka. Coggio ramasse les deux flèches restantes ; les flèches dans une main, l'arc dans l'autre, il se remet à courir. Il a le droit d'emporter cet arc et d'utiliser toutes les flèches qui n'ont pas été tirées — comme les ROUGES auraient pu le faire plutôt que de tirer depuis le plan du terrain d'épreuve.

Il court. La douleur est uniforme et pèse sur tout son corps, si bien qu'elle ne le gêne pas particulièrement. Pour l'instant.

Sanzo Papa ! Si seulement Sanzo Papa disait quelque chose…

Ils pénètrent sur l'aire de la dernière, de l'ultime épreuve : trente kilomètres de course à pied. Toute la longueur du stade du Grand Parcours à remonter vers le point de départ. Trente kilomètres de piste damée, de sable rouge. Les autres sont déjà loin — deux cents, trois cents mètres d'avance ?

Il faut gagner, Coggio ! GAGNER ! Ce n'est rien, trois cents mètres, ça se remonte, ça se refait. Il court. Tap-tap-tap-tap-tap-tap ! Le bruit des pas, régulier, sur le sable. Petites foulées. Il dépasse Raft. Il remonte Alvares-Gutti, puis Tuka. Il est en tête. Tap-tap-tap-tap…

Gagner.

Le héros Pietro Coggio. TAP-TAP-TAP-TAP..

Deux cents mètres.

Le soleil cogne. Ils sont des millions et des millions qui te regardent, Coggio. GAGNER, GAGNER,

GAGNER… tap tap tap tap tap tap tap tap… et Sanzo Papa, et Varnan, et Jorge, et les messieurs des organismes d'État, et les entraîneurs des deux camps, et les millions de téléspectateurs, et les condamnés dans leur prison particulière, et tous… tap tap tap… Ça résonne dans ses jambes, dans son ventre, dans son bras douloureux, dans sa tête, tap tap tap tap…

Cent mètres ?

Il y en a un qui s'arrête, là-bas devant, qui se retourne et qui attend. Limeck, le Polonais. Les gestes s'accomplissent d'eux-mêmes. Stop. La flèche sur la corde. L'arc bandé. La visée. La corde détendue qui cingle l'avant-bras. La flèche qui se plante dans le haut de la cuisse de Limeck. Départ. Tap tap tap tap.

Il passe à hauteur de Limeck. Le champion grimaçant plonge dessus, mais Coggio l'évite facilement. Sans ralentir, il frappe de l'extrémité de l'arc, touche Limeck au visage. Il ne tourne même pas la tête. Il court.

Petites foulées régulières. Une foulée, un battement de cœur. Tap-bloc-tap-bloc-tap-bloc-tap…

GAGNER !

Sanzo Papa se taisait. Il était assis sur le siège, l'œil rivé aux écrans, le souffle court. Il ne disait plus rien, gorge trop sèche, cœur trop fou, fatigue nerveuse trop lourde sur ses épaules maigres et dans tout son corps, dans sa tête brûlante.

Jorge Calmann ne parlait pas davantage.

Ni Varnan.

Ni personne, dans la rangée des loges de contrôle.

Il restait quatre héros BLANCS, trois héros ROUGES.

Grâce à Coggio, infernal, indomptable, le rapport de forces au point de vue numérique avait basculé.

Un arc et une flèche dans une main, Coggio filait, filait, après avoir laissé loin derrière lui ses coéquipiers. Il allait rejoindre les trois ROUGES. C'était peut-être trop rapide et il pouvait gâcher ce rapport de forces numérique en allant trop vite : il allait se trouver seul contre trois — et ces trois-là n'allaient certainement pas se laisser faire.

Un peu moins de trente kilomètres à parcourir en courant et dans un temps limite. Au bout des six épreuves précédentes, c'était pratiquement insurmontable pour un homme seul.

La foule braillait sans discontinuer. Une chape de vacarme qui enflait et se dégonflait, qui pulsait, roulait...

Dans le tourbillon indescriptible, au centre de la stupeur tendue qui régnait parmi les condamnés, Yanni Bog Bonnefaye tenait Slim serrée contre lui.

Ils étaient des milliards qui retenaient leur souffle, devant des milliards d'écrans de télévision, à l'écoute de milliards de postes de radio, ou bien ils criaient, ou bien ils devenaient fous, ou bien ils vidaient leur énième boîte de bière, ou ils applaudissaient, ou encore ils encourageaient de la voix leurs héros, comme des enfants au spectacle et comme si les héros pouvaient les entendre.

C'étaient les dernières minutes de la 12e GUERRE OLYMPIQUE.

3 197 409 condamnés (chiffre officiel) allaient mourir à la même seconde.

Ou bien 4 634 003.

« Gyula devrait être ici ! » s'écria Mager Cszorblovski.

Il tremblait de tout son être, de la salive coulait sur ses lèvres exsangues et toujours atrocement souriantes, le tic nerveux lui secouait tout un côté du visage. Il fit trois pas en direction de Dolico qui se tassa dans son fauteuil et crispa ses mains grasses sur les accoudoirs.

« Ce salaud court avec un arc et une flèche ! cria Mager. Vous l'avez vu ? Il va les descendre un à un ! Il va gagner ! »

Les yeux exorbités, Dolico regardait s'agiter le revolver à moins de deux mètres. Il couina :

« Avec une seule flèche, il ne pourra pas les descendre tous les trois les uns après les au…

— Ferme ça ! Il va gagner ! il va gagner, tu entends ? Pourquoi Gyula n'est-il pas là ? »

Mager pivota sur ses talons et fit un tour complet sur lui-même. Son œil intact brillait d'une lueur folle. Il fit un bond vers le bureau, saisit l'appareil téléphonique et l'envoya valser contre le récepteur de télévision. Il toucha le cadran de réglage et l'image sauta, s'éteignit. Mager faucha un presse-papiers qu'il lança sur une vitrine. La glace explosa et Dolico se dressa d'un bond, livide. Cela suffit pour que Mager se fige, son revolver de nouveau braqué sur la panse ronde du scieur de têtes.

« On n'attend plus ! aboya Mager. On va descendre dans ton antre, et tu vas m'opérer ! Tout de suite, sans anesthésie, sans fric à la clef !

— C'est une idio…

— Ta gueule ! tu vas faire ce que je te dis ! Il reste quelques minutes. Je ne veux pas crever, tu entends ? Tu vas m'opérer ou je casse tout ici, je te fous une balle dans une jambe, je te… tu vas m'opérer, m'OPÉRER !

— D'accord, dit Dolico. D'accord… »

Il marcha vers la bibliothèque pivotante, vers le couloir plongeant. Mager le poussa dans les escaliers. Il continuait de hurler, cognant dans le dos et les reins de Razva Dolico avec le canon de son arme.

22

… tap tap tap tap tap — petites foulées qui s'allongent progressivement.

… bomp bomp bomp bomp bomp bo-bomp bomp — battements cardiaques accélérés.

Il y a des ratés, côté cœur. Rien de grave, encore, mais… Coggio court. Les autres sont là, devant. Tout près. Il a remonté la distance qui le séparait des trois ROUGES. Slavski est en première position, détaché, à trente ou quarante mètres devant ses coéquipiers. Puis Kaffi. Puis Alloy — deux pas devant Coggio.

Quelle est la distance parcourue ? Néant. Il ne sait pas. Si Sanzo Papa était encore avec lui, il le lui dirait. Ce serait plus facile. Beaucoup plus facile. Où sont les autres ? Coup d'œil par-dessus l'épaule. Ô mon Dieu ! Si loin…

Le cirque de roche rouge danse. Ciel trop bleu.

Trop chaud.

Il entend les bourdonnements des hélicos au-dessus de sa tête, il peut distinguer leurs ombres sur la piste. C'est la première fois qu'il prend conscience de la surveillance. Le long de la piste, il y a cette route sur laquelle filent les voitures des reporters T.V. Un véritable essaim.

On va vous donner du spectacle, les enfants ! Pietro Coggio va vous faire un joli numéro !

Bon sang ! comment ai-je pu chuter, pendant l'épreuve de moto-glace ? C'était *mon* épreuve ! Et je suis tombé…

Ça ne fait rien, petit. C'est passé, et tu es en train de remonter le handicap, de gagner ! GAGNER ? (Est-ce la voix de Varnan ? Est-ce que…) Tu te racontes des histoires. Leur mécanique est foutue, tu as la gueule en compote, pas question de nouveau contact. C'est ce que dirait Varnan. Voilà.

Le dos d'Alloy. Il lutte pour la Chine, Alloy, mais ce n'est pas sa nationalité d'origine. Il a été racheté. Ils ont fait une mauvaise affaire, les Chinois…

Le dos nu d'Alloy ruisselle de transpiration. Du sang aussi. Tu n'es pas le seul à être amoché, et sérieusement amoché, Coggio. Les jambes d'Alloy… Il regarde les jambes d'Alloy, le mouvement le saoule. Assez !

Maintenant !

Il décroche brusquement, son cœur s'emballe, une violente bourrasque douloureuse se lève dans sa cage thoracique, roule et lui mord les entrailles. L'arc a changé de main, il frappe durement au passage, touche Alloy (qui s'est comporté exactement comme s'il ne l'avait pas vu venir) en pleine tête. Alloy trébuche et s'écroule, culbute dans la poussière rousse. Il a l'écume aux lèvres, les yeux voilés. Coggio accélère.

Courir, gagner, courir, gagner, courir-gagner, courir-gagner, courir-gagner, courir-gagner-courir-tap-tap-courir-bomp-tap-bomp-tap…

Ça se déchire dans sa poitrine. Ça cogne dans ses reins. C'est lourd dans ses jambes. La piste s'enroule sur elle-même, le ciel est métallique. Blanc. Courir, gagner.

Il est tombé sans même s'en rendre compte. Il est là, par terre. Se relève. Coup d'œil en arrière : Alloy s'est relevé lui aussi et il s'approche, courant en zigzags, complètement désarticulé. Dieu ! c'est si lourd dans les jambes, le feu mord tellement fort dans sa poitrine !

Il court depuis des siècles. Où est cette putain d'arrivée ? Après, il y aura le pugilat, et puis les haltères, et encore… hé ! petit ! tu dérailles ? Tout cela est fini, terminé. C'est la dernière épreuve !

Où est-ce que je suis ?

Ils ne signalent pas les distances ? Si ! il y a des panneaux qui… Là-bas, un panneau… Seize kilomètres. Ça signifie que… que j'ai couru pendant seize kilomètres ? ou qu'il reste seize kilomètres à parcou… Non. Tu as déjà avalé seize kilomètres. Seize mille mètres. Combien d'enjambées cela fait-il ? Va savoir. Plus que quatorze mille mètres.

Où est le soleil ? Le soleil est dans le ciel, et dans le ciel il y a des hélicos, et tout autour c'est la montagne, et Sanzo Papa regarde depuis les loges des suiveurs-entraîneurs-guides. Au-delà de la montagne, c'est le monde. Avec Virginia.

Courir.

Gagner.

C'est sur toi que tout repose, Coggio ! Papa, tu vois ? Sanzo *Papa*, est-ce que tu vois ? Ou tu es trop malade ?

Kaffi devant. Il titube et zigzague lui aussi. Ils ne valent rien, sauf Slavski, là-bas, tout petit Slavski qui vole vers l'arrivée. Dix-sept kilomètres. Slavski, il ne devrait pas être là, en train de gagner ! J'aurais dû le débarrasser dès la première épreuve, dès le 600 m/pièges. C'était l'objectif. J'ai accumulé les conneries et je vais me faire gronder. Slavski devrait être hors jeu depuis belle lurette. C'est lui qui avait remporté la compétition finale du 400 m/pièges, et c'est également un très bon marathonien. Il fallait s'en débarrasser.

Kaffi n'en finit pas de faire des zigzags et des crochets. Il est à bout. Pas la peine de s'occuper de lui. Coup d'œil en arrière : Alloy court toujours n'importe comment, et il va être rejoint par… par Raft. Vitti Tuka et Alvares-Gutti sont très loin derrière. Ils ont laissé tomber. Ils savent que la victoire va se jouer entre Slavski et Coggio.

Vous avez fait du bon travail.

Tap-tap-tap-taptaptaptap — plus vite.

Coggio passe Kaffi et c'est comme si le Syrien ne le voyait pas. De la salive écumante, rose, coule de sa bouche aux lèvres gonflées, éclabousse son torse en gouttes moussues. Il court comme une machine aux pistons grippés, les bras ballants semblables à des boudins de chiffon mous.

En avant, Coggio ! TU VAS GAGNER !

Quinze kilomètres. Quinze mille mètres, trente mille foulées, qu'est-ce que c'est ? Tu vas gagner. Garde ta flèche pour le tir à l'arc. Comment faire 150 points avec une seule fl… ARRÊTE ! Le tir à l'arc, c'est fini. IL RESTE QUINZE MILLE MÈTRES, ET C'EST TOUT, BON DIEU ! METS-TOI ÇA DANS LA TÊTE ! C'est vrai.

La foulée de Slavski est régulière, sacrément régulière, sacrément TROP régulière ! Il vole, là-bas, à deux cents mètres.

Accélère, petit. Doucement, tout doucement, sans vouloir tout avaler d'un seul coup ! D'accord, Sanzo Papa. D'accord, j'accélère tout doucement, et tranquillement. Sans forcer. Je fais tout ce que tu veux, Sanzo Papa, tout ce que tu veux, Varnan. Je n'ai pas pu descendre Slavski pendant le 600 m/pièges, je ne sais pas comment ça s'est passé, je ne l'ai même pas vu. Mais je vais l'avoir quand même…

D'accord.

En gros plan sur l'écran, Coggio qui vient de s'affaler pour la troisième fois sur la piste se relève. Son visage n'est plus qu'une plaie rouge et visqueuse barbouillée de bave blanchâtre, avec les yeux comme deux énormes phares blêmes. La déchirure de sa bouche découvre ses dents souillées et cassées. Il a de profondes entailles sur le cuir chevelu, une oreille totalement décollée et qui pend. Son dos est à vif, lacéré, son pied droit une plaie sanguinolente supplémentaire. La poussière et le sable rouges collent aux chairs à vif. Il s'appuie sur l'arc et repart.

Sanzo Papa essuya distraitement le filet de salive qui s'écoulait de sa bouche béate.

« C'est une torture, pour lui, en ce moment », souffla Jorge.

Seize mille mètres. Encore… pas question ! Fais attention aux panonceaux, mon petit Coggio. Regarde bien le prochain. Le voilà. Le voi… vingt-deuxième kilomètre.

Nom de Dieu.

Il reste sept mille mètres à parcourir dans cette fournaise.

Slavski est un fameux monstre ! Il court là, à cinquante mètres. Régulier. Une machine. Une rigole de sang séché lui marque la colonne vertébrale.

Sept mille mètres !

Mais le plus pénible, ce sont les cinquante qui te séparent de cette machine. Il faut les effacer. Taptaptaptaptap.

BombombombombombomBOMBOMBOMBOM !

Quarante mètres.

Effacer quarante mètres, effacer Slavski. L'arc dans la main gauche, les doigts serrés sur la poignée de bakélite. L'œil de visée est inutilisable, les stabilisateurs tordus, après les coups portés à l'aide de l'arme de jet. La flèche se pose sur le guide. Encochée. Les deux doigts sur la corde. Tendre.

Un effort, taptaptaptap, trente mètres, taptaptaptap, vingt-cinq... Ça va exploser dans les poumons. Vite, maintenant, avant que la vue se brouille ! Tendre la corde. Tendre. Tirer sans cesser de courir. Je suis la flèche, je vais filer et me planter entre les deux épaules de Slavski, c'est là mon but, ma cible, ma place, je vais percer sa chair en plein milieu de la rigole de sang sec, je vais percer ses os, ses poumons, je vais le transpercer. Net. TIRER.

Il n'*était* pas suffisamment la flèche. Le trait d'aluminium s'envole et se fiche dans l'épaule de Slavski. L'homme a un sursaut et il tombe. Il roule cul pardessus tête dans un nuage de poudre rouge. Il se relève aussitôt, arrache le trait empenné. Coggio est à sa hauteur, frappe à l'aide de l'arc, fait voler la flèche sanglante de la main de Slavski. Il croise le regard stupéfait de l'homme, il lance au loin l'arc inutile, il court. Il court. Il court dans la braise et les bouillonnements de la douleur.

Il passe Slavski. Prend de l'avance, augmente l'écart. Mais Slavski revient.

VINGT-CINQUIÈME KILOMÈTRE.

Courir, gagner. C'est là, c'est à ta portée, Coggio. Allez, petit, allez ! Douleur. Ça monte du sol, ça se propage à l'infini, ça tourneboule, c'est dans tout le paysage, partout, sans la moindre pauvre lézarde de paix. C'est un creuset compact.

Courir. Il court. Gagner. Il gagne.

Ne pas s'affoler.

Courir au bon rythme. Tap tap tap.

L'alentour s'est éteint. Plus de bruits, plus rien. Les voitures suiveuses sont des ombres blêmes. Plus de bruits. Sinon ceux de ses pieds qui foulent la piste, les battements de son cœur, sa respiration sifflante. Le bruit des foulées de Slavski, derrière lui. Coup d'œil. Dix mètres. Il remonte, ce salaud !

Vingt-sixième kilomètre.

Le choc brutal dans son dos le fait revenir à la réalité. Il plonge et s'écroule, il voit passer Slavski. Oh ! non, la terre va s'ouvrir et se refermer sur lui. Dormir. S'il te plaît, Jorge ! une piqûre pour tuer la douleur ! s'il te plaît…

Jorge est ailleurs. Il sera là plus tard, Jorge. Plus tard. Allons, debout ! Mais il est déjà debout. Ses muscles font leur travail. Dix mètres. Le sang coule et brille sur l'épaule de Slavski. Huit mètres. Encore un petit effort, gamin. Et ce sera fini.

Les autres ? Évaporés.

Six mètres. Cinq.

Ça craque et se déchire dans sa poitrine. Voilà. Ça y est. C'est en train de se déchirer lamentablement. Quatre mètres. Le mouvement de tête de Slavski, ses yeux glauques, fous, cette écume sur son menton comme une barbe blanche, comme ce qui sort du ventre des limaces quand on les écrase (j'étais petit et j'avais peur des limaces et je les écrasais sous le talon, c'était la seule manière). Trois mètres. Deux. Slavski-limace. Horrible. Il cogne. Slavski titube et s'écarte. Et Coggio fait l'écart lui aussi pour pouvoir frapper une seconde fois. Avec son poing gauche. Sans force, juste assez pour faire exploser la bave de limace. Il part, s'envole, il est devant Slavski qui est peut-être tombé ? Non : TAP TAP TAP, derrière.

C'était pendant… au printemps, après les jours de pluie, c'était dans ces temps-là qu'on en voyait le plus, des limaces. Des noires bordées de roux, et des brunes, avec leur pied gris et gluant, cette espèce d'ouverture sur le côté comme une trappe molle. Il est comme les autres, disait Papa. Cinglé, lui aussi, capable de rien, et c'est pas tous tes docteurs qui y changeront quelque chose. Papa disait : ils prétendent que c'est moi le mal foutu, mais c'est peut-être toi ? Les limaces étaient innombrables.

Vingt-huitième kilomètre.

Les sommets du cratère se sont rapprochés. Tout à l'heure, vous allez voir, cette saloperie de cirque va se refermer. Je suis Pietro Coggio et je cours. Je suis incapable de m'arrêter.

Où est Slavski ? Je l'ai élimi… non, non, non. Il est là. Sur tes talons, Coggio.

Je suis le héros BLANC. Il ne reste que moi. Si Slavski est vainqueur… Courir, une jambe, une autre, respirer. Au bout, il y aura la piqûre de Jorge. Il y aura Virginia, Sanzo Papa. Je gagne. Finie, la GUERRE. Je suis un héros, je peux m'arrêter, décider que je ne recommencerai plus.

Au bout, il y aura de l'argent, beaucoup. On ira à Boccio. En Italie. Ou ailleurs. Ça va être fini.

Vingt-neuvième kilomètre.

Elle est là-bas, l'arrivée. Là, là, là, là !

Ça tremble, mais je l'aperçois. Un petit point. Je vais aller me planter dans ce petit point. Vous allez voir ça.

Courir. Gagner.

Ne t'en fais pas, Varnan. C'est très bien.

Le coup de poing l'atteint au creux des reins. Il hurle.

Pivote. Voit la silhouette de Slavski. Il frappe à son tour, en mettant dans le coup toute son énergie, toute sa force, tout ce qui lui reste de punch. À deux poings. Ses jointures s'écrasent sur la mâchoire de Slavski, et la tête de Slavski ballotte… et Slavski continue de courir en titubant. Coggio s'effondre.

Tout est noir.

« C'est fini », souffle la voix cassée de Sanzo Papa.

Plus de 10 milliards de personnes ont poussé le même cri.

Il ouvre les yeux. Il émerge de l'ombre. C'est de la terre rouge. Il soulève la tête. Une piste. Des silhouettes qui s'approchent. Il reconnaît la dégaine de Kaffi, titubant, suivi de près par Raft. Puis Alvares-Gutti. À moins de trente pas.

IL SE SOUVIENT.

D'un seul bond, il jaillit hors de la souffrance. À une vingtaine de pas, devant, Anton Slavski est étendu au sol, remuant faiblement les bras et les jambes, mordant la piste de sable dur.

JE L'AI MOUCHÉ !

Combien de temps est-il resté inconscient ? Le temps de permettre aux autres de remonter leur retard… Mon Dieu ! cette fois, ça y est ! C'est fait, c'est dit…

Il se remet à courir. Jambes de plomb. Il passe à hauteur de Slavski, et il sait que ce dernier l'a vu. Tap tap. Petites foulées, une-deux-une-deux. C'est si lourd !

Elle est là, la voilà. L'arrivée. La finale. La fin de la torture, le bout du Grand Parcours des Héros. La fin de la GUERRE.

Cent mètres. Quatre-vingt-dix. Ce sacré soleil blanc ! Une-deux et une-deux et une-deux et une… Encore. Encore. Écoute-les crier ton nom, Coggio ! tu ne les entends pas ? Écoute ! Au-delà du cirque des montagnes, derrière les écrans de T.V. Partout. Dans toutes les villes de tous les pays de la Confédération libérale, et ça fait des millions, des millions de personnes, des enfants, des hommes, des femmes, des millions, des centaines de millions de personnes, Coggio, des millions de condamnés qui vont vivre ! Il faut tenir, TENIR, GAGNER ! Soixante mètres… Des millions qui te voient, qui t'encouragent, qui voient Slavski se tordre désespérément sur la piste, se redresser, retomber, ramper, se redresser… Ils crient ton nom. Tu les entends ? Virginia est parmi eux, et Sanzo Papa, et Varnan, et…

Cinquante mètres.

Écoute, écoute bien : PIE-TRO-COG-GIO-PIE-TRO-COG-GIO-PIE-TRO-COG-GIO-PIE-TRO…

La divine musique.

C'est toi le plus fort, Coggio.

C'est toi le meilleur, petit.

C'est toi le Héros des Héros !

Trente mètre… Vingt…

Dix mètres.

Et voilà, petit. Le supplice est fini.

Ça recommence, c'est noir, ça tourne, ça va… encore un petit peu, un tout petit peu, quelques pas, lever la jambe, l'autre, poser le pied en feu sur la terre en feu, respirer une dernière goulée de feu, planter ses yeux dans une dernière vision flamboyante… feu… feu… feu…

C'est fini, petit.

Fini.

Le chiffre officiel des victimes parmi la population était le suivant :

9 311 013

Les ordinateurs de la démographie/équilibre avaient prévu la fourchette ci-dessous :

8 000 000 10 000 000

La moitié de la planète hurla de joie, l'autre moitié de dépit.

Rituellement, des manifestants défilèrent dans les principales villes des pays opposants. Ils étaient quelques centaines de milliers, en tout.

23

Sanzo Aeschillem posa ses mains sur les accoudoirs du siège. Il se leva lentement, hypnotisé par l'image fixe sur l'écran supérieur, l'image qui cadrait Coggio en gros plan alors qu'il venait de s'écrouler, inconscient, deux mètres au-delà de la ligne d'arrivée. Les cris d'allégresse avaient explosé à la même seconde et ils roulaient dans le couloir des loges — Sanzo les entendait à peine. Son menton tremblait. Il se retrouva dans les bras de Varnan, puis dans ceux de Jorge. On lui claquait les épaules. « Il est vivant ! » cria quelqu'un. « Juste dans le cirage ! » Varnan pleurait. Jorge poussait de petits cris totalement incongrus. C'était un tourbillon de visages hilares.

« Bon Dieu… », murmura Sanzo.

Et il s'évanouit.

24

L'immense cri, fusant de plusieurs milliers de poitrines, poussa et enfonça les portes de l'enfer. Yanni Bog avait peut-être crié, lui aussi, avec tous les autres, comme tous les autres. Et avec tous les autres, emporté par le déferlement, il fut éjecté hors de l'enfer.

Les images qui se succédaient sur l'écran géant étaient muettes ; la sonorisation poussée au maximum et décuplée par les séries d'amplis n'était plus de taille à lutter contre les hurlements de la foule déchaînée. C'était ce qu'il est convenu d'appeler du délire — encore que le terme parût euphémique…

Vivants ! Ils étaient vivants, ils allaient continuer de vivre ! À quelques milliers de kilomètres de là, un homme avait gagné la 12e GUERRE OLYMPIQUE — et plusieurs millions d'individus allaient vivre…

Vivre. Yanni Bog !

Il était sonné. Balbutiait des propos sans suite, des mots hachés qui s'écoulaient d'eux-mêmes et en désordre sur ses lèvres sèches. Ce Grand Parcours ! cette course finale !… Jusqu'à la dernière seconde, il avait balancé entre le doute horrible et l'espoir fou. Et d'un seul coup, le haut barrage d'une indicible tension qui pétrifiait le stade et le Champ d'Honneur sous une chape de silence avait craqué.

Vivant et libre. *Libre !* La minuscule capsule couplée à l'ange gardien n'avait pas explosé dans sa tête, elle se trouvait normalement, d'ores et déjà, désamorcée, inoffensive. Est-ce qu'il ressentait une différence ? Il était incapable de s'en rendre compte : pour l'heure, c'était la joie, comme une ivresse brutalement déclenchée, l'impression d'émerger d'une longue, longue inconscience. Un coup vous assomme, puis vous revenez doucement à la vie, sans savoir comment, pourquoi, où…

Les speakers du parc avaient sauté sur les podiums et ils braillaient dans les micros des propos que personne n'entendait. Ces milliers de fantômes pressés l'un contre l'autre sur l'aire du Champ d'Honneur, l'instant d'avant, ces milliers d'hommes et de femmes torturés au plus profond de leur silence, déchirés, se jetaient maintenant dans les bras l'un de l'autre, criaient, pleuraient, s'évanouissaient au milieu des rires. Et Yanni Bog Bonnefaye était l'un d'eux, et il était poussé, bousculé, étreint, et il bousculait, il poussait, il étreignait, il embrassait, il pleurait, il riait, il criait. On s'accrochait à ses vêtements, il s'agrippait à d'autres. Une femme en larmes l'embrassa à pleine bouche, planta ses ongles dans ses épaules et s'effondra contre lui. Il répétait : « Allons, allons, c'est fini, c'est fini maintenant, allons, allons… » Il s'écroula à terre avec la femme, ils riaient tous deux, recevaient des coups et riaient plus fort, puis ils furent séparés. Yanni Bog parvint finalement à se remettre sur pied. Un homme bégayant lui assena plusieurs belles claques sur les épaules. Ça tournait, c'était absolument fou.

Vivant !

Et c'était un bon système ! et il avait eu tort de... Il se rendrait à l'Institut, on lui retirerait l'ange gardien, on le préparerait pour une vie nouvelle et sans accidents... *Vivant !*

Les images tourbillonnaient tout aussi follement sur l'écran. Il y eut un plan général sur le podium final, avec Pietro Coggio soutenu par ses suiveurs, ensanglanté mais hilare, levant les bras... puis les finalistes survivants du Grand Parcours le rejoignirent, ils étaient sept, BLANCS et ROUGES réunis, on les soutenait, on guidait leurs bras pour les poignées de main habituelles, protocolaires et sportives...

Les spectateurs du parc avaient envahi l'aire du Champ d'Honneur. C'était une mer confuse, un vacarme indescriptible. On criait des slogans à la gloire de Coggio et de la Confédération libérale, de la France, on braillait des noms, proches parents ou amis à la recherche des leurs, condamnés rescapés... Les premiers feux d'artifice explosèrent dans le ciel. Partout, des pétards claquaient, des flots de serpentins et de papiers tombaient des sommets des gradins.

Vivant ! Et de longues années devant lui, encore ! des années sans problème, des jours de pluie, de soleil, des petits matins de printemps après l'averse, quand la ville a son odeur inimitable, des soirées d'été, des jours, des nuits, des...

Il se mit à hurler, lui aussi. Il criait son nom, se frayait un passage dans la mêlée, sans but, n'importe où, pour marcher.

« BONNEFAYE ! BONNEFAYE ! »

Ils étaient certainement là, papa et maman, quelque part. Et Marjo aussi, c'était sûr. Ivres de joie, comme tous… Ils se trouvaient quelque part, au cœur de la foule en délire, balancés, emportés. Ils le cherchaient peut-être.

« Bonnefaye ! Bonnefaye ! Bonnefaye ! »

Il les retrouverait. Ils seraient de nouveau ensemble, depuis tant de temps ! Il leur demanderait pardon, il les supplierait. Il leur dirait : « Maintenant, c'est terminé ! Soyez certains que cela ne se reproduira plus, j'ai payé et compris, oh ! oui, vous pouvez en être persuadés ! »

Sur l'écran, Sanzo Aeschillem, le petit dopeman de Coggio, pâle, soutenu par ses acolytes Varnan Sal. Da Rica et Jorge Calmann, hilares, racontait quelque chose que personne n'entendait. La caméra cadrait parfois Coggio, à l'écart, en compagnie de Alvares-Gutti, Raft et Vitti Tuka : ils regardaient le vide, agitaient leurs visages d'écorchés que des sourires automatiques rendaient plus abominables encore.

Au bout d'un certain temps (mais combien de temps ?), Yanni Bog comprit qu'il n'avait pas une chance sur cent de retrouver les siens dans cette cohue. Le hasard seul pouvait l'aider. Ou alors ils se retrouveraient plus tard, à la maison de ses parents. Il traverserait la ville en fête, il referait ce chemin qu'il avait cru à jamais oublié… Une jeune fille aux cheveux roux, au maquillage barbouillé par les larmes, l'empoigna par le bras, le regarda et dit : « Ce n'est pas Charlie », puis se retourna vivement. Elle ressemblait à…

Bon Dieu !

Un coin d'acier glacé s'enfonça dans son crâne. Pendant quelques secondes, il en fut pétrifié tandis qu'une vague de sueur l'inondait de la tête aux pieds. Le vacarme d'alentour devint bourdonnement confus ; une salve de feu d'artifice pétarada, très assourdie, très loin.

Il l'avait complètement oubliée…

Slim O'Aokey, qui avait des cheveux rouges comme une abondante et épaisse crinière frisée, qui avait des yeux verts, des seins ronds, une taille souple, qui avait une caméra en collier.

Slim O'Aokey, reporter-camerawoman pour la 008 américaine, en stage pour la C.T.P. 04, née à Shathowga, Floride…

Slim O'Aokey, et tout ce qu'il lui avait dit, et ce document filmé qu'elle portait autour du cou, et ce qu'elle voulait en faire. Avec son accord, avait-elle dit. Mais *maintenant* ?

Comment avait-il pu accepter ce marché ? Parce qu'il avait cru en sa sincérité !

Il ne se souvenait même pas de Slim, au moment de l'arrivée du Grand Parcours des Héros ! Même pas ! Était-elle encore avec lui, pour l'ultime seconde de la finale ? Probablement — ne fût-ce que pour son document ! Bon Dieu ! il ne s'en souvenait plus… elle s'était peut-être déjà éloignée, un peu, un tout petit peu, afin de pouvoir fuir plus facilement au cas où…

Slim ! tu ne vas pas réellement me faire ça ! Tu n'es pas capable d'une pareille traîtrise ! *Dis ?*

Je ne veux plus retomber, Slim ! tu comprends ? Je ne veux pas jouer ce jeu une fois encore, malgré tout ce que tu m'as affirmé ! Il n'y a rien à faire, Slim, en tout cas pas *ça !* Et j'ai peur, PEUR ! je ne suis pas un héros, ils ont bien su m'en enlever le goût ! Je ne sais plus pour quelles raisons, exactement, tu as eu l'idée de ce reportage-choc, Slim, je ne veux plus en entendre parler ! J'aurais tellement voulu te connaître sans cette caméra à ton cou… Slim ! Slim !

Il se remit en marche parmi les rires et dans la bousculade, poussant ici, tirant là, jouant des coudes, avec la peur resurgie au fond de lui, la colère aussi, et une froide, une glaciale détermination. Il criait un nom.

« Slim O'Aokey ! »

Personne n'écoutait.

25

« Comment va-t-il, réellement ? » demanda Sanzo, profitant d'un moment creux dans la bousculade.

Tous les cameramen se pressaient autour de l'hélico, et un bon nombre de commissaires des jeux également, tandis qu'on enfournait les quatre héros couchés sur les civières dans l'appareil.

Jorge haussa une épaule, se frotta le nez. Il mit son bras sur l'épaule de Sanzo, dit :

« Vous n'avez plus à vous en faire, ni toi ni Varnan. Ni moi non plus, d'ailleurs, je crois. C'est une fameuse belle fin de carrière pour vous deux.

— Comment va-t-il ?

— Sérieusement sonné. Le psychisme en a pris un coup, et c'est probablement irréversible, mais ça ne met pas en cause ses capacités physiques pour la compétition. Une sacrée bonne machine, de ce côté-là. Avec un minimum de précautions, on pourra lui annoncer sans grand risque la mort de Virginia dans cet accident de voiture. Il tiendra le coup. Ça ne le touchera peut-être pas vraiment. Avec une orientation bien étudiée, il peut être encore utilisable et performant pour 2224. »

On les appela, depuis l'hélico.

« Encore bravo », sourit chaudement Jorge Calmann.

Sanzo « Papa » Aeschillem hocha sa petite tête fripée de vieillard.

« N'empêche, dit-il. Je l'aimais bien, tu sais ? C'est un bon petit… »

26

Il était grand, maigre, voûté, avec une tête osseuse, un nez tranchant, des pommettes saillantes et des yeux très noirs profondément enfoncés dans leurs orbites. Une casquette écossaise rouge et noir était posée sur sa tignasse bouclée. Il était vêtu d'un imperméable délavé et froissé qui avait visiblement connu trop d'averses et de giboulées en tout genre, sur un pull-over de grosse laine, un pantalon de velours côtelé brun — ce n'était pas une tenue de saison. Il tenait une petite serviette de simili-cuir noir, molle et plate, dans sa main droite.

Il se tint un grand moment, en silence, sur le pas de la porte du local carrelé, à regarder Dolico, et surtout le petit corps tassé dans la trop grande veste à carreaux, sur la table d'opération. Puis il fit un pas, deux pas. Il s'approcha.

« Je m'appelle Gyula Sandör, dit-il. Mager m'avait… »

Dolico acquiesça d'un hochement de tête. Il tenait encore la tondeuse électrique dans sa main droite. Des mèches de cheveux blonds et filasse étaient tombées au sol. Tout l'occiput de Mager Cszorblovski était rasé, lisse, cela lui donnait un air comique, l'apparence d'un clown dont la perruque trop petite aurait glissé en avant. Ses yeux étaient ouverts et fixaient le plafond. Une petite goutte de sang maquillait d'un point rouge la base de ses narines et sa lèvre supérieure crispée dans un rictus joyeux.

« Il vous a attendu », dit Dolico.

Sandör soupira. Il tritura la serviette de faux cuir, dit :

« Il a fallu que je réunisse un peu d'argent... c'était pas assez, sûrement.

— Trop, dit Dolico, avec une grimace énervée.

— Et puis je me suis fait coincer par une bande de Damoks en folie, j'ai dû faire un détour... Je l'ai cherché toute la journée.

— Il était ici, dit Dolico. Depuis ce matin. Il aurait pu être là plus tôt, j'imagine, mais lui aussi a été retardé par les Damoks — ils sont très énervés, dans ces périodes de GUERRE.

— Pourquoi n'avez-vous pas essayé de lui rendre service plus tôt ? » questionna Gyula Sandör sur un ton plutôt sec, tout à coup, comme s'il s'éveillait à la réalité.

Dolico soupira. Il regarda la tondeuse dans sa main et la posa sur le rebord de la table.

« Parce que, dit-il. Parce que c'était impossible. Ce n'était pas une question d'argent, je le lui ai dit et il ne m'a pas cru. C'était matériellement impossible. Il faut une longue préparation pour éviter les accidents, je le lui ai expliqué cent fois, mais il ne m'a pas cru davantage. Il était aux abois, fou de terreur... et je le comprends. Il ne voulait plus courir le risque ultime. Bon sang ! on n'opère pas un implanté sans l'avoir préparé pendant des jours et des jours... Il ne voulait rien comprendre. Il vous a appelé toute la journée, et il me menaçait de son revolver.

— Qu'est-ce que j'aurais pu faire ? » fit Gyula, faisant aller et venir sa casquette d'avant en arrière, sur sa tignasse.

« Vous m'auriez tenu en respect avec son arme, pendant son anesthésie… À quelques minutes de la fin, il a décidé que j'allais l'opérer à vif. Nous sommes descendus. Il n'avait plus sa raison. Je l'ai rasé — je lui obéissais… Et puis… Il m'a supplié de ne pas le laisser mourir. Et nous avons perdu la GUERRE. »

Pendant une longue minute, ils gardèrent le silence. Gyula Sandör posa sa serviette sur la table, au bout des pieds du petit corps allongé. Il saisit le revolver, toujours dans la main droite de Mager Cszorblovski. Il dut forcer sur les doigts. Finalement, il prit le revolver. Dolico se redressa faiblement sur son siège, une lueur inquiète traversa son regard éteint.

« Il vous a menacé avec cette arme ? » demanda Gyula Sandör.

Dolico hocha la tête affirmativement.

« Il était fou. Il voulait saccager mes collections. Il voulait… »

Gyula Sandör eut un petit sourire amer. Il appuya sur la détente.

Vingt centimètres de ressort jaillirent du canon, et ils regardèrent la petite fleur de matière plastique jaune qui s'épanouissait lentement à son extrémité.

« C'était mon partenaire, au théâtre, vous savez ? dit Gyula Sandör. Il utilisait ce machin, pour un de nos numéros. Il faisait un personnage qui voulait être méchant et n'y parvenait pas. C'était comique. Tout ce qu'il disait était bien, tombait juste, même quand le personnage s'efforçait de proférer les plus énormes bêtises. Tout ce qu'il touchait devenait bon. Pour la finale le personnage tentait de se suicider d'une balle dans la tête… et voilà ce que ça donnait. Il était bien, dans ce rôle. C'était un bon numéro qui avait du succès. »

Gyula repoussa le ressort dans le canon, replia la fleur, et mit le revolver dans sa poche.

« Vous allez l'emmener, n'est-ce pas ? » dit Razva Dolico dans un souffle.

Gyula Sandör ne répondit pas. Il plia sa serviette, la mit dans la poche de son imperméable. Puis il se pencha sur la table et saisit le corps fluet de Cszorblovski sous les aisselles. Il le souleva, le mit sur son épaule. Dans le mouvement, sa casquette tomba. Dolico quitta son siège et la ramassa, la remit sur la tête du grand homme maigre et voûté. Il le suivit dans l'escalier, puis à travers la maison. Il lui ouvrit la porte et le regarda s'éloigner dans le jardin en friche vers une voiture stationnée au bord du trottoir.

C'était encore la nuit.

DU MÊME AUTEUR
(sélection)

Aux Éditions Gallimard

PETIT ÉLOGE DE L'ENFANCE (Folio 2 euros n° 4622)
L'ÉTÉ EN PENTE DOUCE (Folio Policier n° 210)
LA PISTE DU DAKOTA (Folio n° 3490)

Aux Éditions Denoël

Dans la collection Lunes d'encre

DELIRIUM CIRCUS

Dans la collection Présence du futur

LA GUERRE OLYMPIQUE (Folio Science-Fiction n° 422)
FŒTUS-PARTY
CANYON STREET
PARABELLUM TANGO
MOURIR AU HASARD
MESSAGER DES TEMPÊTES LOINTAINES
LES HOMMES SANS FUTUR :
LES MANGEURS D'ARGILE
SAISON DE ROUILLE
SOLEILS HURLANTS
LE PÈRE DE FEU
LE CHIEN COURAIT SUR L'AUTOROUTE EN CRIANT SON NOM
CE CHASSEUR-LÀ

Dans la collection Présence du fantastique

UNE JEUNE FILLE AU SOURIRE FRAGILE

Dans la collection Présences

UNE AUTRE SAISON COMME LE PRINTEMPS

Hors collection

SOUS LE VENT DU MONDE, *avec la collaboration scientifique d'Yves Coppens* :

QUI REGARDE LA MONTAGNE AU LOIN (Folio n° 3031)

LE NOM PERDU DU SOLEIL (Folio n° 3313)

DEBOUT DANS LE VENTRE BLANC DU SILENCE (Folio n° 3462)

AVANT LA FIN DU CIEL (Folio n° 3716)

CEUX QUI PARLENT AU BORD DE LA PIERRE (Folio n° 3831)

HANUMAN

C'EST AINSI QUE LES HOMMES VIVENT

CE SOIR, LES SOURIS SONT BLEUES (Folio n° 3312)

Chez d'autres éditeurs

ORAGES MÉCANIQUES

KONNAR LE BARBANT. LA KONNERIE : INTÉGRALE

TRANSIT

LES BARREAUX DE L'ÉDEN

LE SOMMEIL DU CHIEN

LA RAGE DANS LE TROUPEAU

LES ÎLES DU VACARME

LES PIEDS DANS LA TÊTE

FOU DANS LA TÊTE DE NAZI JONES…

LA NUIT DU SAGITTAIRE

LA FORÊT MUETTE

LE MÉCHANT QUI DANSE

SI LOIN DE CAÏN

LE PACTE DES LOUPS

BROCÉLIANDE
LES CHIENS QUI TRAVERSENT LA NUIT
MÉCHAMMENT DIMANCHE
L'OMBRE DES VOYAGEUSES
LES NORMALES SAISONNIÈRES
OUTBACK
L'ÎLE AU TRÉSOR
LA CROQUE BUISSONNIÈRE
LES PROMENEUSES SUR LE BORD DU CHEMIN
LA MONTAGNE DES BŒUFS SAUVAGES
MARIA

Cet ouvrage a été composé par IGS-CP
à l'Isle-d'Espagnac (16).
Impression CPI Firmin-Didot
à Mesnil-sur-l'Estrée, le 19 mars 2012.
Dépôt légal : avril 2012.
Numéro d'imprimeur : 110286.

ISBN 978-2-07-044633-9/Imprimé en France.

238952